新经典文化股份有限公司
www.readinglife.com
出 品

[美]托马斯·萨维奇 著
李逸鹏 译

犬之力

THE POWER OF THE DOG

新星出版社　NEW STAR PRESS

THE POWER OF THE DOG by Thomas Savage
Copyright © 1967 by Thomas Savage
This edition published by arrangement with Little, Brown and Company,
New York, New York, USA.
Simplified Chinese edition copyright © Thinkingdom Media Group Ltd., 2022
All rights reserved.
著作权合同登记号：01-2022-1087

图书在版编目（CIP）数据

犬之力 /（美）托马斯·萨维奇著；李逸鹏译
. -- 北京：新星出版社，2022.5
ISBN 978-7-5133-4873-7

Ⅰ.①犬… Ⅱ.①托… ②李… Ⅲ.①长篇小说－美国－现代 Ⅳ.① I712.45

中国版本图书馆 CIP 数据核字（2022）第 060389 号

犬之力

[美] 托马斯·萨维奇 著 李逸鹏 译

责任编辑	汪　欣
特约编辑	敬雁飞　黄渭然
营销编辑	王浩然　杜珈琦　程昊天　张媛媛
封面设计	韩　笑
内文制作	田小波
责任印制	李珊珊　史广宜

出　　版	新星出版社　www.newstarpress.com
出 版 人	马汝军
社　　址	北京市西城区车公庄大街丙 3 号楼　邮编 100044
	电话 (010)88310888　传真 (010)65270449
发　　行	新经典发行有限公司
	电话 (010)68423599　邮箱 editor@readinglife.com
法律顾问	北京市岳成律师事务所

印　　刷	山东韵杰文化科技有限公司
开　　本	850mm×1168mm　1/32
印　　张	9
字　　数	186千字
版　　次	2022年5月第一版　2022年5月第一次印刷
书　　号	ISBN 978-7-5133-4873-7
定　　价	59.00元

版权专有，侵权必究；如有质量问题，请与发行公司联系调换。

致我的妻子

Deliver my soul from the sword,
my darling from the power of the dog.

—*Psalms**

❋ 出自《圣经·诗篇》,意为"救我灵魂脱离刀剑,救我所爱脱离犬类"。

第一章

骟牛的活儿总是菲尔来做：先用刀把卵袋剥下来，挤下一颗睾丸，再挤一颗，削掉包裹在外的筋膜，扔进架着烧红的烙铁的火里。血量少得出奇。不一会儿，两颗睾丸就像两颗爆米花一样鼓胀起来。据说，有的人会就着一点盐和胡椒把这东西吃掉。菲尔狡黠地笑着说这是"山中牡蛎"，还对那伙年轻的牧场帮工建议说，他们要是跟姑娘胡来，吃了这东西能大展雄风。

菲尔的弟弟乔治听到这建议，脸唰地红了，尤其因为这建议是给这群帮工的。乔治通常负责套牛，他身材矮壮，不苟言笑，讲究体面。而菲尔偏喜欢戳他痛处。老天，菲尔多么喜欢戳人痛处啊！

做骟牛这种精细活儿，没人会戴手套；但干其他大部分活计时，人们都会戴手套，以免被绳子擦伤，也可防止扎伤、割伤、起水疱。

他们套牛，修围栏，给牛烙标记或喂草，都会戴手套；哪怕是简单的骑行、驱马或赶牛,也要戴手套。所有人都戴,除了菲尔。他从不理会水疱、割伤、扎伤之类,只会嘲笑那些戴手套保护自己的人。他的双手干燥、精瘦、有力。

牧场帮工和牛仔戴的马革手套都是从西尔斯百货和蒙哥马利沃德公司的邮购产品册里订购的——菲尔管这两家公司叫"细儿子百货"和"蒙个马骝沃德"。收工后,或者星期天,当洗衣服和刮胡子的热水让宿舍里蒸汽腾腾,准备进城的帮工身上抹的月桂油满屋飘香,他们会艰难地填写邮购订货单。他们弯腰弓背,像巨大的儿童,咬着铅笔头,看着自己鸡爪似的字迹,搞不清邮包的重量和地址对应的邮政编码。他们往往放弃努力,叹着气,把这个任务托付给更擅长书写和数字的人,比如他们当中上过高中的读书人,比如有时候代笔给他们的父母和尚未忘记的姐妹写信的人。

但是寄出邮购订单的时刻多么美妙,等待邮包的过程又多么有滋有味却心痒难挠!那些邮包来自西雅图或波特兰,装着为进城准备的新手套、新鞋子,留声机唱片,或者乐器——能在寒风呼啸如山巅狼号的冬夜,驱走寂寞的乐器。

  我们最棒的吉他。适合弹奏西班牙的音乐与和弦。黑檀木指板,共鸣极佳的扇形棱纹云杉面板,红木边板背板,真牛角镶条。一流好货。

等待包裹到达十五英里外的邮局的日子,他们一遍又一遍地阅读这样的商品描述，重温订货单上填过的内容，热切期盼着。真牛角镶条！

"你们又在看许愿册了吗？"菲尔会站在火炉边，跺着脚上的雪，发问。他叉开双脚站着，望向屋里，裸露的双手背在身后。多年来，一些小伙子试过模仿他不戴手套，或许是希望从他那儿得到赞许的微笑或点头，但这种模仿行为并没有被留意到，最后他们还是戴回了手套。"又是那本许愿册？"

"没错，菲尔。"他们会这样说，为能够直呼菲尔的大名而骄傲，不过他们会趁机合上产品册，以免菲尔发现他们正对里面的紧身胸衣女郎和内衣女模特垂涎欲滴。他们十分钦佩他那随性的气度。山谷里最大的牧场，他坐拥一半，什么玩意儿他都消费得起，任何牌子的汽车，洛兹尔牌也好，皮尔斯阿罗牌也好，都不在话下，但他偏偏对汽车丝毫不感兴趣。他的弟弟乔治曾经表示想买一辆皮尔斯，菲尔便说："你想装犹太佬吗？"此事便不再提起。是的，菲尔从不开车。他那副马鞍用了足有二十年，平时就搁在那个用长长的树干搭建成的大谷仓里，直接挂在一颗钉子上；他的马刺也是用好钢简单打成，没有花里胡哨的银镶饰，不是其他人梦寐以求的华丽风格；他的鞋子也普普通通，不穿长靴，反而会嘲讽牛仔服装上五花八门的点缀。他自己年轻时就是不输任何人的骑手，套牛的技术也胜过乔治。有这样的财力、这样的家世，他却过得像个平凡百姓，总是一条工装裤、一件蓝色格子衬衫，和牧场帮工别无二致。每年三次，乔治会开车载他去横顿理发。他坐在那辆老里奥轿车的副驾驶座上，身体僵直，像一个穿上正装进城的印第安人，软呢帽下露出倨傲的鹰钩鼻，以及突出的下巴。他会以同样的姿势坐在怀特·波特的理发椅上，将饱经风霜的细长手指搭在冰凉的扶手上一动不动，任他的头发在白砖地板上积累成堆。

有一次，一个衣冠整洁、领带夹闪亮的旅行推销员看到这一幕，咯咯笑起来，问怀特这是什么情况。

"我要是你，可不会发笑。"怀特说，"他可以把你买进卖出五十次，或者把山谷里任何人买进卖出五十次，除了他弟弟。他坐在我的椅子上让我很自豪，无比自豪。"嚓，嚓，嚓。"他和他兄弟是搭档。"

他们确实是搭档，且不只是搭档，也不只是兄弟。他们肩并肩骑着马去围牛，总是像刚认识似的有很多话可聊，回忆在高中和加州大学一起度过的日子——事实上，菲尔大学毕业那一年，乔治便因考试不及格而辍学。菲尔时常回顾自己戏弄同学朋友的桥段，满是高明的恶作剧。菲尔一直是聪明的那一个，乔治则是沉闷温暾的那一个。

他们每年秋天卖掉阉牛，或是买一匹摩根种马来改善坐骑质量，都是两人一起做出决策。兄弟间这样的关系并不罕见。每一年，菲尔都期盼着十月的狩猎季，那时溪岸的柳条已经染上锈红，远处的山火在群山之巅扬起如纱的青雾。他们俩乘着驮马，穿过平原，走向山峦。菲尔会带着粗短的卡宾枪，或者点三零口径的枪。菲尔修长瘦削，天蓝色的双眼望向远方，然后看向附近的地面。乔治矮壮沉着，骑着同样矮壮沉著的枣红马慢跑向前。

他们会打赌为戏：谁能猎到第一头麋鹿？麋鹿肝大餐可是菲尔的最爱！到了晚上，他们就在树林的边缘搭个帐篷，围着篝火盘腿而坐，聊聊过往，还有修建新谷仓的计划——这计划从未实现，因为修建新谷仓意味着得拆掉旧谷仓。他们会把床铺在一起，在黑暗中聆听溪流淙淙汩汩的歌声。那溪流窄到能一步跨过，却是密苏里河的源头。他们酣然睡去，一觉醒来，便已白霜遍野。

这样过了许多年，菲尔如今四十岁了。他们依然住在儿时的房间里，依然睡在各自的旧黄铜床上，独占着那栋木头大宅。被菲尔称为"老两口"的父母已经搬去盐湖城最好的酒店，住着套房，安享晚年时光。在那里，老先生玩玩股票，老太太一如既往地打打麻将、盛装出席晚宴。老两口的旧卧室如今房门紧闭，聚积着汽车带来的扬尘，都是从大宅前面的马路上飘进来的——现在的汽车是越来越多了。那间屋子里的空气日益浑浊，老太太的天竺葵枯死了，黑色大理石钟也已停止摆动。

兄弟俩把厨子刘易斯太太留了下来，她住在大宅后面的小木屋里，会抽空过来打扫屋子。打扫的方式很固定，每动一下扫帚，就抱怨一句。另一个姑娘则离开了，那是他们雇过的许多姑娘里的最后一个，曾住在楼上一个很小的房间里，平时就是伺候一下餐桌。她要是留在这样一栋单身汉住的宅子里，可能会有些奇怪。不过，兄弟俩还是保持着几乎令人震惊的体面，就像这里还有女士居住一样。乔治每星期洗一次澡，每次都衣着完整走进浴室，再把门关上。他洗澡很安静，只有微微水声，没有歌声；再出现的时候依然衣着完整，只是身后多了腾腾蒸汽，能让你知道他刚刚洗了澡。菲尔则从来不用浴缸,因为他不想让人知道自己洗了澡。他的策略是,每个月一次,去溪流里只有他和乔治知道的一处深坑洗澡。他去的时候会四处张望,防止有人窥伺;洗完澡就在太阳底下晒干身子,因为带毛巾等于大声宣布自己的目的。在秋天和春天,他有时得破开一块冰才能洗上澡。到寒冬,他就不洗澡了。兄弟俩从未在对方面前赤身露体,晚上脱衣服之前也会先关掉电灯——那是山谷里最早安装的电灯。

如今,他们的早餐和帮工一起在后面的餐厅吃,午餐和晚餐还是和以前一样,在前面的餐厅里、配着亚麻餐布、用着纯银刀叉进行。这毕竟是伯班克家,在马萨诸塞州东部及波士顿人脉极佳的伯班克家,要抛弃旧习惯或忘掉自己的身份,既不容易,也没人乐意。

有时,乔治坐在摇椅里,会忽然一脸恍惚地望向远处那座叫"老汤姆"的山。那山在三十英里外,有一万二千英尺高,深受人们喜爱。乔治就那么坐着,摇啊摇啊,目光越过平原,直向远方。这总是让菲尔有些担心。

"怎么了,老伙计?"菲尔问他,"又在瞎想啥?"

"你说什么?"

"我说,你是不是又胡思乱想了?"

"没,没有。"乔治会慢慢把一条粗壮的腿叠到另一条上。

"来打会儿牌怎么样?"多年以来,他们一直仔细地计着分。

在菲尔看来,乔治的问题是不够专注。乔治完全没有菲尔那样优秀的阅读能力。对乔治来说,《星期六晚邮报》就是极限了。

乔治就像个孩子一样，容易被动物和大自然的故事打动。而菲尔会阅读《亚洲》《导师》《科学美国人》，还有关于旅行和哲学的书籍，都是住在东部、身处上流社会的亲戚在圣诞节期间成批寄来的。他头脑敏锐、富有洞察力，专注力极强，这常常让牛贩子和推销员感到困惑，因为他们觉得一个像菲尔这样穿着、这样谈吐的人，理应头脑简单且大字不识，否则怎么配得上菲尔这发型、这双手。但是，他的习惯和外表会改变陌生人对"贵族"的理解——贵族就是有资本做自己的人。

乔治既没什么爱好，也没什么浓烈的兴趣。菲尔则喜欢木匠活儿。堆放干草（猫尾草、小糠草、三叶草）的大木架就是他的手笔，那些巨大的横梁也都是他拿锛子和刨子慢慢打磨出来的。他那双裸露的大手异常灵活，会雕刻不足一英寸高的小椅子，无论是谢拉顿风格还是亚当风格。他的手指动起来如同蜘蛛的腿，有时会短暂地停留，像是在思考，仿佛手指有着自己的头脑，也许就在指尖厚厚的茧子里。他的刀几乎从不失手，就算偶尔出点小岔子，他也不屑使用碘酒和苯酚——那是家里仅有的几样药物——因为伯班克家的人不信任药物。他只需从后裤兜里掏出蓝色手帕擦一擦，那点伤口很快就会愈合。

有认识菲尔的人说，"这是浪费人才！"因为经营牧场要求不高、也没什么挑战。只需要你拥有牧场，此外就只需要肌肉，不需要大脑了。人们常常惊叹的是，菲尔有能力从事任何职业——医生、教师、工匠、艺术家。他曾经猎杀一只山猫，剥了皮，做成标本，其水准能让专业的标本制作师相形见绌。他做

《科学美国人》上的数学题时,铅笔在草稿纸上疾走如飞,不费吹灰之力就能解出答案。他通过百科全书的介绍自学了象棋,还常常花上一小时集中做做《波士顿晚报》上的题——这里总是晚两个星期收到报纸。利用打铁屋的锻炉,他自己设计并打造了复杂又美观的铁器,比如壁炉的炭架、形似剑戟的捅火棍。他真希望能和乔治共享自己的天赋,但乔治对任何事别说热情似火了,连烟都不冒。哪怕是对开着里奥轿车去横顿见银行经理,然后在糖碗咖啡馆吃午餐,乔治也从不期待。

"我教你下象棋怎么样,小胖?"有一次,菲尔盘算着如何在壁炉前打发夜晚,如此问道。"小胖"这个词戳痛了乔治。

"不,我不想,菲尔。"

"为什么不呢,小胖?你觉得太难了吗?"

"我向来不太玩游戏。"

"你以前有时会打牌呀,打皮纳克尔,不是吗?"

"嗯,以前会打吧。"说完,乔治就拿起《星期六晚邮报》,沉浸到某篇廉价的虚构故事里去了。

菲尔擅长吹口哨,音调准得像笛子一样。他会吹着欢快的小调走进卧室,拿出班卓琴,弹一曲《红翼》或者《旧城好时光》。班卓琴是他自学的,手指在琴弦间跃动的姿态十分优雅。以前他弹奏时,乔治常会静静地走进屋子,躺在另一张黄铜床上聆听。最近乔治不这样做了。

最近,弹上一两曲,菲尔就会站起来,收好班卓琴,然后走上门外的小路,穿过沙沙作响的黑麦草,去往帮工宿舍。

"嘿，伙计们。"他会说，在煤油灯的白光下眨眨眼。

以前总会有帮工站起来让椅子给他坐，通常是大宅淘汰掉的椅子。

"别麻烦了。"菲尔总是说，但总有人愿意承担这个麻烦，也总是白忙活，因为菲尔从不接受任何人的椅子，或者礼物。他每次到来都会打断某场关于妓女、政治、马匹或者爱情的谈话，屋里陷入寂静，直到木柴在炉子里爆响一声，强调此刻的寂静，才会有人因为害怕这寂静感到必须说点什么。

"你觉得柯立芝总统怎么样？"有人会问，因为《波士顿晚报》最终会流落到宿舍里来，用作废纸和引燃物，偶尔也有人读一下。

菲尔会皱起眉，单手卷出一支完美的香烟。他知道这直白的寂静意味着什么。"我就说一样吧。"他点燃烟，"他真是有勇气，才能屁都不放一个。"菲尔会大笑起来，接着他们或许会围绕柯立芝断断续续地聊一会儿。某个年轻人出于讨好，会请教菲尔该怎么订购马鞍：是对称式好还是偏心式好？维萨利亚马鞍真像广告里吹嘘的那么棒吗？

最后菲尔会依依不舍地说："唉，我猜你们肯定想上床睡觉了。"

"噢，没有的事，菲尔。"然后他们会继续聊天，可能是聊第二天的工作；如果当时是春天，或许会聊割草机的检修；也可能聊到一群野马的下落；又或者是听菲尔讲一件布朗科·亨利的轶事。布朗科·亨利是最好的骑手、最好的牛仔，也是教会菲尔编织牛皮的人。最近有一次，给伙计们讲完故事后，菲尔猛地望向窗外，目光穿过丛丛黑麦草，投向大宅里亮着灯的卧室窗户。他正瞧着，那窗户后面的灯火突然灭了。乔治没有等他回去！

"伙计们，"他露出遗憾的笑容，"得睡觉啦。"

他走了之后，一个多嘴的年轻牛仔便大声说："嘿，他好像是个挺孤独的家伙，对吧？说回他进来之前我们聊的，你们觉得有人爱过他吗？或者，他爱过任何人吗？"宿舍里年纪最大的帮工盯着这个年轻牛仔。这个年轻人刚刚说的话非常不合适，甚至是丑陋的。菲尔跟爱有什么关系？年纪最大的帮工弯腰伸手，拍了拍趴在一旁的棕黄母狗的头："我不想讨论任何关于他和爱情的问题。我要是你，也不会叫他'家伙'。这很不尊重。"

"好嘛，娘的。"年轻人脸红了。

"你得学会尊重人。关于爱情，你需要了解的东西还多着呢。"

秋天，兄弟俩带着帮工，赶着一千头小公牛，前往二十五英里外那个名叫山毛榉的小镇，要去饲养场。只要天气不是太差——狂风，大雨，飞雪划脸，冷得仿佛全身血液都冻住——这趟旅程就会有些秋游或野餐的意思。那些年轻人一路惦记着厨子刘易斯太太准备的午餐，通常等到正午——也就是三齿蒿的影子藏到正下方的时候——就可以吃了。他们还惦记着跟饲养场隔路相望的酒吧，以及酒吧楼上那些屋子里住着的妓女。

当红日升起、白霜从短短的干草表面褪去的时候，牛群已经排出了半英里的长队。牛仔们一声不吭，兄弟俩也一声不吭，只有牛蹄嗒嗒前行，蹄下的三齿蒿被踩得沙沙作响，还有皮质马鞍的吱吱声、德产银制马嚼的叮叮声——横行一夜的黑暗魔力正在被圣洁的黎明净化。东边的山丘后钻出朝阳，照亮这个对年轻牛仔们的个人愿望充满敌意的广阔世界。他们只好紧紧抓住自己的各种回忆，比如家，比如厨房炉灶，比如母亲的声音，比如学校的衣帽间，比如课间休息时孩子们的叫喊。他们抬起下巴，紧紧盯着路边某个废弃的木棚。木棚任凭风吹日晒，夏天会有野马来乘凉。多年前，木棚里住过一个像他们一样的男人，而他一败涂地。马路沿着铁丝篱笆蜿蜒，篱笆上方立着一块大广告牌，布满弹孔和铁锈，鼓动他们去嚼一种早已破产的品牌的烟草。走在最前面的，是宿舍里年纪最大的牛仔，他驼着背坐在马鞍上，一头银发、满脸沟壑。他肯定跟他们一样，梦想过拥有属于自己的小地方：几亩地，一座农庄，几头牛，一片草场，一个娶得起的女人……可能还梦想过有个孩子。

太阳从山后跃出，越升越高，释放的暖意滋养了他们的希望。于是他们开始聊天、起哄、互开玩笑。他们的梦想会实现的。等他们活到前面那个老头的年纪，他们会有自己的小地方。他们会有自己的钱，自己的规划。现在，他们的马头指向饲养场，指向酒吧，指向酒吧楼上的女人。

往年走这路时，在昏暗的天色里，兄弟俩一言不发，只能通过身形辨认对方——一个清瘦、一个粗壮——除了身形，就是彼此马鞍熟悉的嘎吱声。是的，菲尔惬意地想到，每次刚开始这趟跋涉，他们都是一言不发，都在回想过去，现在的沉默也不过说明一切尚未改变，至少没改变太多。是的，他如今确实讨厌走这趟路，因为会有深绿色的斯特恩斯骑士轿车从牛群中穿过——菲尔认为它速度太快了。要是司机胆敢按响喇叭，吓到牛群，菲尔会立刻策马追上在牛群间挪动的汽车，端坐栗色马背居高临下地给司机一点颜色瞧瞧。你该看看后座上那些乘客畏畏缩缩的模样！

"他奶奶的，"他咆哮道，"乔治，你听到那王八蛋按喇叭了吧。我的天，他们压根儿不关心会不会吓跑你的牲口。真想看到所有该死的汽车都炸个稀烂。"

但是乔治忠于里奥车，就像他忠于自己的其他所有物。他的视线越过数不清的牛背，向前望去。"哎呀，"他说，"菲尔，人总得跟上时代。"

"时代！"菲尔说着，吐了一口唾沫。十年前的驾驶才是像话的驾驶——大丈夫应该坐在木箱上，手握缰绳，四马齐驱。"那司机叫什么来着，小胖？"菲尔问乔治。他很少忘记别人的名字，但要在早晨开启一次对话总得找点方法。

"哈尔曼。"乔治说。

"老天，没错。"这样他们就回到了旧时光，回到孩提时代，可以一起回忆布朗科·亨利，回忆这里还有最后一批臭烘烘的印第安人的日子，后来政府终于把他们赶去保留地了。菲尔至今记得，他们离开时骑着摇摇晃晃的马，颠簸的四轮马车塞满了人。整整一个星期，牧场前经过的印第安人络绎不绝，都是去往爱达荷南边的保留地。他们弄得牧场到处灰尘飘飞，牧场的狗也不停叫唤。只是那个狡诈的老酋长不在队伍里。他已经死了。

菲尔喜欢跟乔治回忆，多少次他们俩放牛的时候，菲尔目光敏锐地发现了印第安人的箭头，他总是捡起来，收为他那无与伦比的藏品。他不记得乔治什么时候找到过箭头。想到这里，菲尔笑了。乔治怎么能发现呢？他总是越过那片尘土茫茫的牛背，直直地看向前方，就像现在这样。

菲尔想，到底该从哪里开始这一天的对话呢？这一天太特殊了。应该从布朗科·亨利说起吗？还是去年的那场意外，有辆车想穿过牛群，结果冲进了路边沟里？车上有两个女人和一个男人，都穿着灯笼裤，真是不要脸。他们就呆呆地站在那里，看着翻倒在路边的汽车干瞪眼。菲尔很高兴乔治当时在牛群的最前面，没有看到这一幕，否则他肯定会帮忙拿绳子把汽车拖出来，这些人就会错过应得的教训。

或者还是从今天早上最重要的事说起——今天是二十五周年！他们这样一起赶牛，已经有二十五年了！他们是多么骄傲，这段日子又多么长久啊！他们第一次圆满地赶牛是在一个圆满的年份：一九〇〇年。两个〇结尾。这个事实在菲尔看来颇有意义。天啊！当年的布朗科·亨利还没有现在的他和乔治大呢。天啊！甚至不比他们今天带领的小伙子大多少。这些小伙子衣着浮夸，都不清楚自己是什么人了——是牛仔，还是电影迷。菲尔从不看电影，以后也绝不会看，但这些年轻人在宿舍里放着电影杂志，还把一个叫什么威廉姆·S.哈特的人奉作神明。看看如今他们给帽子弄出的褶子，看看他们脖子上挂的丝绸手帕，真是花里胡哨！他还听说，有人定制了镶饰花边的靴子——花了一整个月的收入，就为了一件套在脚上的东西。然后这些人还在琢磨自己是怎么沦落到这穷乡僻壤来的！呵，菲尔寻思，就是这么来的。人啊，越无知，就越觉得有必要装饰自己的后背。

乔治已经漫步到右边去了，于是菲尔只能对角穿过缓慢前行的牛群朝他靠近，一路上还哼着抚慰的小调，以免惹恼它们。"哎，小乔治，"他笑道，"日子到了。"

作为兄弟，他们骑行的方式很不一样，一个总是漫不经心，裸露的手中随意捏着缰绳；另一个在马鞍上坐得笔直，挺胸收腹，直直地看着前方。"日子？"乔治转过头问，"什么日子，菲尔？"

"什么日子？什么日子，小胖？今天就二十五周年了。一九〇〇。一九，两个〇。记得吗？"

"我真忘了。"乔治说。

他怎么能忘记呢，菲尔好奇。这一年里他都在想些什么？"二十五年。算是某种银色周年纪念了，"菲尔说，"不吗？①"打趣或生气的时候，菲尔常会用错误的语法来加强语气。

"太久之前的事了。"乔治说。

---

① 原文为"don't it?"，菲尔故意不说正确的"doesn't it?"。

"呵，"菲尔说，"他妈也没那么久。"他还没提如果从孩提时代算起，他们在一起得有多少年了。菲尔丝毫不觉得自己老，不比他十二岁而乔治十岁的时候老——只是聪明了许多。"不过我得说乔治，我们过去的日子真不错。"

"我想是吧。"乔治从衬衣口袋里掏出达勒姆公牛牌烟草袋，把缰绳套到马鞍上，摘下手套，卷了一支烟。这支烟卷得很粗，被他卷得像个漏斗。

菲尔瞧着，哼了一声。如果开启纪念周年的话题是他自作多情，那可去它的吧。乔治到底是哪里有毛病？肚子疼吗？秋天一起扎营时这家伙还好好的！整个夏天他也很有趣。"哎，小胖，"他说，"你还没学会单手卷烟啊。"说完，菲尔就蓦地策马穿过牛群，去找年轻人聊天了。他动了动嘴皮，准备给他们讲布朗科·亨利是怎么在得了重感冒的情况下，仍然极其漂亮地完成了一次赶牛的——那时他已经四十八岁。妈的，有时他渴望讲出整个故事。他讨厌酒精的一大原因就是他害怕，害怕酒精可能让他说出整个故事。

忽地，一只灰色小鸟从灌木里飕地飞了出来。菲尔的栗色马受了惊，脚下一踉跄。菲尔突然感到很生气，气得简直犯恶心。"你这匹老蠢马！"他叫道，猛地拉起栗色马的头，用脚上的马刺狠狠扎了它一下。第一次跟布朗科·亨利并肩骑行，已经是二十五年前的事了。

日头渐高，影子变短，接下来的几小时将炎热而漫长。是的，过去的年头也很漫长，菲尔想，它们投下的阴影也很长。

如果风向正好，你的鼻子又够灵，那么在看到山毛榉的饲养场前，你就会闻到它。饲养场附近有条河，在这个季节几乎是干涸的，露出大片河床，剩下一点安静的水面映射出空荡荡的天空。有时喜鹊会拍着翅膀飞过，寻找着腐肉，或是死于土拉菌病的地鼠和兔子，又或是死于乡下人口中的"黑腿病"、在路边膨胀腐烂的小牛。是的，如果风向合适，而你的鼻子又够灵，你会闻到那水中的臭味，还有硫黄和碱的臭味，后者来自饲养场里的小溪，它缓缓流进那条河，把汇合处的河水都污染了。

如果阳光正好，你的眼睛又够灵，有时就会先看到山毛榉的海市蜃楼。它飘浮在地平线上方，你能看到饲养场，看到土坡上运载牲畜的车，看到那两座有着装饰性假墙的酒吧，看到破旧的白色学校和里面矮小的钟楼——钟楼被三齿蒿围绕，下面还有一片光秃秃的地面供男孩玩球、女孩跳绳。空地的另一边是那栋叫作"客栈"的建筑。客栈后面是一座光秃秃的小山，山坡上有一些瘦弱的野马在吃草，永不停歇的风把它们的鬃毛和长尾拧得乱七八糟。夏天和冬天都有狂风呼啸，沿着山坡吹到山脚的墓地，那里有生锈的铁丝和腐烂的桩子，作用是防止动物践踏墓地或弄倒那些常常插着花的水果罐——春天是紫罗兰，然后是火焰草，不过只有最近去世的人才能保证有花。花朵会在阳光下迅速枯萎，它们传递的心思转瞬即逝，水果罐里的花茎也很快就溃烂了。

有个聪明人想到了好办法，给一座新坟献上了纸花，还把水果罐倒过来放，以防雨淋。

当消息传来,说有人看到平原上尘土飞扬,一批出手阔绰的牛仔正赶着一大群牛迤逦而来,山毛榉众人的心脏总要跳得比平常快一点。两座酒吧里,酒保赶紧收起吧台后面的劣质酒水,摆出真正的威士忌,那是从加拿大进来的好货,专为那些不差钱的人准备——牧场的人往往喜欢摆阔。

"我告诉你,"某个酒保对一位头天晚上才坐火车从盐湖城过来的旅行推销员说,"他们把牛赶过来的时候,别到大马路上去,别盯着牛看,不然你可能把牛吓着,他们赶牛进场就会很麻烦。几年前有个人在那儿探头探脑,吓到了牛,被他们一枪打过去,子弹擦着头顶飞过。天啊,他那个拼命找地方躲、衣摆乱甩的样子,你真该瞧瞧!"

"听着像野蛮西部啊。"推销员嘲讽道。他来这儿的计划是把他的小型电灯卖给这里的酒吧、学校,还有那个叫客栈的地方,但没人肯买。

"什么呀,这里就是野蛮西部。"酒保说,"就我所知,整个山谷只有伯班克家有电灯。我们其他人都用煤油灯。"

"伯班克牧场。"推销员说着,看向吧台后面的美女挂历。你能看到上面女郎的吊袜带。

"今天下午来的就是他们的人。一千头牛。十个八个牛仔。还有兄弟俩。听我的劝,待在屋子里别出去,可别把牛群惊乱了。要点什么,多莉?"他问一个金发姑娘,"哎哟,你闻起来真香。"

"谢谢。"她说,"是花露水。我喝杜松子酒,你知道的。"

"伯班克的队伍要到了。"

"我在楼上看到了,"多莉说,"我真怕忙不过来。"

"哎,你反正有那个朋友帮忙了嘛。"

"她可真好。她病了。"

"啊?她得的不会是老阿尔玛得的那种病吧,你还记得吗?"

"肺结核?噢,才不是。她只是又收到花了。"

在那个名叫"客栈"的小旅社的餐厅里,几颗心脏也跳得快了一点点。餐厅已经就绪,楼上的床铺也准备好了。前台的登记册已经摊开,翻到崭新的一页,旁边放着一支刚刚削好的铅笔,散发着雪松的香气。

第二章

不论夏天还是冬天,山毛榉的风从未停歇。客栈背后那间棚屋顶上的风车也永不停转。戈登一家搬来的时候,给风叶调整方向的棘轮和链条已年久失修。冬夏两季,它转啊转,偏心轮上的转轴未连接任何设备,也不完成任何工作,只是无效地上下移动,嘎吱作响。那嘎吱声如此扰人,偶尔来此地留宿的人总是难以入眠。戈登一家搬来后不久,因为房客投诉,丈夫约翰尼·戈登想试试让风车停转。他搭起一架摇摇欲坠的梯子,爬上了屋顶。忽然一阵劲风刮来,把风叶砸到他身上,划破外套,割伤了他的肩膀。从此他就放任风车自转了。

"我们一开始就不该搬到这里来。"他常常对妻子露丝说。每当他这么说,她就会用那双大眼睛看着他,无声地求他不要再讲了。她是个年轻女人,她的眼睛里盛着一切。

不过,最初吸引他的不光是她的眼睛。那时他在芝加哥一家小得可怜的医院实习,病人基本都是有色人种或慈善救济对象。

为了逃离那个脏乱而又充满愁苦和惨痛的环境,他开始每周花几个晚上去电影院看电影。噢,他想,要是能遇到一个姑娘,像演员玛丽·毕克馥小姐那样温暖、柔情又刚毅,笑容和双眼能融化人心,那该多好。还有她的酒窝,她的眼神!有一次,他在微醺的情绪中对两个年轻医生诉说了自己的梦想,却被他们高声嘲笑。"你话太多了。"他们说。不过他还是紧抓着这个梦,继续编织,于是梦里多了一幢爬满葡萄藤的小屋,还有白色的篱笆墙。

有一天晚上,他坐在电影院前排,不远处就是给影片伴奏的钢琴。那架钢琴时而奏出轻快的旋律,时而奏出沉重的低音,解释和烘托着在他眼前明暗闪烁的戏剧情节。电影院的灯亮起来后,他仍然沉浸在美梦里不能自拔。钢琴前的姑娘碰了碰帽子,理了理头发,同时转过头来。想想吧!她就坐在那里,离他不到十英尺,而他以前每一次来看电影,她都坐在那里。他们对视,凝望,他微笑了。

他没有提议她去他的房间。她不像那种姑娘。不过换作之前嘲笑他的那些朋友,恐怕立马就约她去房间了。

"她要是不愿意,就说不愿意呗。"他们会这么指点他。

他不想这样。他的直觉是对的。想象一下,叫一个周日在教堂弹钢琴的女孩去你的房间。

他马上自我介绍是名医生,希望让她钦佩,树立起自己的形象。"湖边有个狂欢节活动,"他提议说,"他们说可好玩了。你喜欢狂欢节吗?"

"那是我最喜欢的事情之一。"

"那么,"约翰尼问,"你最最喜欢的是什么呢?"

"花儿。"她说。

"唔……"

"我可不是在暗示你什么。是你问我的。"

即便他自称是医生,她父亲还是把他仔细审视了一番。"我们不会晚归的,先生。"他说。她父亲瞥了他一眼,拿起报纸进了另一个房间。

"那么,戈登先生。"她母亲开口了。

"请叫我戈登医生,女士。"

"……她是我们的独生女。你能理解我们的心情吧。将来你或许也会有这样的心情。"

"我能理解。"看着露丝把他带来的紫罗兰别到外套上,他几乎无法呼吸。在她指间,他看到了从未见过的柔情。

她母亲叹了口气。"她一直喜欢花儿。她还是小姑娘的时候,就老是去摸别人的花儿。"

有一点他很确定:她真是会玩!什么游乐设施都不放过,包括过山车,坐上它,五脏六腑都要离你远去了。还有大摆锤,简直能把你晃到九霄云外。"啊!"她叫着,晃倒在他身上,他闻到了紫罗兰的香气。"我得说,"她缓了一口气,"作为一个声称没什么自信的人,你敢玩这些刺激项目真是很有自信。"

"啊,是这样。但在你身边,我就很有信心。"

不过,她不愿意进帐篷看那些畸形怪胎展览。他也并非想看,提出这个只是想知道她对畸形怪胎的看法。他很讨厌畸形怪胎,尤其是他们微笑的时候。

那就不去看畸形展览。于是他们决定去听一个胡子尖尖的年轻人唱小歌剧。接着,约翰尼和露丝哼起了《红磨坊》里的小调。露丝没有戴初次邂逅时让他喜爱的那顶漂亮小帽子——似乎装饰着花朵,而是绕了一条头巾,有点像吉卜赛人。

"这是束发带,"她对他说,后退了一步,以便他好好看看,"喜欢吗?"

"我觉得好看极了。"他说。

"我从杂志上订的,"她说,"是范德比尔特夫人[1]戴的款式。"

"噢,我敢打赌,你戴着比范德比尔特夫人好看。"他说。

"我可不敢这么说。"

"我很肯定。"他认真地说。

他想起在什么地方见过一张照片,上面的范德比尔特夫人正走向一辆劳斯莱斯豪车。你相信吗,露丝确实有点像范德比尔特夫人,不过是个一口气就能吹散的范德比尔特夫人。"你知道吗,你长得很像范德比尔特夫人。"

"你说真的?"

他大笑起来。"真的,而且你也这么觉得吧。"

"现在你知道我的小秘密了。"那条小小的束发带是她的徽章。

"你去告诉他们吧,我说会结巴!"他说。那时候流行这么

---

[1] 范德比尔特夫人(Gloria Morgan Vanderbilt, 1904—1965),美国名媛,被视为时装设计之母。

开玩笑①。约翰尼哈哈大笑。

不过，几个晚上的约会之后，她同意嫁给他时，目光闪亮，嘴唇微张，像是等待被亲吻一样，他的眼眶里忽然涌满了泪水。他感到，他的人生，不管变成怎样，没有她都不会完整，这让他害怕。是为她害怕，还是为自己害怕？他也说不清。

"年轻人，我只对你说一句，"她父亲说，"永远对她好。"

"我向您保证，先生，我会永远对她好。"约翰尼说。

"你第一次打电话来的时候，"她父亲皱着眉说，"不是很清醒。"

"您很敏锐，先生。"约翰尼说，"我承认，我当时喝了几杯，给自己壮胆。"

"酒精是很糟糕的东西。"

"酒精是一种药，先生，"约翰尼说，"只要用对了场合。"

实习期结束时，医院没留下他。他一早就知道会是这结果，但还是有些失望。也许，这个事实让他清醒地意识到，自己与现实世界的关系有多脆弱。他觉得，要是他能早一点遇到露丝，早一点——用他的话说——奋力一搏，或许还能得到留院工作的机会。遇到露丝之前，他为什么做事只是走走过场呢？至少在主任看来，他是在走过场。

"但我得说，约翰，"主任对他说，目光越过桌上摆的头骨投射过来，"我有眼睛，我有耳朵，我知道你可能是我认识的所有

---

① 约翰尼的话化用自当时的一首流行歌曲《你去告诉她吧，我说会结巴》，歌词讲述的是一个结巴的男人请别人代他向心爱之人求婚。

年轻人中天性最善良的一个。"

"善良?"约翰尼问,"善良?先生,我从没留意过,我善良。"

"或许你没留意过吧。"主任说着,抽起烟斗来。约翰尼希望自己也能抽烟斗——能有资格在这儿抽烟斗。"所以我才说,你是天性善良。那些新潮的精神科医生告诉我,这种善良源自某种敏感。而且……"

"而且什么,先生?"

"我们有时必须控制这种敏感。它可能很危险。我们不确定它对医生来说是不是一种好品质。很遗憾,但事实如此。"

"那我该怎么做呢,先生?怎样才能找到工作?"

"去小地方吧,约翰。找个小地方,站稳脚跟。"

被称为"约翰"让他感到尴尬。他觉得自己不像"约翰",更像"约翰尼"。这可能是他的毛病,因为他相信世上所有叫"约翰尼"的人都匆匆生活,一路欢笑,一路哭号,但总是匆匆。

他找到了小地方,就是这个地方——山毛榉。而对于这个地方,他总是说:"我们一开始就不该搬到这里来。"然后露丝就会看着他。

但在当初,对一个前途未卜的年轻医生而言,这里看上去确实是个颇有可能安定下来、谋一份生计的地方。有铁路经过这里。他把露丝安顿在北边二十五英里外的横顿城的一家旅馆里,独自来到山毛榉考察,而这里的每一个人似乎都为将有一位医生而兴奋热情。

"二十五年来，我们从没有过医生。"酒吧里，有人对他说。

"那日子可不短。"约翰尼说。

噢，他们告诉他山后面的旱地农民会来这里，西边还有那些大牧场。他们还说，传言北太平洋铁路公司要修一条支线，接上联合太平洋铁路公司的线路。山毛榉注定会作为交通要塞蓬勃发展。没几个月前，还有勘探员扛着设备过来工作，那是一群多么优秀的年轻小伙子呀！

沉浸在酒吧洋溢的热情里，约翰尼又为他的新朋友们买了一轮酒，新朋友们也都纷纷致辞，祝愿他有一个宏大的未来。那个愿景大得一如外面的土地，让他激动得喘不过气来。那么，他和他的妻子住在哪儿比较合适呢？

他有妻子？啊，这是好事。

他掏出了她的照片。

呵，他可真有福气。"我想起来了，"酒保说，"你也许可以看一下那个老旅店。'客栈'，以前是这么叫的。"

那是一家小小的旅店，二楼有六个一模一样的小房间，配了一模一样的铁架床、盥洗盆和衣橱，每个房间的窗边都摆有一捆盘得整整齐齐的绳子，是用来防备火灾的。客栈荒废了太久，已经在孩童间建立起了鬼屋的声望。他们目击过忽闪的灯火，目击过窗边浮现的人脸，有个胆大的还扔了块石头过去，打穿了窗玻璃，据说还听到了一声尖叫。尤其当月光照在饱经风霜的棕色木隔板上，穿透窗户，突显出那块写着"客栈"一词的招牌上挂着的漂白鹿角时，这里特别像鬼屋。

但在日光下，它看上去还是结实可靠、纯良无害的。后面那座棚屋顶上的风车赋予了这个地方某种实用的气氛，而约翰尼认为，在他的医疗事业站稳脚跟之前，他们可以先把这个客栈经营起来——一张弓搭两支箭。他可真不切实际啊，不是吗？

房子的产权属于横顿的银行，银行的人几乎立即跟他达成了协议。房子的首付是用他姑姑的遗产解决的，当初正是这位姑姑建议他学医。他还用这笔钱买了一辆二手的福特汽车，以便出诊。剩余的钱足够把二楼的一间屋子改造成办公室。这里有一把精致的金属椅子，推平后就变成了一张体检台。还有一架人体骨骼，在玻璃柜中咧嘴微笑。

现在，他要做最后一件必不可少的事了。"过来看一下，露丝。"他说。她正蹲在房边，打理着她种的加州罂粟，他微笑着看她站起身来。据说加州罂粟是少数能在此地严苛的酸性土壤中蓬勃生长的花。他手里还握着铲子，那是他用来给木杆挖洞的。杆顶有个形似绞架的结构，挂着招牌。招牌是他亲手打磨、抛光、上漆，然后挂上去的。他用了四个螺栓来固定，以免它被风吹跑。

约翰·戈登医学博士

"哇，不过这里风真大啊。"她看招牌在晃动，说，"但我现在很少听到风声了。真好，看起来非常不错。"

"这风听着听着就习惯了。"他说。然后他们回到屋里，铆足干劲,开始清理。来苏水和大量的热肥皂水把陈年老鬼都吓跑了。

儿子是他亲自接生的。他亲手把这个有福的儿子从母亲的子宫中接了出来,然后他们一起犯了个错误,给孩子取了一个有点不辨男女的名字,彼得。因为露丝的父亲就叫这个名字。后来人们改用"皮特"来称呼那个魁梧的男人了。

约翰尼觉得此生从未见过比这更美的画面:妻子斜躺在床上,给孩子喂奶。他照顾她,坐在她身边,给她读拜伦的作品,为新生命的神奇与美丽而着迷。每个人都来祝贺他,而他那么笔直地坐在福特轿车的方向盘后面,咧嘴笑着,给大家发雪茄。有一刻他在镜子里瞥到了自己,便看着自己陷入了思考。他想,每一次不管她在做什么,只要抬起头来,总是微笑着的。他好奇以前有没有人留意到这一点。

罂粟花开了,又凋谢了。冬日的寒风从远山呼啸而来,大地铺满白雪,罂粟花开又花谢。戈登夫妇感到有些不安,但没有跟彼此聊过的是,这个金发小男孩开始走路的时间有点晚,开始说话的时间也有点晚。当他终于迈步走路的时候——那一天真是令人难忘!——他的姿势机械而僵硬,几乎不会弯曲膝盖,这种步态也暗示了,两脚直立行走是一种历经痛苦才能学会的技巧,而非人类的本能。当他终于开口说话时,夫妻俩大吃一惊,因为他似乎有一点口齿不清,但说话的节奏有种成年人的顿挫,这让他们相信自己的孩子是有天赋但未开蒙,而非迟钝,尽管他的额头有点过于宽广,一双大眼睛显得茫然无知,还有个令人不安的习惯：喜欢聆听远处的声音。他四岁的时候就识字了。

约翰尼很快就意识到一个令人费解的事实，尽管一开始这并未令他困扰：那些大牧场主及其妻子、家人需要看医生的时候，会直接开车去横顿，把看病的行程和其他活动结合起来——比如购物，去横顿大酒店或糖碗咖啡馆吃饭。他们喜欢坐在酒店大堂里宽阔的绿皮椅上，跟朋友们打打招呼，透过高大的玻璃窗看着外面不知在忙些什么的市民，看着停靠在门口路沿的他们自己的汽车。他们喜欢在市里慢悠悠地转一转，看看法院和监狱的哥特式黄砖建筑，赞叹铺展在建筑前方的大片草坪多么整齐。而监狱后面，醉汉和流浪汉被警长像宠物一样收留着。他们欣赏着住宅区绿树成荫的街道，看到药店橱窗里的塑料疝气带时既惊讶又尴尬，还会步行去火车站，看火车怎么进站、停车。那地面震得！那蒸汽响得！然后他们回到横顿大酒店，订个房间，泡个澡，享受一下荣华富贵，微笑着等待晚上去看电影。而客栈里没有荣华富贵，山毛榉没有荣华富贵，只有狂风呼号。这样一个充满绝望与挫败的地方，并不适合让人驻足放松。

在山毛榉行医的这些年，约翰尼·戈登一直忠于希波克拉底誓言，彻底忠于，从未因为收不到钱而拒绝出诊。他的病人是山后面的旱地农民，他们的生活在某种程度上与他如出一辙。是铁路公司的彩色传单把他们诱惑到了这里：说这里有廉价的土地——上帝知道，这是真的；说这里有充沛的雨水——上帝知道，这是假的。只有控制了小溪和河流的大牧场主能兴旺发达。不过至少，那些旱地农民——那些挪威人、瑞典人和奥地利人——在干净的环境里也不见得能成功。

"天啊,露丝,"约翰尼曾经说,"可他们都很干净。简直可以直接拿那儿的地面当餐桌。哪天坐我的车一起去吧,我们去野餐。"

他曾被请去给人接断骨,他们的胳膊被圆锯切断,血肉模糊。这些曾经的城市居民太笨拙,还会被牛马踢到腹股沟。又或是他们的妻子要生孩子。约翰尼开着福特抵达时,他们已经煮好开水,以便他给器械消毒。当他接生的宝宝对着这个世界发怒或哭号时,他便大笑着赞美新生儿;他会坐在擦得干干净净的厨房餐桌边,和添丁的丈夫一起庆祝,开开玩笑,让他们的心情能从对妻子的担忧中稍稍转移。"山姆大叔为什么穿红白蓝的吊带裤?"他唱着歌,一路疾驰回到山毛榉,后备厢里装着一两加仑的苦樱桃酒。"他们有钱了会把钱补上的。"他向露丝保证。而他们确实会给,只要能有钱。

不过现在,绞架上写着他大名的那块牌子久经风霜,已经看不清字迹了。漂白的鹿角也在一天夜里被风刮落。客栈需要刷漆了,但里面还是无比整洁,窗明几净。维持这一切的钱不是约翰尼出诊赚来的,而是靠路过此地、兜售布匹和小商品的旅行推销员,以及偶尔住宿用餐的牛贩子。

彼得不但受尽各种儿童疾病的折磨,感冒发烧也没少得。这极大地损耗了他的元气,让他的手脚只剩薄脆的骨头包着柔弱的骨髓。约翰尼不知人们会不会依据儿子久病难医的情况来推测他的医术,不知古籍里有没有"医生的儿子总生病"这样的矛盾谚语,就像那句"鞋匠的儿子总光脚"一样。不过彼得从不抱怨,也不要求什么,只是接过父母给他的玩具,尽着儿子的本分。他很早就体会到了被排斥的感觉,用他那双深陷的没有情绪的眼睛看待生活,像是看到了一切,又像是什么也没看到。他从来不打球,更喜欢读书和独处,厌恶阳光,在阳光下总是停下来眯起眼,遮挡住光线。

山毛榉的夜晚,人们很早就熄灯了——对着煤油灯吹一口气即可——然后世界就只剩下某个病房窗户后的一盏孤灯,火车站旁控制室玻璃窗里闪烁的苍白火光,有时还有月光。而这才是彼得想出门的时候。

"你做什么去?"露丝或约翰尼会问,而彼得总是会回答,不做什么。

他们以为不做什么的意思是他要去走走,随便走走。但是当厨房里的钟一圈圈地转过两个小时,约翰尼忽然慌乱起来,感觉腹中有什么在翻滚。他又玩了十五分钟指甲,不敢跟露丝袒露自己奇怪的恐慌。"我还是出去看看他在做什么。"约翰尼说。

大地很平,在月光下很亮。三齿蒿上的露水被映得透亮,一条小径在月色里十分清晰,就像月光照在水面。他想,能吸引儿子的地方应该只有河流了,不过河岸上除了一丛柳树什么也没有。儿子一定在那儿。如果不在,又在哪儿?他靠近柳丛时,放慢了脚步。

约翰尼看到了儿子,他背靠柳树坐在河边。河中的沙洲上有一截树桩,河水撞上去,被打散,分成两道。淙淙的流水声或许盖过了约翰尼轻轻的脚步声,因为小男孩一动不动地坐在那儿,脸蛋沉浸在阴凉的月光里,瘦削的眉骨向深陷的双眼投下阴影,宛如一张面具。约翰尼觉得自己在闯入一个神秘的领域,所以迟疑了。他之前也有过这样的迟疑,比如有几次,他发现儿子在凝视盥洗盆上方的波浪形镜子中的自己。从儿子平静的眼中,约翰尼看不出他是在寻找什么、自省什么,还是单纯在与镜中的自己为伴。然后儿子转过身来,毫无尴尬的情绪——他看上去并不觉得这有什么奇怪、不妥,或是任何异常。倒是约翰尼感受到一股内疚的刺痛。这几次撞破让他有了某种负担,他想告诉露丝,但最终都保持了沉默。

现在,有什么东西,在男孩外套的衣摆中,在男孩模糊了表情的阴影中,在他头顶布开的茂密如网的柳条中,让他看起来像个正在祈祷的虔诚僧侣。一个突如其来的念头让约翰尼震惊了:也许这孩子一贯的孤僻行径,不是医生或科学家的冷静超然,而是术士、牧师的与世隔绝。约翰尼开口时,被自己反应过度的声音吓了一跳:"彼得?"

"我正要回去呢。"他毫不惊讶。

"我好奇你在做什么。"

"我在看。"

"看什么?"

"月亮。"

在围栏里,家禽会把残废或畸形的同类啄死,同样,在学校里,彼得也被凌辱、被嘲讽、被人叫娘娘腔——到处都有人这样叫他。但是,只有在他们嘲讽他父亲是酒鬼的时候,他才会奋起反抗。他们的速度比他快,能轻松躲过他的攻击,围着他站成一圈,嘴里发出整齐划一的残酷嘲弄,眼里洋溢着快乐的光芒。他知道,他们的父亲也曾这样站成圈,嘲弄某个贱民、某个怪胎。他们的祖父也曾这样,他们的子孙也会这样。

约翰医生是个酒鬼。

他又一次拱起单薄的肩膀向前猛冲,但是忽然站住了,看着一个人,然后另一个:看着弗雷德,那个每天用价值五十美元的马鞍骑马上学的孩子;看着迪克,那个酒保的孩子,会在厕所墙上写字,还钻了个洞偷看女同学,不过学习成绩几乎跟彼得一样好;看着"滑头拉里",体重已经有两百磅了,老是咧嘴笑,不怎么说话。彼得注视着他们,像一个狡猾的老头一样意识到:他应该用自己的方法反抗他们,而不是用他们的方法。他知道,他这种古怪、冰冷、不针对个人的仇恨并不仅指向他们,还指向那些正常的、有钱的、受人艳羡的、养尊处优的人,那些人可能侮辱他心目中的戈登家的形象。

这种形象是什么时候开始成形的?是他用旧杂志做剪贴簿

的时候。乡下地方没几个人听过这些杂志——《城乡》《国际工作室》《导师》《世纪》——都是山谷里一个不太寻常的女人送给学校的，多年来无人翻阅，只是堆放在衣帽间的阴影里，旁边是一箱箱无人认领的雨鞋和手套。彼得把杂志上的照片、插画和广告剪下来，收集到自己的剪贴簿里。他的老师是一位善良但不苟言笑的女士，经常回忆童年以及她养过的一只小猫，并不认为这些杂志不能剪。毕竟她和其他学生都不觉得它们有什么价值。彼得用苍白的双手剪贴收藏的，通常是荣华富贵的画面——航行的远洋邮轮，出发的高速火车，珠宝藏品，英格兰乡村风情，厚重的帷幔，皮革旅行箱，纽波特的海滩以及把时尚泳客带去那里的豪华汽车——洛克莫比尔、伊索塔-弗拉西尼、密涅瓦。但荣华富贵不是他唯一的选择标准：每一张照片、每一幅画、每一则广告，上面都有能让他联想起自己父亲或母亲的人物，比如母亲站在阳台上看着带雕塑的草坪，比如父亲在豪华酒店登记入住。就这样，他创作着一本梦想之书，击溃家庭的失败，击溃永不停歇的风声，画出未来世界的蓝图。他会让这张蓝图成为现实，方法就是成为一名伟大的外科医生，在法国的鸿儒面前朗读论文，听陌生人议论他母亲多么美丽、他父亲多么善良。

现在，当学校里的人说他父亲跟妓女聊过天时，他只是一动不动地站着。

他父亲确实跟一个妓女聊过天。那个妓女起初在盐湖城的一家酒吧工作，当青春不再，又跟人吵过几架后，她坐火车来了横顿，在那里的红白蓝会所上班。到了横顿，她开始经常祈祷，甚至多次被人看见跪在床边祈祷。她会在夜里去教堂（有两个教堂从不锁门），人们说她疯了。

要不是这频繁的跪拜和祈祷招人注意，那目光敏锐的老鸨可能还发现不了她肺结核的症状。老鸨想让妓院干净，就建议这个名叫阿尔玛的病女人去山毛榉，说那里需要妓女，那儿的客人也不那么挑剔。

"也许上帝会帮助你的。"老鸨说，"你在祂身上花了那么大心血。"

她拖着一个纸板做的行李箱来到了山毛榉，里面装着几套和服、一盒紫罗兰、一张她父亲的旧照片——当初正是那个老汉把她赶出了家门。假如她当年听他的话就好了。他要是不爱她，就不会管教她。

约翰尼医生那天早上走进酒吧想喝一杯的时候，就发现阿尔玛的问题不是肺结核那么简单。这是他通过对方的眼睛、肤色还有心智状态做出的判断。他在诊断方面有惊人的天赋。如果是多年以后，在属于专门医师的时代，他或许能大获成功，或许能有一间办公室，能布置上西班牙家具和波斯地毯——但有时候，我们就是在错误的时间出生在了错误的地点。检查病人时，他仿佛能听到一阵低语告诉他结论，也许是从听诊器里传来的，而这种诊断的天赋也被他遗传给了儿子。

约翰尼把妓女阿尔玛拉到一边，给她买了一杯酒。"你不应该工作了，你知道吗？"他说。

"上帝叫我工作。"她说着，抿了一口酒。

"这不光是为你自己。"

"我不欠别人什么。"她说。

"欠的。你知道你欠的,否则你就不会提起上帝了。你知道上帝想要什么。"

她抬手碰了碰太阳穴。"要是上帝骗了我,我该怎么办?"她已经在床上躺了几天,现在走路都摇摇晃晃的。

"不要跟任何人接触了,暂时。"但一个月过去,又过了许多个夜晚,许多个黎明。

"也就是再挨一个星期了。"约翰尼对露丝说,"或许更久一点,但她永远下不了床了。他们说不希望她死在那里,不过,死在那种地方本来也很糟,那样一个小房间。"他看了露丝一眼,拿出一包甜开普罗烟。"当然,有人说她本就不配死得安生。"

"你可真冷酷啊,约翰。"露丝说,"我已经在这里替她收拾出一间房了。"

他的微笑有点调皮。他走向她,微微钩起她的下巴。"这才是我的小范德比尔特夫人。"

"不,"她说,"戈登夫人,约翰·戈登夫人。"

于是这里的人开始管客栈叫妓院客栈,因为有一个会祈祷的失心疯妓女死在了这里。横顿和山毛榉的很多好女人都想把露丝砍死在街头,哪怕她丈夫是一个医生。她确实长得很美——无用也无心的那种美,像蝴蝶一样——美得让人难以原谅。她刹那的微笑和自信的仪态同样让人难以原谅。

"噢,他以后绝对会当医生。"约翰尼规划着,"他总是在读书，不是吗？眼睛瞪得大大的——你注意到了吗？重点在这儿，眼睛瞪得大大的。他喜欢书里的知识。"

彼得确实喜欢书里的知识，时常把自己关在屋子里，和《大英百科全书》待在一起。十二岁时，他就已开始研究维萨里的人体构造图，阅读希波克拉底的医学著作、维吉尔的某些诗作，还有他父亲不再开封的医学杂志。

"噢，"约翰尼说，"他会走得比我远。"他畅想着儿子的未来，变得骄傲起来，"你拭目以待吧。"

"你也是个好男人。"露丝提醒他。

"好？有个人曾经说我善良，而不是好。我不会骗自己，这是我的优点。不知你留意到了没，几乎所有男人都希望儿子能比自己更好。露丝，我留意到了。然而，我从来没什么信心。不过，反正每个男人都会缺点什么。"我们就这样通过承认失败，为自己的失败找到了借口。

有时，约翰尼喝醉了，会觉得自己跟那些大牧场主是平起平坐的：他们有钱，他有学识。他们把牛赶到这镇上时，他会等待尘埃落定后，漫步到酒吧。那些牛仔在酒吧里欢闹取乐时，他会开口——用酒保的话说，是"横插一嘴"。他会站在他们当中最优秀的人旁边，穿着医生的黑西装，衣领挺括，阐述自己对政治、教育和欧洲的看法。

"等着瞧吧，"他说，"他们会去那边打仗的，我们会卷入这场战争，你们会卷入，我也会卷入。"他们觉得他脑子有病。他似乎没有注意到，当他开始口齿含糊，或是把酒溅在自己身上，或是激动地拍着别人的胳膊时,他们会悄悄远离他。他们多数还是尊重他,也有人怜悯他。有人想起,他第一次来镇上时在大路上乱转,正为人生第一次参观庞大牛群而激动,却被人擦着头顶放了一枪,还挨了骂。他仓皇地逃到了货仓后面。天啊,他肯定在那里窝了好几个小时。

不过有一天,约翰尼跟一个不该搭话的牧场主搭上了话。你能看出那家伙端着酒站在那里,被约翰尼唠叨烦了。约翰尼谈论的是最近萦绕他脑海的那个幽灵——山毛榉居民缺乏的公民自豪感。他想知道,他们为什么不粉刷一下校舍呢?为什么要把垃圾扔在山上,亵渎这美丽的山野,让全世界都看到?

"看看外面呀!"他指示道,酒吧窗外的丘陵间,阳光照射在人们近来丢弃的烂瓶破罐上。"再过十英尺,垃圾就要扔到墓地里了。要我说,这真碍眼。"

那牧场主开口了。"要我说,你真碍眼。"

"你说什么,先生?"约翰尼没听明白。

那牧场主没有回答,但酒吧里响起一片赞许的低语。

"又比如花儿,"约翰尼提起了建议,"你到一个小镇,如果看见到处都是花儿,你就知道,这里的居民有公民自豪感。公民这个词怎么来的?拉丁语的 civatas,词源是城市的意思。再看看火车站吧,哪怕是横顿,火车站前也有一片整齐的草坪,上面种了许多漂亮的花儿。坐火车的人望向窗外就能看到这些花花草草,离开的时候一定对这个小城印象好极了,要是有人来这里定居,也没什么奇怪的,对吧?"约翰尼顿了一下,若有所思地看着自己的酒。屋子里的安静鼓舞了他。"比如花儿,"他又开始说,"看看我们是怎么做的,我妻子、我儿子,还有我。"他和妻儿把客栈打扮得这么漂亮,他们没看到吗?门廊侧面攀爬的蛇麻草藤蔓可不容易照料,如果线架没有布好,藤蔓就会垂下来变成一团。不光是蛇麻草,还有加州罂粟,还有旱金莲。这些植物都能在山毛榉好好生长,只要浇水。"你们可能见过我们在那儿给植物浇水。"

那牧场主又说话了。"几年前我一枪从你头上打过去的时候,你就是在干那事吗?"

"你说什么,先生?"

"我说,那年我一枪从你头上打过去的时候,你是不是在那儿给花浇水呢?"

"噢,是你开的枪?噢,我必须承认,先生,那是我自找的。当时我不太了解这里的规矩。"约翰尼说。

"真的?"牧场主说。

"冬天要来了。"约翰尼说,"你们这儿也没有花儿,对吧?我儿子跟我妻子这个秋天去了平原地区,找了些种子回来,染上色,这儿的冬天就会有花儿了。"

"真的?"牧场主低声道。有人咳嗽了一声。

"还不只这样,"约翰尼说着,小心地给自己倒了一杯威士忌,"我儿子有一双外科医生的手,非常灵巧。他能把皱纹纸折折叠叠,变成纸花。冬天,在我们家的餐桌上,就摆着这种纸花。想想看吧,一个十二岁的男孩,就能研究维萨里的人体解剖图，阅读深奥的文献，才十二岁！"

"还会做纸花。"牧场主说。

"先生？"约翰尼将吧台边的人扫视了一番，从一张脸到另一张脸。他忽然感觉有必要让他们更加钦服，于是说了一句跟花儿有关的希腊语。

"你说什么？"牧场主问。

约翰尼微笑着，神采奕奕。"这是希腊语，先生。做医生要学希腊语，这是艰苦的医学训练的一部分。"

"听起来可不像希腊语。"牧场主说。

"我敢打包票，先生。"

牧场主大笑起来。"你最好回你的小学校重修一下，不管你是在哪儿读的。希腊人管那种花叫Jóos。是拿去上坟的。"

哄堂的笑声就像是开了一枪，约翰尼有点站不稳。他努力理解着眼前的状况，想把注意力集中在一张能让他稍感安心的脸上，但没有找到这样的脸。"那个，先生……"

牧场主说话了，屋里又安静下来，针掉在地上都能听见。"你听过这个吗，大夫？"然后牧场主用拉丁语念了一句奥维德的诗，"你觉得这段怎么样？"

约翰尼听懂了，脸变得通红。"你为什么对我说这个？"他问。

"因为我喜欢说真话，大夫。你能不能告诉大伙儿，这是什么意思？"

"不，先生，我不能。"

"那我来告诉他们吧。"牧场主说,"它的意思是,你是一泡马屎。说到这个,你那个娘娘腔儿子也是。"

约翰尼脱下帽子,理了理头发,又把帽子戴了回去。他的目光没有离开牧场主。"我儿子不是娘娘腔。"

"这儿的男孩都说他是。"

"因为他读书。因为他思考。"

"因为他做纸花。因为他不知道怎么打球算犯规。"

约翰尼太傻了,才会朝那人冲过去。他太傻了,才会大叫着"你不能说我儿子是娘娘腔!"因为牧场主能这么说,会这么说,并且一说再说。

牧场主揪住约翰尼白衬衣硬挺的衣领,抓着他晃了晃,然后手臂一抡,像扔湿抹布一样将他扔向了对面的墙壁。约翰尼摔落在地上瘫成一团,想要站起来,但又跌坐下去。过了一会儿,他谁也不看,站起身来。他们看着他走过马路,穿过空地,朝客栈走去。他的步伐惊起了一些喜鹊,它们刚发现一只死地鼠,对他大叫起来。

"天啊,你这是怎么了?"露丝喊道,"是谁,是谁把你的衬衣撕破了?"

"我打了一架,露丝。"

"拜托,你受伤了吗?"

"没有,露丝。我没有受伤。我只是想上床躺躺。"

"上床躺躺?约翰,如果你没受伤,为什么要上床躺着?"

"我不知道。我就是想躺着。"他从椅子上起身。"儿子呢,露丝？"

"不知道去哪儿了。"

"你觉得他在哪儿？"

露丝小声说："我觉得他去河边了。"

"我不希望他看到我打架。"

"拜托，别担心这个。"

"露丝……露丝？"

"怎么了，约翰？"

"露丝，我刚刚没说实话。我不是怕他看见我打架。或许我的问题在于，我接受不了事实？"

"我不太明白你在说什么，约翰。"

"就在刚刚，我说我不希望彼得看到我打架。我是这么说的。"

"是的。"

"但事实不是这样。"

"为什么不是？你肯定不希望他看到你打架呀。"

"不，我希望。"

"为什么？你为什么希望？"

约翰尼的脸扭成一团。"希望让他看到我是打架好手。"

"你的志向可以更高远，你知道的。"

"如果你是打架好手，你就能打倒任何人，如果他撕烂你的衬衣，把你扔到墙上，还说你儿子……说你儿子是娘娘腔。"约翰尼闭上了眼睛。"好了，我说出来了。"

"说出什么了,约翰?"

"说出事实。我不希望他看到父亲被人扔到墙上,还被围观。"

"他没看到,约翰。"

"谁能肯定呢?那里那么吵。你知道人们一听到动静,就会凑过去看热闹吧。"

"我敢肯定他在河边。那里有个地方他总去。"

"你看,多么屈辱。"约翰尼说,然后,他凝视着妻子的双眼,"这是多么可怕的屈辱。对一个男孩来说。"

"屈辱?"露丝说,"对孩子来说还是对你来说?只要我们谦逊,怎么会有屈辱?这是上帝说的呀。"

"上帝。"约翰尼说,"能不能给我一条冷敷的毛巾?"

她为他准备了冷敷的毛巾,替他敷上,陪着他,等他睡着。她估计他醒来后照例会要酒喝。接下来几天她会小心控制他的酒量,让他至少能正常生活。他向来是她给多少就喝多少,从不多要。

不过这次,他醒来后就躺在那里,大睁着眼,什么也没要。她主动问他,想不想喝一杯,因为他常常告诉她威士忌可以止痛,而他现在正痛着。

"不用。"他说。

她给他盛了汤。汤凉了,没被动过。他躺在那儿,手露在被子外面,紧握着拳头。白天变长了,日光昏暗了,大雁南飞了。空地对面的酒吧里,自动钢琴奏起了轻快的乐章。

"麻烦把窗户关上,露丝。"

回答他的不是露丝,而是彼得。"我带了样东西给您看,父亲。"

约翰尼睁开眼,微微一笑。儿子站在屋子中央。"你要给我看什么?"

"这里光线会不会有点暗,父亲?"

"噢,我能看见。"

"我给您做了这些,这个夏天做的。"

约翰尼坐起身,儿子替他把枕头垫在了背后。"这枕头可真舒服,彼得。给我看看,是什么?"

"这些画儿,父亲。"

父亲,约翰尼想,这个词,责任多么沉重。他接过画来。共有十张,画的都是河边植物的根系。约翰尼闭上眼,咬住嘴唇。画得太好了,让他想起自己的画是多么蹩脚。

"我实在太骄傲了,"约翰尼说,"我从来画不到这么好。"

"是您教会我的。"彼得说。彼得出去后,约翰尼转头面向墙壁。所以,这孩子是知道了,或者听说了,不然,如果不是出于同情,为什么要给他礼物呢?

接下来的一年里,他滴酒不沾,也不再唱歌。他的双颊逐渐消瘦,双眼再无亲密的神采。他很少与人说话,也没人再叫他约翰尼了。一个秋天的傍晚,风中弥漫着雪的气息,约翰尼从镇子后面的丘陵地带出诊回来。他是去给一个妇人接生,结果接下来一个死婴。太幸运了,这孩子太幸运了,他想。这是一个永不失败的灵魂,永远不会在坚不可摧的弱肉强食的自然法则面前畏畏缩缩。开着老福特前往丘陵地带那座油纸棚屋的途中,他从山顶往下望去,看到了最后一批被赶出山谷的印第安人,他们的马车和马匹扬起一路尘灰——三十个家庭,现在要被赶去政府管制下的印第安保留地,享受一种悭吝的慈善。强者就是这样驱逐弱者的。有的人注定会被排挤。

"我看到那些印第安人了。"晚上,他对露丝说。

"也许他们在某些方面能过得更好?"

"某些方面?但他们被驱逐了呀,被驱逐了。露丝,孩子呢?"

"在后面的棚屋里。他说他还有东西要给你看。"

"他不该在油灯下看东西。对眼睛不好。"

"约翰?"

"露丝?"

"约翰,你没事吧?"

"当然没事。"

"你看上去有点怪怪的。"

"怪怪的?"

"你刚刚好像不在这儿了。离开了我。"

"我没事。"他笑了笑,忽然凑上前,亲吻了她。

"你是一个勇敢的人,"他说,"我现在去看看彼得,然后就上楼了。"

"你想要什么吗?要帮你做点什么?"

"不,什么也不用,露丝。"

棚屋是连着客栈的,风车就在棚屋顶上呼啸。屋里有一架小小的柴火炉，让这里舒舒服服的，同时让人闻到烟和煤油的气味。彼得靠墙搭了一些架子，但约翰尼的医学书太厚，压得架子都有些向下弯了。架子上还摆着地鼠和兔子的标本，以及烧杯、蒸馏瓶之类的化学仪器。在这里，彼得可以远离每日在学校遭受的嘲讽与折磨，沉浸在自己的世界里，一个他坚信不疑的世界。他坐在桌边，聚精会神，看上去就像一个聋子。他苍白的脸如此光洁，令约翰尼好奇他是不是永远不需要刮脸。他没有任何表情，只有右边太阳穴的血管在微微跳动。

"你母亲说你有新的东西要给我看。"约翰尼说。

"这张新幻灯片，父亲。"

约翰尼靠近了些。"彼得，你好像在听什么。"男孩把一个手电筒固定在木架上，令它的光束从镜片下面穿过。"唔，这很少见。"幻灯片上是一种能够杀死啮齿动物的芽孢杆菌。"而且画得真好。"约翰尼慢慢直起身，像老人一样把手伸到背后，按了按腰，做出痛苦的表情。"你的手很灵巧，彼得。给我看看。"他拿起彼得的一只手，端详那光滑的手掌。"这真好笑，你知道吗。"

"什么好笑，父亲？"

"噢，"约翰尼笑了，"我觉得好笑的是，作为父亲，要开口居然这么难。或许我父亲也是这么觉得的。或许这就是他从来不开这个口的原因。但我要把我的心意说出来一次。我想说的是，彼得，我爱你。"

彼得沉默了，只是用他的大眼睛注视着父亲。那双眼睛那么大，仿佛能反射出整间屋子，整个世界。他右边太阳穴的蓝色血管像小虫一样扭曲着，粗壮了一些。约翰尼正要转身走开，彼得开口了。"父亲，"他说，"我也爱您。"

约翰尼咬住了嘴唇，等到终于能出声的时候，他说："好。这样就好。另外，如果有一件事是我必须告诉你的，你知道那会是什么事吗？"

他们头上的风车不断卷进干冷的风，叶片无用地转动着，毫无灵魂地走着过场。约翰尼连这架风车都没能征服，它攻击了他，割伤了他，在这个聪明儿子出生的很久之前。

"我不知道，父亲。"彼得低声说。

"我会告诉你，彼得，不要理会旁人怎么说。人是不会知道别人的心的。"

"我不会理会旁人怎么说。"

"还有，彼得，不要说得那么绝对。大多数不理会旁人的人——大多数，都会成长，变得强硬。你一定要善良，你一定要善良。我想，你会成为一个能把别人伤得很深的男人，因为你太强大了。你理解善良吗，彼得？"

"我不确定我理不理解，父亲。"

"好吧。做一个善良的人，就是要为爱你或需要你的人除掉路上的障碍。"

"我理解这一点。"

约翰尼又咬住了嘴唇。"我自己就一直是个障碍，彼得。但现在我感觉很好。谢谢你的理解。那么现在，我要走了。"但他在原地站了一会儿，嘴角挂着一丝微笑，忽地向前，把手掌放在彼得的头顶。"好孩子,好孩子。"他说。然后他走出棚屋,去了客栈楼上的一间屋子。

后来,彼得听到一声动静,便上楼找到了他。

"彼得?"露丝叫道,"彼得?你到底在上面做什么呀?"

彼得没有回答。她又叫了一声,在楼梯底部轻呼:"不要吵醒你父亲。我感觉他很累了。"

"我马上下来。"

然后他下了楼,站在厨房门口。这回他叫她"母亲",而不是"露丝"。这个词从他嘴里说出来是这么奇怪、这么正式,令她从烧水泡茶的灶边转过身来。

"怎么了,彼得?"

他显然刚梳过他的黄头发,因为右手还拿着那把黑色的小梳子。她还没再次开口,他便拿大拇指在梳齿上划了一下,又划了一下,又一下。那声音让她不寒而栗。"别这样,彼得。"

他的目光越过她,投向了对面的墙壁。她顺着他的视线转过身去。"你在看什么?"

彼得站在那儿,不知该用什么话语告诉她,他刚刚在楼上发现父亲上吊了,他割断绳子把他放了下来,那捆搁在窗边以防火灾的绳子。

第三章

自杀的事很快便在四邻传开了,后来游客也知道了。他们会指着客栈,说"那件事"就发生在那里。酒吧里,酒客会看着马路对面旋转的风车,看着那个漂亮的女人冲出来收衣服、弯腰浇花,好奇她怎么会这样有勇气。有些人渴望凑近看看她和那个男孩,看看他们的脸上是否还残留着那场悲剧的痕迹。她现在把那里改作餐馆了,但很少有人光顾,因为"那件事"。毕竟食客吃饭的地方或许就在发生"那件事"的房间下面,他们自己的生活也可能被传染上那里的死亡和挫败。

但后来,那些认识约翰尼的人都搬走了。因为山毛榉的生活太贫瘠,太绝望了。现在的汽车抛锚的越来越少,那个把谷仓改装成路边汽车修理店的人已经关门离开,红色的加油泵旁杂草丛生。养鸡场也倒闭了。那个卖奇石异木的人最终也没能赚到钱。酒保也都换了新人。客栈如今刷上红色的油漆,改名叫红磨坊了。经过山毛榉的旅行推销员往往累到懒得理会陈年的丑闻,或者到达的时候太晚、没有机会听到——而且，反正，如果不住这里，他们就只能住某家商店楼上的脏屋子了。战争也扰人心神，大家不得不面对一个让人不安的事实：很多人死在了法国，死在了战壕里——那些他们认识的人，一起喝过酒的人，与之争执过的人，爱过的人，欺骗过的人。看着日落西山，他们想，自己认识的人怎么就死在法国了呢？

有一阵子，酒吧也关门了，于是露丝·戈登用十美元从他们那儿买下了价值两千美元的自动演奏钢琴。后来酒吧又小心翼翼地开了门，这次的主人是几个私酒贩①，总是开着哈德逊汽车一路从加拿大飞驰而来。你问哪种车更快，哈德逊还是凯迪拉克？呃，有一天，横顿的律师保罗·麦克劳克林开着一辆凯迪拉克，搞走私的杰里·迪斯纳德开着一辆哈德逊，两人都把车开上了新公路，然后麦克劳克林慢慢超过了迪斯纳德……

就这样，随着战争爆发、随着私酒贩到来——他们会在晚上开车从加拿大回到这里——红磨坊里古老的自杀事件便渐渐淡化成了民间传说。有人弄错了事实，说约翰尼是开枪自杀的。有人说他是服了某种医生才能弄到的毒药。还有人说，他只是抛弃妻儿消失了。不管在哪个版本的传说里，这个被他扔下的女人都很了不起，有勇气留在这儿，还把红磨坊经营成了一家提供食宿的旅社。横顿的上等人，那些发了战争财的人，会沿着默尔策斯和斯塔茨的公路呼啸而来，去一趟私酒贩的酒吧，再到红磨坊吃顿

---

① 当时是美国禁酒时期，除宗教用途的葡萄酒和医生开了处方的药用烈酒，全美禁止酿造、运输或销售含酒精饮料。

鸡肉。那裹着面糊的鸡肉，真不知是怎么做出来的，美味极了。

当然，想吃牛排也没问题。那里还提供成堆的热烘烘的饼干，入口即融，还有软嫩的莴苣沙拉。你进来时，她会给你煮新鲜的咖啡，而不是像其他地方那样给你一大壶摆了半天的咖啡。如果你想跳跳舞，那里还有钢琴，自动演奏各种老歌。《就像一个吉卜赛人》《圣女贞德》，乃至一些战争歌曲，不过谁会想听那个呢。还有《茶奉两人》《星光之下》。

那个男孩？她儿子？当侍应生。不过，她总是亲自过来问你对服务是否满意。得到的回答永远是满意。

那个男孩，高中快读完了，或者读了一半吧。他会看着你，但又没有看你，或者说不想看你。很多聪明孩子都是这样的。知识学得太多了？我不知道。要培养一个医生，当然得花很多钱。不然你以为她这么辛苦是为了什么？要不你什么时候开车去转转，最好先订个座位。点那个鸡肉试试。也许她会为你弹奏一曲钢琴呢。据说她以前的职业就是这个。

是彼得负责把旱地农民带来的糠和脱脂牛奶搅拌成散发着酸味的饲料，把肉鸡养肥的。肉鸡肥了以后，也是由他来宰杀。因为露丝下不了手，连看都不能看，也根本不肯看。杀鸡的时候她会到屋里去，把门窗关上，唱起歌来。彼得则在鸡栏里悄悄地把一只又一只鸡堵到墙角，要是鸡的惊叫声太大，她还会捂上耳朵。那些鸡知道将发生什么，露丝也知道将发生什么，所以她捂上耳朵，或者唱歌。

他会把鸡的头拧下来，觉得这样比用斧头和砧板更友善、更果断、更干净。他会抓住鸡的脖子,手腕转上两圈,鸡的身子就会脱离头部,掉到地上。那无头的身体还会继续扑腾、痉挛,被扔在一旁的鸡头则瞪着闪亮而震惊的眼睛,看着自己的身体扭动。只有鸡身渐渐不动了,安静地倒下,鸡头的眼皮才会合上。一切结束。彼得从不让鸡血溅到自己干净的衬衣上。这种无懈可击的熟练操作,对他而言是为未来做准备。用开水烫过,拔了毛,再烤好,露丝就可以把它视为农产品,用来烹饪了。

现在,一切都为伯班克家的队伍准备好了。伯班克家有人打电话到酒吧,让酒保来传话说他们中午过来吃鸡,晚上还有十二个人要住在这儿。于是露丝腾出了自己的房间,在厨房搭了简易的床铺。彼得则搬到了棚屋里,跟父亲的书睡在一起。一切准备就绪,连铅笔都是新削好的,放置在前台。"天啊,"露丝说,"要是伯班克家每年都来一次,然后别的牧场也都来该多好。天啊!"

彼得对母亲笑了笑。他很少对别人笑。

你能看出这些小伙子来到山毛榉时一下就打起了精神。这里的生活更安定,眼尖的人能看到那些小型牧场的谷仓和房子的屋顶。几辆汽车在牛群中缓慢地犁过,牛群便像水流遇到石头一样,分开,又继续往前流动。年轻的牛仔们会为汽车里的司机和乘客露两手,用马刺踢几下马腹,马就会惊退,前脚离地腾跃起来,像真正的野兽一样。菲尔笑了。这些傻小子!不过,他对他们很有感情。他们也许比不上过去的牛仔，不具备布朗科·亨利那样的品质，但他们已经是如今最好的牛仔了。某种程度上，乔治说得很对：你总得跟上时代，接受这些汽车，还有竖在篱笆上方、贴在废弃谷仓和棚屋墙上的那些药店广告。以前都是让刘易斯太太准备足够的午饭，让他们能撑到在山毛榉吃晚饭。现在既然这个女人开了家店，菲尔想，以后都不用劳烦刘易斯太太准备旅行餐了。事实上，菲尔也想吃一顿上好的鸡肉。他的肚子已经饿得咕咕叫了！

或许，他们能在酒吧遇到几个还记得这乡下过去是什么样的老伙计，可以一起大口嚼肉，喝一两轮酒。菲尔喜欢带着朋友喝酒，喜欢伯班克家的队伍到达时整个镇子都属于他们的感觉。乌合之众都会乖乖躲得离酒吧远一点，包括那些美国话都不会说的墨西哥牛仔，还有镇子北边那些无知的旱地农民和牧民。

要说有什么是菲尔痛恨的，那就是醉酒。醉酒会触犯他对秩序与礼仪的容忍限度。醉鬼是什么样的？他会抓着你，在你耳边不停地胡言乱语。他会夸大自己，谎话编得太大，连他的马裤都装不下了。就算你羞辱他们，用各种狠办法教他们摆正位置，他们还是会絮絮叨叨个不停。菲尔记得几年前有一次，他正站在吧台边享受这里的氛围，一个酒吧常客大摇大摆地走进来，开始讨人嫌。

要知道，菲尔并不介意人们喝一两杯——他自己偶尔也会喝一两杯。但是，耶稣基督啊！想想看，你赶着牛群走了二十五英里路到了这里，正埋头享受杯中物，一个高谈阔论的傻子却跑过来嗡嗡个没完，照理说，酒吧老板应该把他轰出去。但酒吧老板没有这么做，那你能怎么办？

而且，菲尔早就观察过那家伙，早在他刚来山毛榉的时候——噢，那是什么时候来着？那时就有人抱怨过那家伙，只是菲尔还没撞上过他。好吧，这一次就够了！

更早的时候，有个醉醺醺的牧羊人带了只母狗进来，而菲尔讨厌动物出现在人待的室内。那只母狗趴在那儿，闻着牧羊人的脚，抬头凝视他，看着他喋喋不休。那蠢毙的牧羊人就在你耳边反复唠叨那只狗，说它多么聪明、多么敏捷、多么亲人、多么忠诚，还有天都知道——多么有爱心。

"这只小狗，"牧羊人一边说着，一边扶着吧台免得自己摔倒，"这只小狗就像是我的老婆。"

"那倒不奇怪。"菲尔不动声色地说。但牧羊人没有听出他的讽刺，仍在继续聒噪。没过一会儿，有人把他带了出去，酒吧里便终于恢复安宁，菲尔舒了口气。

但你不可能每一次都赢。菲尔撞上了那家伙，被那个二愣子缠上了，听他对着大家不停说着什么花儿。尤其主要是对着菲尔。可怜的菲尔被困在那里。菲尔根本不会信任那个镇上的二愣子。菲尔想要直截了当地告诉他，他们并不欢迎他。于是接下来——呵，那又怎么样呢。

"我就不会那么做。"乔治对菲尔说。

"你当然不会了。"菲尔快活地说，"又不是你被困在那儿听他叽叽歪歪。"

老乔治非常容易同情别人。菲尔好奇的是,乔治这次安排大家在那个女人的地方食宿,有多少是出于同情。因为那个傻里傻气的酒吧常客几年前自杀了。真是个疯子。

菲尔骑着马与乔治并行。"小胖,前面就到了——大城市,山毛榉。"

乔治点点头。"是要到了。"

"镇上很安静嘛。我猜他们都藏起来了。这群牛应该能轻松入场。"

"看来是。"

菲尔皱起了眉。"你他妈怎么回事,小胖?"

"没事,菲尔。"

"好像多说两个字都能要了你的命。"

"我从来就不善言辞,菲尔。"

"你肯定不是什么爱迪生电唱机,那不用说。"菲尔驱马向前,穿过牛群,来到那群年轻牛仔身边。"我要饿死了,"他说,"大内脏在吃小内脏了。"小伙子们大笑起来,但菲尔还是不开心。二十五年了,银色周年纪念了,但是这一路上总有什么不自在。到底怎么回事,他说不上来。是年龄吗?他才四十岁。是时代超出了控制吗?然后他笑了。有那么一会儿,他居然为自己难过起来!

下午四点,伯班克的队伍趾高气扬地驶进了山毛榉。这里很少会这么安静。这些牛仔知道,人们在窗户后头观望,楼上的姑娘在打扮,准备迎客。连风声都变小了。远处的丘陵之上,几匹野马在吃草。安静是很难得的，但菲尔还是谨慎地观察着，以免哪个傻子冒出来，吓着牛群。无人出现，连狗都没叫。走在最前面的几头牛在宽阔的饲养场门口呆立了一瞬，然后猛地蹬起蹄子，飞快地跑了进去。十五分钟后，所有的牛都安全就位，沉重的木板门关上了。那是价值八万美元的公牛。

"从没见这里这么安静过，"菲尔说，"对吧，小胖？这是赶牛进去最轻松的一次。"

"确实。"乔治说。

"好吧，你可真会聊天。"菲尔说。"接下来我们去转转，喝一杯洗洗尘怎么样？"

年轻的牛仔们发出欢呼声，宿舍里年纪最大的老牛仔则微笑着。他们用笔直的坐姿骑行到酒吧，马刺一路叮当作响，然后将马拴在了外面。进了酒吧，菲尔咧嘴笑着。"给大伙儿上酒。"他说。但酒吧老板端上酒时，已经有两个人溜出去，顺着外面的楼梯上楼了。他们离开时，菲尔还朝他们心领神会地眨了眨眼。接下来的半个小时，他们是见不到那两人了。

"那么，"乔治说，"我去电报室转一转，看他们知不知道大力的消息。""大力"是他们的黑话，内行人才听得懂。工程师管滑尺叫"滑竿"，房地产商管交易手续叫"过文件"，而牧场主管火车头叫"大力"。大力没到，装运槽旁只有几节车厢，可以先装货。

"他们已经打电话说了大力会晚些到。"菲尔说，"好吧，别在外面迷路了。"他看着乔治僵直地穿过长满三齿蒿的空地，走向仓库。可怜的乔治，菲尔想。他会让别人不自在，他自己心里也清楚。如果乔治在旁边，这些年轻人就没法畅快地喝酒作乐了。乔治在的时候，他们眼都不肯抬，说话小心翼翼。找姑娘也会先出门，从后面的梯子爬上楼；只要乔治在场，姑娘们就不会下楼。也没人想在音乐盒里投币。乔治光临的任何地方都像葬礼，绝对的。现在，他去车站了，跟铁道员扯扯淡，尽可能远离大家的视野。总之，他真是体贴。

菲尔自己跟妓女倒没什么瓜葛，他也不像很多同龄的男人一样喜欢吹牛或动手动脚。那一套玩意儿不是他的风格。他是伯班克家的人，自我要求还是挺严的。不过他很宽容——生活教会了他宽容——其他人也清楚这一点。看到他们嬉戏玩闹，菲尔也会感到愉快，哪怕他们大出洋相。但这种场面会让乔治觉得尴尬。

比如，天黑之后（大力看来还要迟到很久），菲尔去酒吧后面小解，看到年纪最小的牛仔坐在一辆汽车的踏板上，头埋到两膝间，已经吐了。那汽车肯定是他的哪个朋友从横顿沿着公路开过来的。菲尔不禁大笑。年轻牛仔的一个同伴正用手戳他，想让他清醒点。

"走开，走开。"那小伙子呻吟着，"天啊，走开。"

而他的同伴坚持不懈。"拜托。我们得赶紧。现在得赶紧了。"

"噢，走开，拜托你走开。"屋里的煤油灯发出白光，把这孩子可怜的脸映得发绿。他会对这一夜留下深刻的记忆，毕竟他伴着音乐盒里轻快的音乐，吐得七荤八素。

菲尔小解完毕，满意地哼了一声（之前把他给憋坏了），扣上李维斯牛仔裤的纽扣,走向那孩子。"嗨着呢?"

"噢,菲尔,"那孩子抬起头说,眼睛像两颗煮过的甜菜头,"噢,菲尔。"

菲尔咯咯笑出声。"你去吃点东西大概就没事了。"

"天啊,别说吃了。我快死了。"

"死?去你的。"菲尔大笑起来,"你还有很多很多年的苦难要经历呢。"

说起来,他们什么时候才开饭?他们肯定不能只吃酒吧里的腌蛋、鲱鱼和花生。要是大力早点到,他们现在已经装完货,酒足饭饱了。但这也不是他们第一次要靠灯笼照明来装货。

"记得有一次……"菲尔回到屋里,聊起在布朗科·亨利那年头某个寒冬深夜把牛装车的往事,语气严肃起来。"零下五十度,"他回忆道,"那种天气你必须小心。有个不懂事的生手,是给安斯沃思家干活的,喝得酩酊大醉,然后在牛栏里追牛。他大口吸着冷空气,肺被冻住,第二天就死了。"这时他转过身,对着刚刚冒出来的乔治问:"你他妈去哪儿了?"

"电报员带我去了他家,就在火车站旁边,喝了杯爪哇咖啡。他那儿真不错,他妻子也很好。"

"大力是什么情况?"

"明天早上才能到。我去吃饭的地方打了声招呼,说我们马上过去。"

吃饭的地方,那女人把三张桌子拼到了一起,以便整队人马聚餐。她向乔治和菲尔打招呼的方式还算令人愉悦,看来她自杀的丈夫肯定没告诉她，自己被菲尔拎着脖子扔出去过。呵，妈的，哪个男人敢告诉女人这么可耻的事呢？她给每个座位都摆好了白色餐巾。这体验可不寻常，菲尔想，这些牛仔不需要餐巾，就像他们不需要洗手指用的碗。装什么上流社会呀。这些家伙用起餐巾的模样，都值得买票观赏了。这地方有种街边饭店的感觉，菲尔想，多半是她在旧酒瓶里插的那些蜡烛的缘故。

还有那些纸花，纸花。

菲尔更愿意让自家队伍独享这个空间，可角落里还坐着六个人。他们进来的时候，那六人还目瞪口呆地看着他们。菲尔向来讨厌被陌生人那样瞪着看，他们还拿餐巾挡着嘴唇窃窃私语，假装淑女绅士。其中一个女人在抽烟，真是放肆，更是下贱。天啊，她拿餐巾挡着嘴唇不就是想要假扮优雅吗，可又抽起烟来！在菲尔看来，一个能在公共场合吸烟的女人什么都做得出来。她确实什么都做得出来。她还在喝酒。

餐桌上还有那些纸花。纸花插在瓶子里，瓶子涂了颜色，不太容易看出它原本是牛奶瓶。

"哎，服务在哪里？"菲尔大声问道，"大力不来，我们至少应该得到服务啊，伙计们。"那些小伙子正因为这一本正经的氛围和那些餐巾有点畏缩，闻言都看向菲尔，钦佩他的自如。

然后，那女人的儿子，手臂上搭着一条白毛巾，从双开门里走了出来。他穿着熨过的黑裤子，笔挺的白衬衣，朝伯班克家的这一桌微微一笑，然后径直走向角落那桌。菲尔发出刺耳的笑声。"唔，"他大声说，"我猜我们一定都是黑人。"

菲尔可以确定一点：那个手上搭着毛巾的男孩是个娘娘腔。菲尔看着他站在那六人旁边，那做派太装腔作势，太干净整洁，还有那么一点能把人逗乐的傲慢。那男孩一定在臆想上流社会的侍应生就是这个样子，可能是看电影学来的，又或是在杂志上读了什么傻故事。

是的，男孩在跟那一桌六个人说话。是的，男孩说话有点口齿不清，菲尔见过的每一个娘娘腔都这样，仿佛一边讲话一边品味自己的咬字发音。有的人能跟他们和平共处，就像有的人跟犹太佬合得来。那是他们的事，反正菲尔受不了。

他也不知道为什么，就是觉得不舒服，发自肺腑的不舒服。

这些人为什么他妈的就不能好好做个正常人呢？

那个娘娘腔男孩从他们旁边经过时，那瞥人的眼神，那嘴角的弧度，让菲尔想抽他一嘴巴！

"是，"菲尔往椅背上一靠，椅子的两条前腿翘了起来，"我猜我们一定都是黑人。"

乔治坐在那儿，脸板得跟石头一样。

唔！菲尔知道怎么戳这男孩的痛处，想着想着便笑了。

想象一下，有这样一个孩子，该多糟心！啊，菲尔知道怎么戳他的痛处。这张临时拼凑的大长桌上，菲尔坐在一端，乔治坐在另一端，就像在家里的餐厅吃早餐时一样（因为老先生和老太太的位置空出来了：他们的社交生活已经搬去了杨百翰①的天堂——

---

① 杨百翰（Brigham Young，1801—1877），摩门教首领，率领教徒长途跋涉来到盐湖城定居，并称盐湖城为神的应许之地。

菲尔管那地方叫盐湖城)。

现在,一九二四年的一个秋夜,八点左右,在山毛榉镇的一张桌子边,他伸出手,把几朵纸花从涂了颜色的牛奶瓶中拿了出来。这些花儿拿在他粗糙皲裂、刚劲修长的手中显得有些荒谬。中午开沙丁鱼罐头时他划伤了手,既没吱声,也没把血擦掉。这些花儿就这样无助地被他握在了无比灵巧的掌中。

"哇哦,"他说,"不过我好奇,是哪位年轻的女士做了这么漂亮的纸花呢?"他将纸花举到瘦削而灵敏的鼻子前,凑近闻了闻。

让他意外的是,男孩没有脸红,苍白的脸依然苍白。菲尔只看到他的太阳穴上有一条蓝色血管在微微跃动,一条像虫子般忽然冒出的血管。男孩转身,大步走了过来。

"这些花儿?是我做的,先生。我母亲教我做的。她很擅长摆弄花儿。"

菲尔俯身把纸花精心地摆了回去,抚摸着,假装在整理。"噢,请原谅我。"他朝其他人刻意地眨了眨眼。

"您现在要点菜了吗,先生?"

菲尔又往后靠去,把椅子翘了起来。他慢条斯理地说:"我以为我们已经点过了。我以为我们提前点好菜的。"

然后乔治清了清嗓子,开了口。"我们要的是鸡肉,孩子。"

帮工们最终决定不理会餐巾。乔治规规矩矩用上了餐巾。菲尔则把餐巾塞到下巴下面,俯身享用起了鸡肉。他不得不承认这鸡肉真好吃,不过可能只是因为自己饿了。另一桌的六个人已经收拾东西飞快地走掉了，那男孩又大张旗鼓地过去清理了桌子，摆上蜡烛。那六人走了之后，菲尔感觉自由了不少，于是讲了一个好笑的故事：多年以前，布朗科·亨利在山毛榉装完货之后喝得酩酊大醉，第二天早上在马路对面的谷仓里醒来，吊带裤缠在脖子上，像一匹马一样被拴在马槽上。那是另一个家伙的恶作剧。"我跟你们说，"菲尔大笑着，"他当时别提多不好意思了。"

"唔，"乔治说，"你们去那边继续吧，我就在这边休息了。"

"他还没把账单给你拿过来吗？"菲尔问。

"你们别管了，都去灯光下听音乐吧。"乔治这话说得可真是漂亮，"我先休息了。"

于是他们推开椅子起身，去了对面的酒吧。姑娘们已经下楼，站在吧台边抽烟，朝众人微笑着讨要酒水。菲尔看着小伙子们满足她们的要求。他有一种奇怪的疏离感，甚至有些孤独，仿佛有点希望自己不姓伯班克。明天早上装牛的时候，这些孩子肯定都昏昏沉沉，可能还染上了淋病或梅毒，但现在他们无疑是快乐的。所以，谁知道呢，也许那是值得的。他们大手大脚地花着自己的那一点钱，去爱那些姑娘，然后开始歌唱。

  旧城里的好时光，这迷人的晚上。

他们大都搞不清歌词，只是啦啦唱着，但菲尔知道歌词。他看着手中的空酒杯，双唇微动，口形是正确的歌词。他想起美西战争爆发时他还是个浑小子，那时每个城市的每一座公园里都有军乐队,每个独立日都有烟花表演。那些早已逝去的荣耀时光。他第一眼看到布朗科·亨利,是不是在那样一个日子里?

旧城里的好时光,这迷人的晚上。

菲尔又出去小解,往东边望去,月亮就要升起来了。他哼了一声,抖了抖,系上裤子的纽扣,又绕过酒吧,穿过三齿蒿地,来到那家旅社——红磨坊。前台没有人,所以他径自拿起铅笔,写下了他和乔治的名字,因为乔治显然忘记做这件贴心事了。

菲尔走上楼,朝第一间屋子看了一眼,接着看了其他房间,但乔治并不在。于是他走进最后一间房,脱下鞋子和裤子,钻进了被子。他得保持清醒,等乔治熟悉的沉重脚步声从楼梯上传来时,他要把他叫进来。

月亮升起,月光洒满房间,照亮了白色的水罐和盆子,高高窄窄的衣柜,以及窗边的一捆麻绳。菲尔辗转反侧,最后平躺着,盯着天花板,想起小时候听人说月光会把人逼疯。他爬了起来,走到窗边,穿着内衣的身躯又高又瘦。月亮照在他身上,怪怪的。乔治他妈去哪儿了?他忽然自顾自地微笑起来,想起了老太太的话。

去找一下乔治。去找一下你弟弟。尽管他们如此不同,却还是亲兄弟。他们至少有一样共同点——血统。

乔治大概是跟电报员在一起。菲尔穿着长袜的脚迈向另一边的窗户。嘿,小乔治呀……

火车站上半部分的窗户里黑灯瞎火。信号标立在月光下，好让"大力"进站的时候看见，月光和道岔旁边苍白的灯笼相互映照。更远的地方，月色如水，洒在镇后丘陵间生长的草根上，洒在山脚的墓碑上，那些碑石就像一把骰子滚落在那里。

他是打瞌睡了吗？菲尔打瞌睡了？因为此刻乔治的剪影就站在房间里，只是站着，菲尔却觉得好像逮住了乔治的什么亏心事。不然他一动不动站在屋子中央做什么？

"乔治？"

"嗯。"

菲尔感觉乔治的体重压到了床上。然后乔治靠过来，脱着靴子，哼了两声。接着他站起来解腰带。

"你去哪儿了？"菲尔低声道，"其他人都睡了吗？"

漫长的沉默后，乔治开口了。"你今天晚上说的话，菲尔，说她儿子的那些话，让她哭了。"

她？

她！

好嘛。也就是说那男孩跑去妈妈那里告状了，或者妈妈在双开门后面偷听了。她！菲尔吸了一下鼻子，把鼻涕吞了下去。不管乔治多关心"她"，菲尔并不担心乔治会怪自己。菲尔知道，乔治从不埋怨别人，这种美德如此少见，几乎不人道，也许这就是他在场时别人不自在的原因。他的沉默会让别人觉得是在表示反对,又令人挑不出毛病,没法跟他吵一架。他的沉默让别人觉得内疚,也没机会用愤怒来冲淡自己的内疚。太不人道了!但是菲尔不觉得内疚。他向来按章出牌,实事求是。

如果他说话时她就在双开门后面——好吧,她本来就不该听,要是听到了,那又怎么样?知道别人是怎么看待她儿子的,对她来说不是坏事。也许她该想点办法,好好教育儿子,让他变得正常点。

但是乔治为什么在下面待了这么久?他站在那里跟她聊天了吗?

她有没有在他肩头哭泣?他有没有抚摸她、安慰她?这么一想,菲尔的脸便拧成一团。乔治爬进被窝,菲尔舔了舔嘴唇。他真不敢想象乔治抚摸女人是什么样儿。

菲尔对着月光说:"大力有新消息吗?"

"没有。"乔治说。

她哭了。

她!

第四章

菲尔看到了乔治。

菲尔的眼睛是天蓝色的。像是没有情绪,也有人说是纯真无邪。但这双眼睛非常敏锐,虹膜之敏感不亚于角膜,能够察觉光影中最微小的变化。就像他裸露的双手可以摸出藏在木头内部的腐烂部分,发现隐秘的薄弱点,他的双眼也可以观察一切,将其看穿、看破。

他能看穿大自然里所谓保护色的可怜诡计,能在干燥浓密的枝叶间辨认出一动不动的母兔的隐约轮廓。他会微笑,举枪将其射杀。他能通过泥地或雪地上深浅不一的爪印看出一只北美灰狼跛了脚;能注意到草丛一阵颤抖,然后看见一条草蛇张着大口吞下新生的幼鼠,而老鼠妈妈在旁边转着圈、跳着尖叫。他的目光追随四处乱飞、寻找腐肉的喜鹊,能看到那些肿胀的动物尸体,比如一条腐烂的牛腿,不知被什么从木棚后面拖了出来。在溪流拐弯处的湍急水流中,他能看见隐藏在岩石阴影里的鳟鱼。

不过，他能看到的不只是大自然里的生物。在大自然随机、无心地呈现的面貌里，他还能看到超自然的事物。在牧场大宅对面山丘突出的岩体中，在那些像粉刺一样毁了山面之容的缠结生长的三齿蒿间，他看见了一个极似奔犬的形状。它精瘦的后腿用力蹬着，有力的肩膀往前拱，鼻子埋得很低，正在追赶什么惊慌失措的猎物——想象一下，那猎物疯狂奔逃，越过了北边丘陵的山脊。不过，菲尔对这场追逐的结果毫无疑虑。那只狗会得手的。菲尔只需抬眼看看那山丘，便能嗅到那只狗的气息。然而，即使那只狗如此巨大，其他人却都看不见它，至少乔治看不见。

"你在那边看到什么了？"乔治有一次问。

"没什么。"但菲尔的嘴角扭出了隐隐的微笑，那是跟神秘事物紧密相连的人才会有的表情。菲尔就是这样活着——观察着，留意着，思考着——而我们其他人看过就忘了。

现在，他站在打铁屋的锻炉边，望着大门外。锻炉侧面有一大块他牢牢钉上的木头，他一只脚踩在上面，一只手搭着风箱久经使用的光滑横杆，长长的身躯使着腰力，拉动风箱一鼓一收，巨大的皮袋吹得火焰极旺，烧红了用来做雪橇滑行板的铁条。他看着煤烟冒出，落在干枯的黑麦草上，化成一层肮脏的灰毯。他吸吸鼻子，闻到了风雪的气息。

这天是星期天。前一天晚上，那些年轻帮工穿着便宜的正装，拿着支票——可以在山毛榉或横顿（如果他们去得了那么远的话）的酒吧里兑换成现金——跟他们开着二手车过来的朋友一起进城了。菲尔笑了。他们会在周一早饭之前回来，酩酊大醉、眼神空洞、身无分文，可能还染上了病。菲尔听到宿舍大门的门闩清亮地一响，看到门开了，两个年纪较大的帮工拖出一盆水来倒掉。他们看着水在地上流开，渗进地下，而他看着他们。如果说岁月没有教会他们别的东西，那它至少教会了他们节制。星期天他们通常是在洗澡，洗衣服，把咖啡罐钉在铲子的木柄上，用力拍打袜子和内裤。他们会刮胡子，往身上拍月桂油，坐下来轻轻摇晃。那些识字的人会写信，眯着眼捏紧铅笔，在粗糙的便笺纸宽阔的行间挤出歪歪扭扭的ABC来。然后，他们会玩几轮掷马蹄铁的游戏，或是拿着点二二来复枪，在柳丛后面打几只喜鹊——那里离菲尔洗澡的秘密场所很近。有一次，晚春时节，菲尔在那附近发现了一个七拼八凑的鸟巢，搭巢的树枝朝各个方向乱戳，里面有四只小喜鹊，就快要会飞了。老喜鹊在一旁哄着小喜鹊，喳喳叫着鼓励它们。出于好玩，菲尔抓走了小喜鹊，用麻袋装回了谷仓。这么做纯属无聊，而他一把它们带回家，就对它们失去了兴趣。有人说，要是切开它们的舌头，它们就会说话，但菲尔很久以前就发现那是谣言了。

那是一个星期天（就像今天），他把喜鹊交给了待在宿舍里的一个帮工，那家伙说他知道怎么处理这些鸟。

"这些可恶的王八蛋。"那个小伙子吼道。因为喜鹊会飞到牛马的背上，挑出烂疮，啄食那里的鲜肉。春天里，它们会在地上轻盈地走动，活泼地步步向前，眼神明亮，扭着脑袋观察一切，目的是把新生牛犊的眼睛啄出来。

那个小伙子有一些雷管，粗细和点二二口径的弹管差不多。

他说:"我以前搞过爆破。"他往每只喜鹊的屁眼里都塞了根雷管,然后接了一小段引线。所有人都聚在宿舍后面围观。阳光温暖怡人。有些人在谷仓那边嚼着火柴棍晒太阳,也被叫了过来。

"怎么回事?"菲尔问。

一个爱开玩笑的家伙笑了。"腔向爆破。"他说。

"好吧,你这可恶的王八蛋。"腔向爆破手说。一只接一只,他把小喜鹊扔向空中。这古怪的逃生机会让它们短暂地掌握了飞行技能,往上猛冲一下,就平稳地飞行起来,然后一只接一只,爆炸了。几片羽毛飘下来,像灰尘一样。菲尔想,好吧,死得挺快,比开枪打死或拧断脖子都快,而且也不是多数情况下那种毫无意义的死亡,因为它们的死至少给这个星期天提供了一点乐子。"这是大实话。"他自顾自点了点头,动着嘴唇。独处时,菲尔常常自言自语或者兀自发笑,也非常清楚自己在这样做。他知道这不是精神异常的表现,仅仅是个习惯,用来强化或记录自己的一些想法,就像别人习惯拿笔记下来一样。不过,他不太赞成那个家伙的所作所为,在头两只鸟爆炸之后,他皱起眉,转身走开了。

"他们在后面做什么?"当时乔治问他。

"老把戏,"菲尔说,"打靶玩。"

"听着不像来复枪。"乔治说。菲尔已经走进卧室,躺到了床上。他在生自己的气,也有点生乔治的气。他们一直很亲近,在生活中也非常互补,一个高瘦,一个矮壮,一个聪明,一个迟钝——他们就像是双胞胎。所以当菲尔不能坦率地说出事实时,就会生气。他感到失落,以及愤怒。

现在,他把脚从锻炉旁钉牢的木块上移了下来,从旁边的架子上找了把合适的铁锤,将铁条夹到铁砧上,开始锤打塑形。他想,乔治听到叮当的敲打声,可能会走过来聊天,如果他读完了那份永远在读的《星期六晚邮报》的话。乔治早餐之后就拿起报纸,坐到了客厅里属于他的椅子上,跷起二郎腿,开始阅读。最近他整天在读报,要从他那儿得到一点反应跟拔牙一样难。乔治跟菲尔不一样,从来不读有价值的东西。菲尔不认为读那些短篇的动物故事和神秘故事有什么意义。要了解动物,观察比阅读有用。要了解神秘事物,沉思比阅读有用。

是的,风中有雪的味道。天还这么早,就起风了。他们用来挂新宰的牛的绞盘架上,风呼啸而过。菲尔朝屠宰栏里望去。一块牛皮被扔在篱笆上,肉面朝外,两只喜鹊轻轻落在上面,全神贯注地挑着上面残留的白肥红瘦。忽然一阵风来,把它们吹了个趔趄,菲尔笑了。只见它们一阵乱扑腾才重新站稳,又继续大嚼起来。

他拿着铁条回到锻炉边,同时望向黑麦草地的另一边。黑麦草正在晨风中战栗——没用的东西。

然后菲尔看到了乔治。

他看到乔治横穿马路走向了车库。菲尔再次把脚从木块上放了下来。

乔治要干什么?

乔治打开了车库的门。

菲尔停住手,风袋塌了下去,发出一声叹息。火势也小了下去。菲尔观察着乔治。

是那辆老里奥出了什么问题吗?唔,菲尔自言自语道。

乔治打开了车库的一扇门,那意味着他准备摆弄摆弄他的车,把火花塞拔出来,用小刀清理一下,吹吹油管,或是做点别的什么保养活儿。

菲尔觉得,乔治能有——或者觉得自己有——某种特别的技能和作用,这是件好事。所以菲尔总是让乔治跟牛贩子谈生意,自己只是在旁边听着,免得乔治犯什么傻。最近有一回,菲尔去车库瞧乔治在做什么,却发现乔治坐在驾驶座上,只是坐着。菲尔也上了车。"干啥呢?在这儿做梦?"

乔治看着他,然后咳了一下,身体向前,手伸到仪表盘下面,仿佛那儿出了什么状况。"保险丝。"乔治喃喃地说。

"我好奇你这是打算做什么。"

"噢,我向来没什么可做的。"乔治说。

菲尔不记得乔治什么时候在星期天摆弄过车子。乔治也没提过车子出了问题。他有大把机会可以提起的,如果车有毛病的话。

菲尔叉着腿站在打铁屋的大门口,用那双湛蓝的眼睛看着车库。车库是他亲手建的,就在大宅前的小山下。

现在乔治进了车库,菲尔正要走过去,只见另一扇门也打开了。在星期天的早上看见这两扇门都打开,真是一件怪事。

乔治在启动汽车。不一会儿,蓝色的烟雾从排气管里喷了出来,变成灰色,然后是白色。乔治把老里奥车倒了出来,椭圆的后窗上倒映出一片灰白的天空。乔治没有回头，把车开上了大路。

菲尔在打铁屋看着，直到汽车变成小黑点，在斜坡后面消失。他把没打完的雪橇滑行板挂到墙上，快步走回了大宅。他在卧室床上躺下，十指交叉垫在脑后。他躺了一会儿，又坐了起来，从橱柜里的架子上拿起班卓琴，弹了几下，歪着头皱起眉来。有点走音？他清了清嗓子，笔直地望着前方，试着弹唱了《红翼》和《快乐的铜匠》。两曲唱完，他又清清嗓子，收起了班卓琴。琴没问题，音是准的。他又躺下了。

后门的三角铁叮当响起来，那是午餐的信号。菲尔听到后面的餐厅里嘈杂起来。人们进屋后重重地关上了门，似乎很开心地说笑着。菲尔听见了刘易斯太太愤怒的声音，大概是在抱怨这些男人把冷空气放进来了——这话她大概已经念叨过一百遍了。菲尔从床上爬了起来，站在屋子里，因为刘易斯太太可能会过来宣布开饭了，而菲尔不想让人看到他躺着，哪怕是在星期天。当刘易斯太太端着大块烤肉缓慢地走进餐厅时，菲尔已经在桌边等候了，湛蓝的眼睛望着外面灰色的原野。

"乔治老弟上大路出去了，"他对刘易斯太太说，"还没回来。给他盛块肉，还有一些土豆，放在烤箱里热着，等他回来了吃吧。"

"那你知道他会回来吃饭咯。"刘易斯太太说。

"是的，他会回来吃。"菲尔说。刘易斯太太回厨房去了，关上门隔开了那群吊儿郎当的帮工。菲尔走到乔治的位置上，刘易斯太太照例是把烤肉放在了那儿。菲尔给自己切了一大块，又盛了些土豆和大头菜，然后回到自己的位置。他又望了望窗外，接着专心吃起午餐来。吃到一半，刘易斯太太又端来了湿润的桃子馅饼。雪已经下了起来。

午餐结束，刘易斯太太就回大宅后面她自己的房间了。菲尔再次躺下。床头上方，他和乔治猎杀回来的动物俯视着他，眼睛都需要清洗了——三只骡鹿，一只驼鹿，一只野绵羊，一只野山羊。那只羚羊倒是向来就在那里。

菲尔不禁露出微笑。菲尔八岁、乔治六岁的时候，菲尔老是吓唬乔治，说那只羚羊是活的。乔治，你难道没看见，那个羚羊头每隔一会儿就会摇一摇吗？于是乔治会睁大眼睛，瘪着嘴，转身面向墙壁。

"你逃不过它的。"菲尔会这么说，"它现在正看着你，摇着那颗又老又坏的头。"乔治会因此在夜间尿床，而这件事又会被菲尔拿来调笑。老太太不得不给乔治准备了一张塑料床单。他敢打赌，要是他现在提起那张床单，乔治肯定会脸红。

不过，其他动物都是他们自己打回来的。老先生从来没猎杀过任何东西，算不上猎人，连牧场主都算不上，只能说，是一位绅士牧场主。羚羊肯定是什么人送给老先生的，哪个想拍他马屁的人。

那些动物低头看着。天色转暗，菲尔想开灯，但他从未在白天开过灯，以后也不会。雪下得很急。要是一直这样下，小乔治会不会被困在风雪里？他带了防滑链吗？

乔治学东西很慢，但只要是他学会了的东西，就从来不会忘记，像是紧锁在了脑子里。你可以问，乔治，一九一六年我们堆了多少堆干草？他会告诉你答案，你可以拿他办公桌上的记录册来核对。他看书从来不用书签，因为他能记住自己上次看到了哪一页，这是一种神奇的机械记忆，据说不少人有这种记忆能力。菲尔认为，乔治的脑子更迟钝，所以才能这么记忆。乔治不会想太多事，于是把所有的脑力放在这少数几件事上了。

因此，乔治从来不会忘记给客厅前门边的大座钟上弦。每个星期天的下午四点整，乔治会从椅子上起身，走到座钟边，一边看着钟面，一边伸手把藏在座钟顶部的钥匙拿下来，插进那又长又窄的玻璃门，转动钥匙，打开门，把他又粗又软的手小心翼翼地伸进去，避免碰到那沉重的黄铜摆锤。摆锤上反射着光线。座钟中央用链子挂着两个楔状物。乔治会拉住一条链子，然后是另一条，像是顺着绳子攀爬一样，慢慢地、有力地、笃定地一手接一手轮流拉动。等到关上小门、藏回钥匙，乔治会再看看钟面，又看看自己那块精准的怀表。

整个过程就是那样。不过在旁观察是很美妙的。那不只是一个男人在给一座大笨钟上弦。那还是一个男人在确保某件事一如既往，确保永不变更。

某年冬天，老夫妇跟菲尔小闹了一番、搬去盐湖城住豪华酒店之后，那座钟有那么一阵仿佛成了孤儿，因为以前一直是老先生负责上弦。菲尔好奇的是，老先生不在了，四点钟到来时，会发生什么。他三点就坐进了客厅，读着《亚洲》，以免被看出自己是好奇四点会发生什么才来的。他讨厌被人知道心事。时钟指向三点三刻之后，他反复不断地读着同一行文字。要是到了四点，乔治却无动于衷，只是坐在那儿读《星期六晚邮报》呢？他是该提醒乔治，还是自己上？不，他不想承担这样的责任，也不认为自己应该承担。

座钟发出轻微的一声咔嚓，小小的齿轮咬合了。然后它顿了一下。接着响起报时的钟声，四点了。

梆。

菲尔抽了抽鼻子。钟声在房间渐渐消逝。菲尔几乎能闻到时间的死亡。然后乔治起身了。乔治随手把《星期六晚邮报》放在椅子上，径直走向座钟。

乔治上弦的整个过程都带有和老先生一样的庄重，而菲尔在《亚洲》杂志后面兀自微笑，知道乔治观察了老先生这么多年，早就为这一天轻松接班做好了准备。菲尔本不需要为此担心，但人有时就是会好奇，别人真是你认为的那样，还是说，你错了，他们并非你以为的那样。

有那么一会儿，菲尔想站起来祝贺乔治，因为他果然没有让菲尔失望，因为他确实是菲尔希望他是、认为他是、知道他是的那个人。不过，他当然不能那么做，因为他们之间从来没有用言语传达过感情，以后也永远不会。他们的关系不是基于言语的。他认识的话多的人没有一个不是大傻子。

所以，没必要去操心乔治带没带防滑链。不过，他走得很突然。防滑链平时被搭在车库里的两根杆子上，以免缠结——这也是乔治的办事风格。但要是雪下个不停，而乔治没带防滑链呢？

菲尔感到自己需要呼吸一点清新的空气，于是从书柜顶部拿起帽子——他们的帽子和望远镜总是放在那儿——扣到头上，穿上蓝色粗斜棉布旧套头衫，穿过客厅，经过大座钟走出大门。雪下得很急，好吧。他停下来，深吸了口气，看着落雪。他大咳一声吐了口痰。山上的铁丝篱笆那边有几只落单的牛，缩成一团。他站在风雪笼罩的车库里。混凝土地面已经被里奥汽车这些年带进来的泥盖住了，从挡泥板还是叫什么的地方掉下来的泥土形成了两道小山脊。

防滑链没在杆子上。

当然没在了。菲尔知道乔治不会忘的。乔治也没忘记给座钟上弦，因为菲尔经过座钟时发现，上弦用的配重已经升到表盘后面去了。乔治出发前就把弦上好了，他压根儿没打算在四点以前回来！如果乔治被困在雪里，不得不从被困的地方走老远的路回来，那可真是活该。不过，等他回来了，菲尔可他妈不会打听什么，太过分了！你可以赌上你的小命说，乔治绝对是太过分了！他踏着雪回到大宅，躺到了床上。

刚过午夜十二点，一辆汽车停在了院子边。但那只是几个小伙子狂欢后归来。菲尔本以为他们把乔治也救了回来，直到他听见他们在聊天唱歌，然后有人大叫"天啊别逗乐子了"。要是乔治在旁边，他们是不会这样唱歌的。菲尔从床上坐起，长腿摆在床边，犹豫该不该出去问一声，他们有没有看到乔治。但为什么要问他们呢？那可不太好看。没必要让他们知道任何情况，比如乔治不在。菲尔又躺下了，十指交叉，垫在脑后。

座钟敲响了两点的钟声。

然后乔治回来了。他没有直接进卧室脱衣上床,而是在客厅待了一阵子。

他是坐在椅子上?还是站在壁炉边老太太的画像前?在抽烟?不管乔治在做什么,他没有发出任何声音。

菲尔等待着。

没多久,乔治沿着走廊过来,进了卧室。菲尔听见他坐到床上,床吱呀一响。乔治哼了一声,拽下靴子。不,不是靴子。是普通的鞋子。听上去是普通的鞋子。然后菲尔看到乔治的影子站了起来,开始解腰带。

菲尔忽然呻吟了一下,声音像野兽一般,仿佛刚从沉睡中醒过来。"啊!"他又哼了好几声,"嘿,是谁?"

"别激动,"乔治轻声道,"是我。"

"都他妈几点了?"菲尔想知道乔治会不会出于什么原因撒谎。

"两点过了。"

"老天!这么晚把人吵醒。"

"唔,接着睡吧。"

"不,醒都醒了,我抽支烟吧。"菲尔的手从来不会在黑暗中迷失。他摸到了那包烟纸和烟草。火柴猛地点燃,他猛吸了一口,咳了一下。"出门遇上大雪了?"

"没多大。"乔治说。

"你去了多远的地方?"菲尔问。

"山毛榉。我去了山毛榉。"

"山毛榉？"菲尔违背了一项原则。他在打听了。不过他马上用轻松的口吻掩饰了这番冒失。"你去那儿做什么，小乔治？去泡妞了？"

短暂的沉默，只听到门缝里的风声。"我去跟戈登夫人聊天了。"

"噢。她在你肩头哭泣了，是不是。"

"是的。"

她！她可能意味着世界的终结，对菲尔来说。

自他们儿时起，东边的一些亲戚每隔几年都会晃荡过来接受款待，并且带着他们的朋友，通常是姑娘。进入青春期后，他和乔治就很清楚老太太心里在想什么，也很清楚那些姑娘心里在想什么。破落贵族——这是菲尔对他们的称谓——来这里是为了弥补失去的富贵。他们每个人说起话来都像牙缝里塞着猪排。菲尔不喜欢装模作样的人，不论男女。所以他们一来，他就爬到木料堆的顶上去，而乔治会被逮住，被老太太安排，带客人去野餐。乔治还得带他们去黄石公园。天啊！乔治起初带着那些亲戚和破落贵族去黄石公园的时候，他们还坐着配了六匹马的大马车。

乔治只需要照照镜子，就会知道，那些姑娘想要的不是他，而是他的家世、他的财富，想在余生拥有一张温暖软乎的好床。这些年来，她们会在晚上约乔治一起在月下骑马，要是乔治搞大了她们的肚子再赶她们走，那可真是活该。不过当然，意外怀孕在上流社会并不常见。那是下流社会的事。

但乔治逃脱了。就菲尔所知，乔治从未回复过那些从波士顿或者更好一些的郊区寄来的信——里面说他们一起度过的时光多么"惬意",西部风情多么"古朴",还有,天啊,要是在这寒冬"时节"乔治可以如何云云。诸如此类。菲尔想到乔治精心打扮穿起正式晚礼服的样子,就不禁嗤之以鼻,那只能让他联想到一只迈着轻快舞步的企鹅。"新人类。"老太太这样形容那些人。

"我永远不会忘记西部的月亮。"有一个傻妞在信里这么对乔治说。

好吧,乔治显然忘了那个记得月亮的时髦女郎。

然后想想吧,既然乔治有机会拥有东海岸最好的尤物,又怎么会跟一个丈夫自杀了的婊子,一个曾经在低级场所弹钢琴的婊子,在一起鬼混呢?老太太知道了会唠叨的。得吸吸她的嗅盐来缓缓气。要是他还得把那个女人介绍给亲戚呢?菲尔尽管常常笑话那些人,但他尊重品质,真正的品质。如果乔治勾搭上的是哪个月下骑马的姑娘,至少在带她去公众场合的时候,不会丢脸到需要用麻袋蒙着脑袋。他看不出来那个女人想要什么吗?非得有人走到面前大声告诉他吗?如果他想要女人的肉体,如果他这么起劲就是为了这个,那你可以掏出全家最后一块钱来打赌:他不结婚也可以得到。

想到这里,菲尔咯咯笑起来。他想起一个故事。有个小伙子去镇上找警长开结婚证,警长在他走了之后才发现,刚发的是捕猎证而非结婚证。于是警长急匆匆地赶到这对男女住的旅社,捶打着门,大叫:"要是还没有下手,不要下手!证是错的!"

是的,你不需要证件。

又或者，他已经把她的肚子搞大了？

那也有办法处理，除非你的良心盖过了理智，而有时候，菲尔觉得乔治确实是这样。

老太太会气得脑溢血的。

《星期六晚邮报》没有人读，装报纸的褐色纸筒在桌上垒了起来，像一堆木料。每到星期天，乔治吃完早餐，总是不跟菲尔交代就开车上路，三更半夜才回来。一个帮工无意中告诉菲尔，有人在横顿街头看到乔治跟那个女人——她叫露丝——待在一起，不过菲尔转身走开了，假装没有听到。

也许，你能看出乔治其实是怎么看待那个女人的，以及他想从她身上得到什么，因为他从未带她回过牧场。如果乔治是认真的，他当然会想带她来牧场，何必等到天黑后，再偷偷带着她去横顿街头晃荡呢？

菲尔利用星期天做了很多削削刻刻和编织的活儿。他开始做一张牧场的新地图，用来贴在办公室的墙上，那是给乔治准备的礼物，或许可以提醒他，他还有家庭的责任。菲尔时不时地吹着口哨，躺在床上思考。

十二月初，雪后骤冷。日出的时间也晚了，阳光懒洋洋地洒在屋前山头的三齿蒿上。从窗口和门廊望出去，能看到山顶的石头堆，那是菲尔和乔治用扁平的岩石一层层垒起来的，标记着六月二十一日太阳升起的地方——噢，妈的，是哪一年垒的来着？○一年？反正就是那几年。降温那天早上，太阳飘浮在很南很南的地方。吃完早餐后，客厅依然暗得需要开灯。电灯开启的噼啪声在山间回响。菲尔走到前门廊,嗅着空气。野地里有一只土狼在号叫——天都快亮了还在叫,这不寻常——然后几只傻狗也跟着叫了起来。菲尔在指甲盖上划燃一根火柴,看了看钉在门廊木柱上的温度计。他吹了声口哨,又仔细看了一下。零下五十六度!这事值得跟乔治说说,可以打开这一天的话匣子了。

"好吧,乔治,"他说,"看来我今天得把手套拿出来了。"

"为什么?"

"零下五十六度了,小伙子!跟那年头一样了!"

"菲尔。"乔治说。

"你想说什么,老伙计?"

"菲尔,你是不是写信给老太太了?"

"是啊。前几天给他们写了一封。"

"你说了露丝的事。"

"露丝?噢,露丝。说实话,老伙计,你和我一样清楚,要是你跟她搞在一起,老太太会说什么。你知道老太太会怎么想。乔治,我们一直是很亲的家人,对吧?想想老太太会是什么感受。"

"老太太的感受,"乔治说,"就是一位伯班克夫人对另一位伯班克夫人的感受。"

"你说什么?"菲尔歪了下脑袋,想听得清楚一点。

"我们上周日结婚了,"乔治说,"她已经把原先的房子处理掉了。"

菲尔太他妈震惊了,径直走出门去,站在了谷仓里。就在这个早上，他的坐骑忽然不听管教了，在马厩里跳来跳去，好像从来没见过他似的。于是菲尔把这匹无知的杂种牵出了马厩，牢牢绑住，拿鞍毯一遍又一遍地抽打马头，给它好好上了一课。肮脏的蠢货，菲尔骂着，又猛揍了它一下。那匹马拼命挣扎，把缰绳扯得笔直，眼睛用力翻着，亮出了眼白。

第五章

发现露丝在哭泣的时候,乔治有些不知所措。他觉得自己大概可以应付别人的愤怒,对眼泪却没什么经验。"我来……"他说,"付账。"她看着他,摇了摇头。"那么……"他说,"把账单寄给我?"

她点点头,转身走开了。他做了一件大胆的事。他伸出手,拍了拍她的胳膊,笑了笑,然后离开了。他走到了河边,边走边思考——他从来没有这样走过。他从未在河边散过步,从未听过河中央的微微水声,听着缓缓的流水撞到沙洲,再分成两路、继续流动。假设,他想,有人看到他在月光下,坐在他从未去过的河岸上。他想,要是有人看到了会怎样。

几个星期后,她再次见到他时非常惊讶。

她经营的是旅店兼餐馆,人们往往直接走进来。面向大众做生意,你就得跟隐私说再见了。

但乔治·伯班克敲了敲门。他说:"我想着过来看看你。"

"请进请进。"她说。她有点担忧，不知道乔治·伯班克为什么会上门。她把账单寄过去了，也已经收到支票。她能想象，他的车在经过酒吧门口时已经被人看到，她的名声又变糟了。"中午有几个客人要来吃饭，"她说，"你看，我在厨房里忙着呢。"

"戈登夫人，我不想给你添麻烦。"

不想添麻烦的话，他为什么不离开呢？

"你要不要到厨房里坐一坐？"

"好的，谢谢。"乔治·伯班克说。

厨房窗边是她和彼得吃饭的餐桌。"你要不要坐在这里？我得去搅拌一下饼干。"

"你忙你的。我坐在这儿就好。"

他就坐在那儿，读起酱料瓶上的文字来。彼得特别喜欢酱料和香料。这是最有益健康的酱汁，乔治读道，适合拌肉、拌奶酪、拌鱼。他伸出一根手指顺着桌布上的花朵描画。"这个秋天真是干燥，"他找了个话题，"河水的水位很低了，我留意到。"

"这段时间一直很干，对吧？前几天有几个客人说，这是他们见过最干旱的秋天了。"

"他们说得对。"乔治评论说，"干旱的秋天。"

"我觉得吧，什么季节反正都得做好准备。"露丝说。

他喜欢她手上沾了面粉的样子。"是的，反正得做好准备。必须那样。"他心里想，自己对爱的了解不比对眼泪的了解多，但他享受坐在这里。他也享受这番对话，感觉这番对话即将变得更加令人愉快。换句话说，他知道了关于爱所需知道的一切，那就是，在所爱的人身边会非常愉快。

"彼得去学校了，去擦窗户。"她忽然闭上嘴，意识到，她说彼得不在，可能会让他以为是种挑逗。

"我想你一定很为他骄傲，从我听到的情况判断。"

她忽然产生了一种强烈的保护彼得的欲望，泪水一下盈满眼眶。"从你听到的情况判断？"

"噢，我听说他是个很聪明的孩子。"

两辆汽车开到了门前，那是横顿来的食客。大门开了，门上的铃铛发出响声。他们的声音里透着被冷空气激起的兴奋和被火炉暖出的感激。"我要进去招呼他们就座了，"露丝说，"彼得应该过几分钟就回来。"

乔治听到那些人在餐厅里吵吵嚷嚷。露丝回来时说："他们带了葡萄酒。他们要是没带就好了。我不知道最新的法律怎么规定，不过要是有人来检查，场面不太好看。"

乔治慢慢站起身。"要不要我去跟他们说两句？"

露丝震惊得笑出声来。"噢，不用！我回头会自己处理。"她心里想，要是乔治·伯班克忽然出现在他们面前，而且是从厨房里出来的，那会是怎样一个场面。

"那照你的意思。"乔治说。

"不知道彼得怎么还没回来。"

乔治闻了闻饼干，说："他应该是还没擦完窗子吧。"

"这些人来早了。"不仅太早，也太吵了。

"我得说，"乔治说，"他们好像不只带了葡萄酒。听上去还有烈酒。"

那些来早了的横顿食客越来越吵。其中有个殡葬师,长得像泰迪·罗斯福,未来某一天他将带着愉悦的笑容凝视你的身体。还有一个药剂师,带着两个金发女郎。还有横顿的首席牙医,他最近穿着样式新潮的西装、拄着文明棍行走街头,相当引人注目。在这个寒冷的早秋午间陪伴他的并非他的妻子,而是诊所里负责给他递器械的女人,名叫孔苏埃拉,是个黑美人,在横顿有不少爱慕者。牙医的妻子对传教士和异教徒都有很多想法,喜欢在每个星期天下午坐着丈夫开的栗色凯迪拉克在横顿街头转悠,后座带着牧师。这位正室此刻去别的州看望生病的朋友了。这些人都是新人类,代表着横顿的快节奏生活,他们总是马不停蹄,总是知道哪里又开了新店,什么"绿灯笼""红公鸡",这些灯光昏暗的路边餐厅开了又关,阴暗的室内烟雾缭绕,还有小乐队演奏挑逗的音乐。

新人类大多是新富,不过其中也有年轻的牧场主,不知怎的拿到了家里的支票簿,喜欢开着大汽车在尘土飞扬的路上招摇。他们有的人日出时才结束通宵的聚会回家,敞篷跑车的后座上还载着年轻漂亮的姑娘。姑娘坐在车尾的折叠座位上,脚搭到了方向盘上头。路边喝醉的情侣对她喝起彩来。没人知道这种生活的结局。人们整晚不睡,听着电台放送远方的节目。

"我不该把钢琴放在那儿的。"露丝说,"你听!"

她穿过双开门从厨房走出去时,乔治看到那些人在跳某种狂野的舞蹈,而且似乎跳得并不好。整个地板都在摇晃,连厨房都遭了殃。

"天啊,"露丝说,"要是彼得在就好了。我得准备鸡肉了,彼得应该先给他们端沙拉的。有时只要把食物放到桌上……"她停顿了一下,思考着,"伯班克先生,我要跑去学校把彼得叫回来。"

"噢,宝贝儿呀!"外面的人叫喊着。

"跳个舞吧!"有人叫道。

乔治说:"戈登夫人,我去给他们上沙拉吧。"

她还没来得及说什么,他就从台面上端起两盘沙拉,用肩膀拱开了双开门。露丝的目光越过他,看见黑美人正把腿踢得老高,黑玉项链晃来荡去。

露丝走到了门边,看着乔治的举动,大为震惊。

一开始那些噪音和笑声仍在继续,声音还更大了。稍后忽然之间,外面彻底安静,钢琴最后的一声音符也戛然而止。这片安静之中,她听到乔治开口了。"中午好,"他说着,笑出声来,"看样子我是新来的侍应生了。你好,大夫。"

乔治回厨房继续取沙拉,却发现露丝弯腰扶着水槽。他马上走了过去,以为她是在哭,因为他见过她用这样的姿势哭泣。她现在确实流了泪,不过是笑出来的。"你太完美了,"她轻声说,"他们都惊呆了。他们做梦都想不到……"然后她重复了一遍,"你太完美了。"

好嘛!他暗自想。他确实做得非常好。以前从未有人觉得他有趣。

"伯班克先生，"后来在厨房里喝咖啡时，她对他说，"你到这里后我担心了两回。要知道，我可不是个会经常担心的人。"

要是约翰尼·戈登当初告诉了她，是谁扯破了他的衬衣、又把他像块抹布一样扔到墙上，露丝永远也不会接受乔治·伯班克。但约翰尼什么也没说，因为他觉得，说出一个人的名字，就让他拥有了一张面孔，而如果那个人没有面孔，只是作为一种力量存在，像命运一样，那么他的屈辱会容易承受一些。当她开始享受——甚至开始期待——乔治安静的陪伴时，她自己把纸花事件合理化了。也许菲尔·伯班克先生并无恶意。不然，一个成年人有什么理由去羞辱一个小男孩呢？她是不是太敏感，太容易联想到学校里的霸凌了？因此才把那些糟心事和菲尔无比寻常的话语联想到了一起？毕竟，哪个成年人会去欺负一个小男孩呢！

乔治提出了一个认真的请求。"我能叫你露丝吗？你能叫我乔治吗？"

"当然，乔治。"

接下来的星期天，他再次提出一个认真的请求。"你愿意嫁给我吗？"

她没有假装惊讶。"出于公平，乔治，我得告诉你，我爱我的丈夫。我不知道一个女人能不能爱两次。"

"当然。你怎么会知道呢？不过，如果你喜欢我，或许以后也会爱上我？我可以供你的孩子完成学业。读任何学校都行。"

"我可以自己供他上学。让他上完学，对约翰来说意义太大了。这可能是他最后的信念。"

"你要明白,我愿意供他上学,钱当是借给你的也好,随你的意,不管你嫁不嫁给我。你看,我们在一起的时候,我们聊天欢笑的时候,那真是……值得我为你或你的孩子做任何事。"

"可你不明白吗,我不想要你的钱。"

"这就好玩了嘛,"他说,"我以前觉得自己只有钱,直到我们坐在这儿,聊天、欢笑。有意思的是,现在哪怕一个人独处,我也感觉很好。"

她低头看着他宽阔的脚掌。他的鞋很旧了,但是擦得锃亮。她的目光往上,看着他的手掌,宽度几乎和长度一样,也很暖和,即使他刚刚从寒冷的室外进来。忽然,她感觉,她已经完全知道他小时候长什么样了。

他说:"请不要这样。"

她说:"我没有要哭。我是在想自己多么幸运,能认识两个善良的男人。"

开着老里奥回家的路上,乔治一遍又一遍地哼着《粉红女郎》里的华尔兹舞曲。要是她能教他跳舞该多好。他眯眼看着天上的星星,只见星光像长矛一样射向大地。他们要是一起过圣诞节,该有多么快乐!

老伯班克夫妇比大多数退休的牧场主幸运。许多牧场主在这漫长的寒冬、呼啸的烈风中,想到此地多么不宜居住,最终都会崩溃——风湿关节炎让他们的手指扭曲，连着硬邦邦的手掌，像死鸟的爪子。他们不得不看着年轻一代接管一切，看着年轻人骑马、套牛、打猎、经营，做着他们再也无法做的事。许多牧场主退休后变成了酒鬼，在山毛榉或横顿的酒吧里流连忘返，又在酒吧后面残酷的镜子里，看见自己失望而凶狠的老脸。其中那些白手起家的人，就找和自己一起打拼过的人喝酒，他们都是被时代遗忘的同病相怜者，一齐沦入衰老。他们想道，山景公墓和乱坟岗，其实只隔着一道栅栏。

在家里，他们观察着、批评着，动辄感到被冒犯，坚持自己写支票，闷闷不乐，确信儿女也希望他们早点死去。倒不是说老伯班克夫妇比其他牧场主有钱，因为至少有五六个牧场主能掏出二十万现金。比如老汤姆·巴特——尽管传言说他挥霍无度，老在酒店里大开通宵派对。巴特夫妇和伯班克夫妇并不常见面，只是偶尔在横顿街头相遇，那种时候，汤姆·巴特这个众所周知以派对为生的人会谦卑地站到一旁。面对老太太的仪态、老先生的体面，他的身体会僵住，微笑着结结巴巴。令人意想不到的是，乔治暗地里有些钦佩汤姆·巴特。而菲尔觉得巴特是个傻子，经常说他开口就像土包子。

不，老伯班克夫妇并非更有钱，而是更有教养，还有非同一般的社交圈，用阅读和思考取代了威士忌。他们会用维克多牌留声机播放内莉·梅尔巴和阿梅丽塔·加利－库尔奇的歌剧，沉浸在《城乡》《国际工作室》《导师》《世纪》的字里行间——这些杂志在桌上堆积到一定的程度，会有人开车把它们捐给山毛榉的学校。其他人在愤怒和绝望中找到的奇特亢奋，他们可以从严肃的时事讨论中找到。这种讨论往往是激烈的，他们不时会暂停下来面面相觑，一时无言。

他们适应不了菲尔，他们无法取悦他，而菲尔一眼瞥过来，就会让他们想起自己无用的人生。几次不欢而散之后，老两口在盐湖城最好的酒店订下了顶楼靠角落的套房，叫人把酒店的家具（其实也都不错）搬走，布置了自己的家具。他们跟与自己相似的人交朋友，比如退休的牧场主、林场主、矿主，那些人就像了解美国西部一样了解澳大利亚和南非。他们频繁地与东部的亲朋通信，阅读《波士顿晚报》，在阳光下散步，或者透过顶楼套间的大窗户欣赏白雪覆盖的远山。他们有时会长时间地沉默，但一人会在刹那间对另一人露出鼓励的微笑，并马上得到回应的微笑，然后继续沉默。

老太太从信中读到乔治可能要结婚时，眉毛都扬了起来。读完菲尔的信，老太太便动笔给乔治一连写了好几封信，但前几封都撕掉了，只剩最后一封。太荒谬了，她想，自己居然写信求一个成年人等未婚妻获得父母认可了再结婚，就因为菲尔说那个女人以前在酒吧里弹钢琴，还有一个半大的孩子。信里没有提及前夫的情况。在最后那封信里，她请求乔治"三思而后行"——长久以来，这几个字就像是伯班克家的家训——还恳求他无论如何都要让他们参加婚礼。"如果我们不在场，看起来太奇怪了。"她写道。她把信给老先生看，一直在房里来回踱步的他停下了脚步。

他读完了信。"我觉得乔治并不在意看起来怪不怪。他从来没做过什么奇怪的事。做一次又有什么了不起呢？"

"菲尔在意啊。"

老先生转身面向她。他即将问出一个问题，它经常出现在他脑海。他曾经一百次组织好语言，想要开口，却在与她四目相接的瞬间，选择了保持沉默，担心她会觉得这个问题是对她的某种批评。但这一次，他突然意识到她脑海里也有同一个问题。"你是不是觉得……"他震惊地说。然后是她，把问题说了出来。

"我是不是觉得菲尔可能有些……不对劲？"

老先生感觉五脏六腑被掏空了一块，不过也感到一丝解脱，因为问题摆到了台面上。"如果真是这样，也不是你的错。"

"也不是你的错。"她说着，看了看表。"这是几点了？我真讨厌这种小小的表。看不清指针，时间也不准。"他们把信寄出，准备再亲自走一趟，于是开始打包行李，并吩咐女服务生给天竺葵浇水。他们提前给乔治发了电报，让他到山毛榉来接他们。

他在黑暗的站台上等他们，在扫走站台干雪的寒风中弯着腰，微笑着向前迎来，身上的水牛皮外套衬得他块头很大。"你好哇，母亲。"他说着，亲了亲她。"你好啊，父亲。"他正式地握了握老先生的手。"看，下雪了。"

"见到你真好。"老先生说。

"彼此彼此。"乔治说，"汽车在那边。"

"老地方？"老先生问。

老太太疯狂地想要说点什么，关于这次旅行，关于火车的饮食，关于车窗外看到的东西，关于什么有趣的小事。可她只记起一个哭泣的孩子,一个生气的母亲,还有人剥橙子散发出的气味。"有人跟你一起来吗?"她问。

"我妻子。"乔治说。

"好吧,你觉得她怎么样?"老伯班克夫妇在自己的老房间里安顿下来后,老太太问。

"钟又走起来了,"老先生说,"但窗户还是嘎嘎响。"他走到窗边,往外面看去。

"你没听到我说话吗?我说,你觉得她怎么样?"

"觉得她怎么样?我觉得她挺体贴,见我们来了就把这间房还给我们了。不过是在夜里一起坐了二十英里车而已,你能判断什么呢?"

"不止二十英里。你在办公室里跟乔治谈话的时候,她敲了敲门,于是我开门让她进来了。她说了一句特别奇怪的话。"

"她到底说了什么?"

"她说:'不知怎么的,认识了乔治,我就知道你们俩一定很善良。'"

"然后呢?"

"我听了很开心。很开心她能看到乔治的善良。"

窗户上是灯的倒影,此外黑魆魆一片。老先生从窗边转回身来。"你可不可以给她一两件首饰之类的?"

老太太轻轻咳了一下，拍了拍胸口，走到窗边。窗台上花盆里的天竺葵已经枯死。"琼斯小姐薨了啊。我们最好等等看。可惜她有个孩子。存在忠诚的问题。"

"这盆东西在我们搬走的时候就快薨啦，你忘了吗？问题不在于……孩子。你知道的。"老先生猛地转身，踱到房间的另一头，又猛地转回身，踱了回来，"我能告诉你一件事。我同情她。"

老太太说："自从搬走之后，我还没见你这样走来走去过。"他们开始把行李取出来。"这屋子冷得可怕。我都忘了这里有多冷。"

他从行李箱后面抬起头。"搬走之后，我也没再听你提过冷。"

露丝第一次来到这栋大宅时，也感受到了寒冷。他们是圣诞节后，在横顿牧师的主持下完成婚礼的。乔治原本考虑邀请人参加婚礼。她说，为了彼得，婚礼应该私下举行。他能理解吗？他似乎能理解。他说："随你便。"但他脸上露出了微笑。

"不过当然了，可以邀请你哥哥。"她说。

"他从来不去教堂。他也讨厌穿正装。"

彼得表示理解。"你知道我会永远爱你的父亲。要是我结婚会让你受到伤害，要是你不能理解……"彼得微笑了。"你能理解吗?"

彼得凝视着窗外,窗外是丛丛灌木,远处是学校,再往下走是小河,那里有丛丛柳树。他过去常常坐在那儿,观察着天上的月亮,思考自己的计划。"我理解。"

他过分正式的谈吐很久以来都让她困惑。比如他总说"理所当然""试举一例",还直接叫她露丝。她不会问他的动机,可能是害怕他的答案,害怕他的答案里透露出对她的某种下等的爱。事实上,露丝这个名字更符合她在他心中的形象,更像一个被爱的人,而不是母亲。在父亲死后,她便是他奇特感情唯一的倾释对象,他的剪贴簿里剩下的唯一主人公——这五年来,那本剪贴簿被他当成了指引和圣经。他并不嫉妒乔治·伯班克,或者,即使他嫉妒,这种情绪也被控制得很好,并不针对个人,就像他对破坏他心中的秘密想象的人的仇恨也不针对个人。婚姻能让她得到应得的一切;而让她得到应得的一切,对他来说就是一切。婚姻能让她永远摆脱红磨坊,在那里她要服务他厌恶、鄙视的人,不得不跟醉鬼骚扰的话语和暗示的微笑周旋,因为她必须谋生,以保障他的未来——而他的未来,就是要创造她的未来。那一天会比他梦想的更早来到,她会穿上《时尚芭莎》里的时装,坐上林肯或皮尔斯,登上远洋邮轮,往花瓶里插鲜嫩的花朵。

婚礼前的几小时,他的母亲待在横顿大酒店的一个房间里,乔治则带他去格林家的百货商店买西装。

"给这个小伙子来一套,一切按他的要求。"乔治对店主说。乔治看了看自己身上新买的蓝色羊毛西装,吸了口气,收起肚子,把腰带收紧了一格。"你母亲说让我们自己吃一顿。"乔治说,"可能她是想打扮得漂漂亮亮的,给我们一个惊喜。天啊,她一直都漂漂亮亮的呀!"他们在糖碗咖啡馆吃了饭。"你来点吧。我每次出来都吃炸比目鱼,也可以换换口味了。不过你随便看,随便点。"彼得这辈子从未像这样尽情享用墨西哥肉豆酱。"给这小伙子再来一碗,"乔治对侍应生说,"我们在庆祝喜事呢。"

彼得是婚礼上唯一的客人,他想,这个安排很合适,因为他是新郎新娘以外唯一的当事人。他喜欢乔治买的那一排玫瑰,花店那个很能小题大做的女人把玫瑰插在铜盆里,摆在了圣坛上。乔治做出这么细腻的举动,令他颇为感动。婚礼过程中他几乎屏住了呼吸,直到乔治拿起他母亲的手给她戴上戒指,他才润了润嘴唇。但是当母亲转过身,微笑着,仔细理了理深蓝色套装上的褶皱,他方感到寸心如狂。那是他见过的最轻盈优雅的姿态——美到让人心碎——那是妩媚、迷人、富有的伯班克夫人的姿态。她步步生莲,他从父亲的藏书里引用了一句。她步步生莲——宛如良夜。

他稍后一定要摘一朵玫瑰。在剪贴簿的最后一页夹几瓣压平的花瓣再合适不过了。

露丝在横顿找到了穆勒夫人。她在医院里当营养师,是个整洁利落、有事业心的女人,很乐意为彼得在剩下的学年里提供食宿。

"我会尽量每个周末来看你。"露丝向彼得承诺,"或者你想什么时候去牧场?那样不是很有意思吗?"

他不觉得那样有意思，但没说出口。他露出微微一抹笑容，拉起了她的手。就这样，他离开了山毛榉，那个他因为自杀事件而被嘲讽和孤立的地方。横顿的学校有一个真正的图书馆，还有化学和物理的课程。

"我很喜欢这间屋子。"他说。

"彼得，"她说，"有时我觉得你没有听我在说什么。你在听吗？我从来都不知道你在想什么。"

"我会更注意的。"他说。从现在开始，他只需要考虑自己的未来了，他感到一种解脱。"替我带个好给……乔治。"

"我明白。"她说，"不知道怎么称呼他，对吧？不过他很为你着想的。"

露丝记得刚到牧场时，大宅里是多么寒冷。在那个冬天的下午，她和乔治走进屋时，乔治的兄长站在屋子中央。在那之前，她就站在台阶上，等乔治把老里奥开进车库。电灯供电设备排烟的声音传到大宅对面的小山，变成回响。牧场那些狗，因为听到汽车的轰鸣，看到车前灯的闪光，开始吠叫着绕着大宅跑。当乔治拖着行李箱从车库走向大宅时，那些狗又嗷嗷叫着，在他身前跳来跳去。他放下行李箱，打开了门。露丝先走了进去，看到乔治的哥哥站在屋子中央。

"你好啊，菲尔。"乔治说，"你记得露丝吧。"

"噢,你好。"菲尔说。

"锅炉出了什么故障吗?"乔治问。

"我可不知道。"菲尔说。

房间很大,家具稀疏,老太太和老先生搬家时把椅子都带走了,留下了开阔的空间。之后的几年里,没有重新布置过家具。他们留下了纳瓦霍拼块地毯,说它适合牧场的房子,但那印第安式的纹样并未改善这里的过分简洁。壁炉里有柴,但没有点燃。壁炉边的墙上挂着老太太的画像,一派波士顿贵妇的仪态。画像的眼睛一直看着露丝,不管她走到哪里。

"好吧,那我下去看一下。"乔治说。

"我们旅途非常愉快。"露丝说。

菲尔说:"乔治,老先生写信来了。邮车今天早上送来的信。他需要一份契约,但我没找到。你能去找一下吗?"

"明天早上再找也不要紧吧。"乔治说。

"我都等你一整天了。"菲尔说。

"露丝,"乔治说着,在壁炉边跪下,点了根火柴,"过来暖和暖和。我去下面弄一下锅炉。"

"我完全没事,非常暖和。"露丝嘴里这么说着,还是靠了过去。她害怕被独自留在这里。

"不行,我去下面弄一下,"乔治说,"一分钟就上来。"他等了一会儿,看着引燃的小火慢慢升起,在木头坚韧的绿色树皮上跳跃,稳定下来,才转身穿过放着沉重的红木家具的阔大餐厅,走了出去。露丝听到门开、门关,然后是下楼梯的声音。

以后她会了解那个地窖，它每年春天都会被水淹。水面会有一层水泵漏出的油污，借着窗户透进的一点微光，能看到淹死的老鼠浮在水面，尸体肿胀，肚皮朝天。此刻她听到下面传来一阵隆隆声，然后是铲子剐蹭混凝土的扰人心神的声音，让她浑身肌肉绷紧，然后铁门哐啷一响，她闻到了煤烟味。

她止不住地战栗，一阵异常的头痛也抑制不住地发作起来。菲尔径自坐到房间中央桌边的流苏灯下，拿起一本杂志看了起来，为了方便灯光照到纸面，他摆了个看上去挺难受的姿势。菲尔阅读的时候，嘴唇也在动。她感觉这沉默太糟糕了，随便说点什么也比沉默强，但她清亮的声音好像困在了嗓子里。"唔，菲尔哥哥，"她说，"很高兴来这里。"

他仍在阅读，嘴唇继续翕动。然后，他从杂志上移开目光，直直地看着她，露出微笑。他微笑时，她已经能听到乔治在某处上楼的沉重脚步声。菲尔继续微笑着，然后吐字清晰地回答："我不是你哥哥。"

乔治走了进来。"我听到你们聊上了。"他高兴地说。他说话时，厨房门开了，刘易斯太太哼着哀怨的小调，蹒跚着走进来，为三个人摆放晚餐。

晚餐后，菲尔在灯边读了一阵书，然后忽然站起来，顺着廊道大步走进卧室，关上门，取出班卓琴调起音来。他忍不住发笑。一想到乔治把这个女人带来大宅，想让一切不动声色地平顺过关，他就忍不住发笑。他说什么来着？你记得露丝吧？就是这句。露丝算是个什么名字！是哪家的厨师吧。他忍不住发笑，笑着想起乔治单膝跪在壁炉前生火——乔治有一点失望，因为菲尔没有在他们到达之前把火生起来，没有把屋里弄得温暖宜人。哈哈哈。乔治本该了解菲尔的，了解他从不做自己不喜欢做的事。想起吃晚餐时露丝瞥向自己的目光，菲尔也想笑。他知道自己当时是什么样子，知道那样能惹恼她。那副样子以前也能惹恼老太太：皱巴巴的衬衣，乱糟糟的头发，稀疏的胡楂，没有洗的双手。她最好学聪明点，接受一个事实：他的行为不会像其他人那样，因为他跟其他人不一样，他压根儿不会碰餐巾，要食物也是直接伸长手去拿，而不是开口请别人递。还有，如果他想擤鼻涕，他就会擤鼻涕。如果东边那些富贵亲戚能忍受他这样，上帝知道，这个女人也能忍受。如果她不习惯一个男人不鞠躬说失陪就直接离开餐桌，那她最好赶紧习惯。哦对（他又忍不住笑了），她以后还要吃几回惊呢。

他琢磨透了她，在第一眼看到她时就琢磨透了她，知道她是一个非常容易自我怀疑的人，绝不敢在他和乔治之间制造隔阂，不会转述他那句不是她哥哥的话。她会非常小心，不会去试探乔治，不会去摆弄他对家人的感情而让自己陷入激怒他的风险之中，因为乔治是她的饭票。即便她真敢发牢骚，对她又有什么好处呢？房子是他跟乔治一人一半，钱是一人一半，牧场也是，真要分家的话会有许多财务上的麻烦，还有水权、牧地等问题。她若是敢找麻烦，那可真要惹上大麻烦。他现在看清她了：在暮冬的傍晚第一次走进这座大宅，穿着一身无疑是乔治买给她的新衣服，怕得要死。

菲尔毫不讳言，他常常自言自语，或兀自发笑。"就是自己陪伴自己。"他这么描述。他乐得重复那些令他发笑的人说的话，反复品味。现在，他正用一个准确得可怕的女性假声模仿着露丝。她是怎么说的来着？*我们旅途非常愉快。*菲尔能想象那趟旅途多么愉快：风雪在索环撕裂的地方寻找着窗帘的空隙。脚冻得半僵，手冻得梆硬、生疼。老里奥昏暗的车灯在路面冰冻的车辙间探照。而且，菲尔绝对不喜欢没话找话的人，他知道人们这么做只是为了自我感觉良好。她知道她不属于伯班克家。问题是，乔治要过多久才能意识到这个事实？

而乔治从楼下上来，又捅了捅壁炉，然后说："我听到你们聊上了。"还一脸满足的样子。噢，乔治太容易满足了，好吧。那个女人和菲尔确实是在说话，好吧。

菲尔清了清嗓子，微笑着开始弹奏《红翼》，眼睛看着屋子另一边的空床。远处的黑暗中，是屠宰栏。他们很快又要屠宰了。冰库里存的肉只剩一条牛后腿了。

忽然，菲尔拨弄班卓琴的手指停住了，右手手指也一动不动地攀在了琴弦上，像一只蜘蛛。他目光如箭，看到浴室与老两口卧室之间那道门的门缝透出了灯光。

乔治还是露丝？

老两口住在浴室另一头的大卧室里时，他们洗完澡总是会打开菲尔这边的门，让他和乔治随意使用浴室。当然，菲尔从来不进去，因为不知怎的，老太太的东西让他有些不适——那些香精和古龙水，皮尔斯牌香皂和绣着姓氏首字母的毛巾。那里面有股刺鼻的女人的气味,老先生的剃须膏和剃须刀压不住那股味儿。每次看到老太太的薄纱衣物晾在折叠架上,菲尔都会吓一跳。你本以为老太太会把这种东西藏起来,放到看不见的地方。看她装腔作势的谈吐和一本正经的步态,你会以为她能把这种东西藏好。不,菲尔会用廊道尽头的洗手间,那个简陋但功能完整的小房间,那里只有正常肥皂的气味,以及灰色毛巾卷的潮湿气息。让菲尔困惑的是,老太太还住在大宅时,乔治居然能够在那间浴室洗澡,而现在,乔治就要在那个女人面前暴露自己的身体了。他会先把灯熄了吗?菲尔竖起耳朵。有人把门锁上了。转动钥匙的是乔治,还是那个女人?一定是那个女人,之前很长一段时间门都没锁,跟往常一样。一定是她动的手,小心翼翼地转着门把手,好让那门——可以这么说——把他锁在外面。

你可以赌上性命说,即便是乔治动手锁的,背后也一定是那个女人的主意。菲尔躺在那儿,在黑暗中僵挺着,想着那个女人是怎样在乔治身边躺下,让乔治在她身上活动,甚至可能怀上孩子。

第六章

　　菲尔上大学比乔治早两年。作为大一新生，他可以说是创造了学院的某种历史：那时的五十万美元可不是小数目。当菲尔登记入学，在加州的阳光下走进宿舍楼的时候，他家牧场的价值已经顺着小道消息网传到了各个兄弟会成员的耳中，可能还在他们的脑瓜里翻了一倍。他带来的粗麻布衣服就是他在盐湖城读高中时穿的那些，但这也只突出了一点：他已经富裕到不需要考虑时尚的问题了。他收到了一个接一个兄弟会的邀请，个个都想让他入会。他收到了各色花言巧语，啤酒和雪茄，还有年轻小伙子们追捧的埃及神牌香烟。

　　他去了每一个邀请他的地方，好奇他们会做到什么地步。他坐在他们的皮椅里，跷着长长的二郎腿，一动不动，一言不发，内心则觉得他们关于棒球和汽车的闲聊很可笑。他们从女子神学院找来许多姑娘，陈列在他面前，他却视而不见。"跟竞价牛肉似的。"他后来评价说。每一个兄弟会都把他当成了大奖，都怀疑其他兄弟会在使用什么不正当手段。他们急于招他入会，因为只要有了他，他们迟早有机会扩建原先的房子，再建更多的房子，给客厅布置新家具——最重要的是，他还能吸引来与他相似的年轻富贵血液，因为财富会吸引财富。

在他们称为"冲刺周"的那个星期的最后一晚，按惯例，新生要做出决定，把志愿写在纸条上、塞进箱子里。在这个晚上，菲尔小小地创造了一下历史。

这天晚上，他在某个兄弟会吃饭，而这个兄弟会的人自然认为他选中了他们——不然，都最后一晚了，他跟他们在一起做什么呢？因此，这个兄弟会的主席坐在了他左手边，一名教授坐在了他右手边。那些在大学期间勤工俭学的小伙子则穿着白夹克，为他们端上炸鸡和热饼干。

兄弟会主席就兄弟会的意义发表了一小段演讲。他说兄弟会是个好东西。他说男人不应独自一人。

然后，在掌声中，教授站起身来，喝了一口水，开始说起兄弟会对于他这个长者、对于他这个旧成员的意义。这个团结友爱的集体帮他渡过了许多难关。他在掌声中坐下了。

蜡烛点燃，电灯熄灭。兄弟们站起来，用训练有素的和声唱起了兄弟会的会歌。他们微微低着头，唱完之后纷纷把手叠到了一起。

蜡烛吹灭后，电灯再次亮起。菲尔好笑地留意到一些人流下了毫不害臊的眼泪。他站起身来。

"我想说几句。"他说，掌声响起。"先生们，"他开始发言，湛蓝的双眼扫视着在座的众人,"我知道,先生们,我知道你们为什么要邀请我。你们邀请我是为了我的钱。不然还有什么理由呢,先生们?你们甚至不知道我有没有脑子。关于我是个什么人,你们连毛都不知道,但你们还是邀请了我。"

他们给了他那么多关注,他说,大概还以为他会视之为赞美。可事实上,他直接看到了本质——那是一种侮辱。

房间里一片寂静,只剩下呼吸的声音。

"说到这里,先生们,"他说,"我该走了。"然后他就走出餐厅,走出了那栋房子。

也许那就是为什么,两年后,乔治作为新一届的入校生,会坐在宿舍里等着兄弟会来邀请自己。他坐在自己的房间里,待在书桌边,双脚摆得端端正正,看着自己方方的双手,准备好向任何敲门进来的人微笑。他将脸固定在了迎接客人的状态,他听到走廊外传来敲门声和说话声、喧闹的笑声,然后脚步声上楼了。

那个星期的前几天,他观察了时下的流行趋势,立刻去一家服装店,流着汗,买了新衣服。他钻到帘子后面换上了,再次出现时已经变了个人。而现在,他等待着,宽大的双脚穿着新鞋子,牢牢地钉在地上。

"也许,"后来菲尔对他说,"也许那是因为他们记得我做过的事。可能根本不是你的问题。"

但乔治从不相信这一点,也从未忘记,当年那个矮壮的小伙子,坐在房间里等待着,宽大的双脚紧踩着地面。走廊里终于安静之后,他换上新睡衣,上床睡觉了。窗外,他听到了话语声和歌唱声。加州夜晚的空气里充溢着不熟悉的花香，而不是三齿蒿的气息。

二月的明媚阳光照在山谷间的雪地上——透过老里奥平坦的挡风玻璃，光芒有时会耀眼得让人看不清路。乔治和露丝眯眼看着前路，驶往横顿参加银行会议。乔治穿着水牛皮外套，戴着长手套和耳罩，还有一顶正式的帽子。露丝披着海豹皮斗篷，一顶与之相配的帽子盖住了耳朵，还戴着一副厚厚的连指手套。乔治还在她腿上严严实实地盖了一条厚毯。这辆旧汽车在冰冻的车辙上蜿蜒前行，时速超过二十英里时，威德牌防滑链就哐啷哐啷响个不停。乔治眯起眼睛，看着路况，观察着散热器盖子上的转速表，红色的酒精柱刚好控制在"危险"那一档之下。开车老是会过热，然后散热器又会结冰，之后又会过热。有人说把蜂蜜和水混合一下就是很好的冷却剂，而且不会结冰。还有人用煤油。但乔治知道煤油会腐蚀软管，让引擎漏油，甚至可能引起爆炸。乔治自己试着用了木醇，效果还不错。"但他们应该制造一种东西，可以倒进散热器又不容易蒸发的东西。"乔治说，"有时我觉得应该买辆富兰克林。"富兰克林是好车，风冷式，但乔治听说它也有缺点。因为它不用水冷，遇上问题就不能通过倒热水来启动汽车。只能挂上挡，用几匹马来拉。"所以，我真不知道。"乔治承认道，"某种意义上，没有汽车的年代更容易，因为你不需要买汽车，因为就算想买也没得买。"

露丝笑出了声。

"你到底在笑什么啊？"乔治问。

"笑你啊。你是一个非常有趣的人。"

乔治很高兴，咧嘴笑起来。"我真正想要的，"乔治说，"是一辆皮尔斯。"

"好呀。"

"我一直喜欢引擎。"

"那就买一辆呀。"

"我怕那车看起来有点怪。"乔治说。

过了一会儿，露丝忽然说："这地方很适合。"

"适合？适合什么？"

"野餐呀。"

乔治咯咯笑起来，他望向雪地，远处不知谁家的干草堆像一个个小圆点，一群牛在其中一堆干草边挤来挤去，形状也变来变去。长耳大尾兔在路边留下了新鲜的脚印，不知所往。三齿蒿的枝叶在冷风中僵直立着，一副枯萎易碎的样子。

"不是，这风景很美的呀。"露丝说，"那片山。把车停在路边吧。"他看着她，她转身把手伸到了一堆毯子下面，掏出一只袋子和一个保温杯。"热咖啡和三明治。"

"好吧，我服了。"乔治说，"但还没到中午呢！我这辈子从来没在饭点之外的时间吃过饭，你知道吗。"

咖啡很不错，也很热。喝完之后，乔治觉得连抽烟都特别香。"我怀疑,"乔治说,"这个乡下地方从来没有人在汽车里野餐过。"他迫不及待想去银行会议上说说他们刚做了什么。他能想象老福斯特的表情。"我以前很讨厌这趟旅程,"他说,"会议结束后他们会一个接一个地邀请我去他们家吃晚饭。我感觉自己好像是寄养在他们家的一样,他们的妻子也不知道怎么应付我。孤独的人没有多少空间。我从来都不擅长聊天。菲尔更会聊天。很多时候,我会跟他们说我有事,然后要么开车回家,要么就去横顿大酒店吃晚饭。"他停顿了一下,"露丝?"

"嗯。"

"噢,没事。"他刚刚想坦白说,他去横顿大酒店吃饭时,会进一个包间,拉上帘子,这样就没人知道他是独自在吃饭。"我刚刚是想说,不用孤独一人真是太好了。"

"我们永远不会再孤独了,乔治。"

"你知道,有时候,我想邀请人们去牧场吃饭。只是,我不知道该从谁开始邀请,他们人都很好,很热情。或许,有时我就是想请人来坐坐,几个我们自己的朋友。我们可以雇一个姑娘,就像以前一样,由她来伺候餐桌,我母亲在的时候就是这样。我们有一个铃铛,只要摇一摇铃铛,姑娘就会进来。就是这样的。"

"你真的觉得我们有必要雇个姑娘吗?"

"倒也不是必要。不过我想雇一个,或者随你的意。"

"那我觉得雇一个也挺好。"

"那样一来,你就不用管餐桌的事了,我们吃完饭就可以起身去聊天,你愿意的话可以弹弹钢琴,如果我们有钢琴的话。天啊，我真希望听你弹钢琴。我母亲完全不会弹。我们就是听听维克多牌留声机。"他停下来看着她，"我是不是话太多了？"

"我喜欢听你说话。"

"我可不想养成话多的习惯，你知道吗。"说完，他在后视镜里看到她嫣然一笑。他眼睛仍然看着前方，却伸手拉住了她的手，内心翻涌起令他自己震惊的柔情。一时间，他呆住了，他刚发现她的这个习惯。不论什么时候，不论她在做什么，哪怕是在汽车的前座打开一个三明治，当她抬起头来，她永远在微笑。他好奇之前有没有人注意到过。

到达横顿时，你第一眼看到的会是谷物升降机，那尖锐的金属顶部在阳光下闪耀。然后是铁轨边的运煤槽，黝黑而笨重，会让孩子们联想到某种巨大的动物。然后是师范学校的哥特式砖楼，它赋予了这个小城一种调调，因为有来自全州各地、衣着整洁的年轻男女在那里学习——人们会看到他们坐在冰激凌店的铁艺高脚凳上，谈论他们的课业，或者只是牵着手。露丝和乔治开车经过砖砌的医院大楼时，风带来了煮土豆、烤肉和氯仿的气味。喧啷喧啷，是防滑链在响。露丝现在体会到了所有牧场主开车进城时的普遍感受——一种来到新世界、想要做些什么的兴奋——看着街边商店的橱窗，看着台球房里外表粗野的男人往窗外望的目光，看着珠宝店门上的大钟，看着仓库边冰雪覆盖的大片空地上欢腾跳跃的几只狗，看着已经在冬天干涸的混凝土喷泉（夏天，水会从狮子浮雕的口中喷出来，落在扇贝形的水池里，马会过来喝水，不过这些日子已经很少见到马了）——这种兴奋越来越强烈。

横顿大酒店门口停放着许多汽车，退休的老牧场主则骄傲地坐在酒店大堂的大绿皮椅上，盯着窗外的汽车、在风中打着寒战大步行走的路人，仿佛受到了冒犯。好嘛，他们不冷才怪，老牧场主会一边这么跟其他老牧场主发着牢骚，一边调整椅子放松自己的老骨头。城里的人穿得太少了。这些老人经常嘟囔、经常哼哼，因为他们经常生气——气政府，气时代，气物价，气他们的孩子和孙子，气他们爱的人。他们为儿孙不肯常带曾孙来看他们而生气，就算好不容易来了，也总是借口有事匆匆离开。因为年轻人说他们必须马上回牧场，这些老人很少有机会问想问的问题，很少有机会举办餐会，很少有机会带孩子去看个电影或是街头散步。年轻人必须马上回牧场，反正他们是这么说的。若是老人要再婚，或者变更遗嘱，他们也是活该！那样他们就会一下子坐直了！城里想抓住这类机会的女人可不少呢！

啊，但是那样一来，年轻人就会生气，老人就会更加孤独。他们就再也没机会见到曾孙了。

横顿大酒店餐厅入口旁边的凹室里，公共速记员在飞快地打出各种简报和遗愿。男洗手间的门开开关关，黄铜的机械合页发出吱吱呀呀的叹息声，在开关之间，让人瞥到里面的白色瓷砖，跟外面大厅的地砖一模一样。大厅里充满微笑和问候，不适应城里这股兴奋气氛的人则露出尴尬的讪笑。

今天，横顿大酒店的气氛比平时更加活力四射，大厅里人声鼎沸。孩子们撇开父母在大厅里奔跑、在瓷砖上滑着玩。前台服务员一次又一次冲出来阻止,但徒劳无功,只能怒气冲冲地瞪着眼。

"今天这儿人可真多。"乔治说着,放慢了老里奥的速度,"看来有重要人士出入。"

然后他们看到了。在拐角的侧门前,有两辆黑色的加长豪华轿车,每一辆都配了着装专业的司机。"啊对了,"乔治说,"那是州长的人。他要在这酒店举办社交聚会。我都忘记这事了。"

"你忘了什么事?"

"我忘记回复他了。他邀请我参加这个聚会,我却忘了,因为我当时在想着你,还有结婚的事。没事,反正我也去不了,得参加银行会议。"

"那你认识他咯?"露丝问。

"我在首府见过他几次。老先生跟他关系不错,算是亲密的合作伙伴。"

乔治在银行的红砖墙前下了车,董事要在里面的贵宾室开会聊钱的事。然后他们会去糖碗咖啡馆吃午餐,因为他们一直都是去那里吃,点的不是炸比目鱼就是牛排,然后再吃馅饼。"我三点去酒店找你,"乔治说,"代我向彼得问好,问问他有没有什么需要我帮忙安排的。"

露丝换到了驾驶座。"我会想你的。"露丝说。

他看着她。"想我?你会吗,露丝?"他的脸焕发出了光彩。"噢,那真好。"

她凑过来亲了亲他,他的脸红了。今天真是,今天真是太令人难忘了！在外面野餐，注意，是在大冬天野餐，然后，被一个可爱的女人在大街上吻了，旁边就是砖砌的银行，里面装着价值一千五百万美元的财产。对于他这样一个除了一点耐心之外什么都没有的人来说，这一切多么奇特而美妙。"请你也想想我。"露丝说。

"我一直想告诉你，"他对她说，"一路上我都想告诉你，你让我多么骄傲，和你在一起我多么欢喜。"然后他转身离开，进了银行，怕自己会忍不住继续说出什么傻情话。

彼得寄宿的房子里，房客按照一块小指示牌交代的，走路要安静，离开洗手间要关灯。人们说话都会压低声音，就像在医院或殡仪馆里。这不是一所充满欢声笑语的房子，但这种寂静和秩序倒是完全适合彼得，在这里他可以思考。

露丝敲了敲门才进去。彼得举止正式得像一个主人，引她进屋，亲了亲她。他的脸刚用肥皂水洗过，还闪着光泽。他的衬衣笔挺，鞋子锃亮。他把她领到他的房间，她感觉自己在这里像个陌生人。显然，这间屋子原本只是偶尔使用的客房，里面的家具属于扔了可惜、留着又不那么舒服的。与其说是卧室，这里更像客厅。华丽的黄铜床说不定在二十年前给人接过生。角落里有一张桌子，桌脚是一捆用藤条扎起来的竹棍，竹棍的顶端张开来支撑着桌面。桌上放了一个彩绘花瓶，花瓶里插着染过色的香蒲。

墙纸是血液干涸后的颜色，两面墙上挂着画，一幅的主题是"世界之光基督"，耶稣基督看上去受了伤，表情有些古怪。另一面墙上是一块长匾，匾的上半部分是弗兰斯·哈尔斯画作《微笑的骑士》的复制品，画得很糟；下半部分是一段文字，跟画的主题没什么相干：

  在此佳室，安寐养神，
  呜呼，莫问汝何人……

"你在这里开心吗？"露丝问。这似乎是一个合理的问题，她提问的时候就坐在桌边的直椅上，那是他学习用的桌子。桌上每一支铅笔都摆放得整整齐齐，没有哪一张纸、哪一本书有一丝凌乱。彼得从来不乱放东西，从来没丢过东西，从来没迟到过，也从来不忘事。

"我再开心不过了。"他对她说，"我还交了一个新朋友。"

"跟我说说他的情况！"她内心泛起强烈的暖意。

"他父亲是学校的老师。他以后想当教授。他教了我下象棋，我们经常下棋。象棋是没有运气成分的，完全靠技巧。"

"我猜你很擅长。"

"我将来会擅长的。"

"学校的情况呢？"

"非常好。"

她不知道他有没有哪怕一次更强烈地表露过情感。

每一次她建议他去牧场度周末,他总是找理由推托——要学习,要阅读,有其他计划。至于是什么计划,她没有细问。她确信菲尔才是他不想去牧场的原因,但她无法直接把菲尔的名字提出来。

"那你开心吗?"现在,他反过来问她。

这个问题让她措手不及。她生硬地答道:"乔治对我非常好,你知道。噢,我们今天开车过来很有意思。我们把车停在路边、看着远处的大山野餐了。天啊,那里有好多的雪。我准备了三明治,还带了一保温瓶的热咖啡。我们就这样边吃边聊。他是那种你可以跟他一起做很多事的人。"但她还是没有回答那个问题。她感受到了彼得的目光。"哎呀,我都忘记这种染色的香蒲了!"她突如其来的大笑在屋里响起,显得很怪异。她忽然不知道自己在这里做什么。彼得又在这间不像样的屋子里做什么呢?整个夏天他都会找各种理由待在这里吗?直到他们最终把菲尔的问题搬到台面上?这间屋子跟她和彼得有什么关系呢?屋里只有一样东西属于他们,属于她、彼得和约翰尼,那就是约翰尼的医学书籍。它们整齐地摆在玻璃面板的书柜里,而那书柜之前摆的肯定是狄更斯和司各特的作品。噢,还有那个头骨。

"放假后你要不要来牧场,"她说,"带着你父亲的书一起?"

"我会全都带去。还有头骨。"约翰尼当年引以为傲的那具骷髅只剩下头骨了。他骄傲是因为那是他从医的证据,因为只有医生才享有瘆人的特权、能得到骷髅架。骷髅的其他部分被彼得装在麻袋里埋在山毛榉了。她希望自己永远不知道埋在了哪里。

横顿大酒店餐厅的落地双扇玻璃门已经打开,女侍应生们正忙着清理州长离开后的残局,银餐具和高档瓷器叮当作响。一个女侍应生若无其事地把茶匙塞进了制服口袋,又计划偷走州长的盘子。她会把盘子传给孙子,说不定以后哪天就特别值钱了。她会说,州长对她的服务非常满意,所以把这餐具送给了她。

男人都涌了出来,交谈着,叼着上好的雪茄彰显身份。这些人都是被请来代表横顿市撑场面的,可以说是本地的上流社会。他们不算很聪明,否则也不会在横顿扎根,但他们是横顿最优秀的一批人了:店主、承包商、医生、牙医。他们当中较有野心的人至少读过州立大学,现在正急于赚够人生的第一个五万或十万美元。此刻,有了这一层体面的镀金后,他们更加确信自己的目标是正确的了:要不是有钱,他们会被召来跟州长一起分享豌豆、奶油鸡和那不勒斯冰激凌吗?不可能。城里最有钱的人是银行行长,他手里还有不少别的生意,但他这会儿跟乔治·伯班克一样,参加银行会议去了。此地群龙无首,其他人不敢直接找州长搭话,只能在他身边转圈。他们听过一些令人畏缩的传言:州长曾经和本州首富坐着私人专列去华盛顿,那列车上有浴缸,还有其他各种奢侈设计。一路上,水龟肉飘香,香槟酒四溢,沿途的车站都送上了新摘的鲜花。

州长感受到了高处的孤单,也厌倦了和助理对话,这助理谈来谈去只有政治和他开始疼的牙齿。乔治·伯班克过来打招呼的时候，州长终于开心起来。伯班克这个姓，在那本叫《本州精英》的小册子上，是排在榜首的。

"好久不见。"州长咧嘴笑着，拍了拍乔治宽阔的后背。

"你好，州长。"乔治说。他们平等对话，都非等闲之辈。他们互相问候健康，问候对方亲人的健康。州长询问了这个冬天有多严峻，他们把这个不算太冷的冬天跟一九一九年的残酷寒冬做了番比较。他们对那个冬天记忆犹新：干草都耗完了，牛群忍饥挨冻，野马吃起了冰雪覆盖下的鹅卵石。

"我们上一次聊天，"州长回忆着，"是在哪儿来着？"

"是在参议院的餐厅，"乔治说，"我父亲和我吃的炖牛肉。"

州长笑出声来。"忙活起来的时候，乔治，没什么能胜过一顿美味的炖牛肉。"

"是的，说得很对。"乔治说。

"那道炖牛肉，乔治，是那家餐厅的特色菜。我们什么时候一定要再去尝尝。"

"这主意棒极了。"乔治说，"我想我太太会喜欢的。"

"你太太？"州长问着，退了一步，咧嘴笑开。还没人告诉他这事。这助理真是，能助得了什么，理得了什么？"恭喜恭喜，我还没听说呢。"

"我们没有举办大婚礼。是这样的，我太太原先是个寡妇。"

州长点点头，嚼起了雪茄。他似乎明白了，乔治的夫人以前是寡妇，这能解释他的一些疑问。"你说没举办大婚礼？"

"没有大操大办。是她的意思。"

"好嘛,乔治,"州长笑道,"看得出来你在被驯服呢,跟我们其他人一样。真有你的!跟你说,我和我太太想邀请你们共进晚餐,不是为了炖牛肉,乔治。不是为了炖牛肉!"

不过乔治有了自己的想法。

横顿四面环山,因此日落显得格外分明。他们还没忙完各种琐事,天就黑了。商店的橱窗温暖而诱人。乔治去马具制造商那里买了副新的马项圈,还把一个帮工之前留在那儿修理的马鞍取走了。他将露丝送去杂货店,买几箱水果罐头:伯班克家给伙计供应的饮食相当不错,那些家伙还会在其他牧场的伙计面前炫耀。她选了梨子罐头,那在乡下备受推崇;还有脆生生的桃肉罐头,也是大受欢迎——被浓稠的糖浆裹着,又硬又滑,用勺子舀时一不小心就会飞到桌布上去。因为经营过红磨坊,她很熟悉大批量采购——半只猪、三百六十个鸡蛋、四条火腿、四袋土豆、数加仑的覆盆子果酱。但经营红磨坊的时候,她得排队等着店员接待。现在不用了。现在,作为伯班克夫人,她为店员的殷勤感到有些尴尬,连店主都亲自过来服务,询问她是否满意。他告诉她:"老伯班克夫人以前总是大批购买特产。"他碰了碰货架上的蟹罐头、龙虾罐头、肉罐头和奶酪罐头。"你们家的餐桌布置总是一流。"而露丝要了半箱这个和那个之后,有点鄙夷自己——她并不知道为什么会鄙夷自己。也许是因为——也许是因为这让约翰尼·戈登显得更渺小，而应有尽有的伯班克家某种程度上显得更伟大了。没有人会把龙虾指给约翰尼·戈登的妻子，也没有人会撇开其他顾客来为约翰尼·戈登的妻子服务。

他们在糖碗咖啡馆吃了晚饭。头顶是两个奶油色的巨大吊扇，从高高的天花板上垂下来，一动不动，让人想起遥远的夏天。宽敞的咖啡馆里空空的，只有他们夫妇和另外两个旅人。那两个旅人正跟逗留在他们身边的懒散女侍应生开着玩笑，而那个女侍应生一定是刚从外地来的，因为她居然没有赶紧去为露丝和乔治服务。

"想想都好笑，"乔治说，"几个小时前我刚在这里吃了中饭。城里人叫午餐。"他笑出了声。"你猜怎么着，我还要吃炸比目鱼。"

"还吃，乔治？"他说话的时候，她的心全在他身上。要他发起聊天并不容易，她怀疑有人跟他说过（几乎可以肯定有人跟他说过）他没有讲话的天赋。为了讨人喜欢，他真是太努力了！

吃完饭，他说："你在这里等一会儿。外面很冷。我先出去把窗帘拉起来。你先坐在这儿喝完咖啡。"

他把新的马项圈和马鞍放到车后座，侧面的窗帘裹住了那股马汗的馊味，让人想起牧场，也是他们冷清的目的地：本已睡着的狗会从月光阴影中跑出来吠叫，她和乔治会一起从车库跋涉到大宅，一路着迷于夜的沉寂。他们会打开宽大的前门，走进安静的房间。乔治会走在前面，在黑暗中摸到灯的开关。灯忽然亮起时，房间里看起来会有点吓人。开灯会令地窖里的发电机开始排废气，而他们会尽快走进卧室换好衣服，然后关掉引起这场骚动的电灯。一切重归寂静之后，她会听到菲尔擤鼻子和咳嗽的声音，那是一个一直等着没睡的人发出的擤鼻子和咳嗽的声音。

小城被汽车甩在身后，直至最后几盏灯也消失，她变得有些忧郁，想着一些人，那些她坐着吃饭时透过窗户看到的人。

"我们回家啦，"乔治说，"没错！"

"真是一次愉快的旅行。"她说着，又把肩头的斗篷裹紧了些，打了个寒战。她想起彼得房间的温暖，那里有种奇特的温室氛围，还有那个人类头骨。"我喜欢月光。"

"露丝，我一直在想。"

"想什么？"

"记得吗——我们聊过钢琴的事。"

"我记得。"

"露丝，哪种钢琴最好？我一直喜欢听你弹钢琴。感觉非常快乐，你知道吗？"

"能有一架钢琴我当然很高兴了，但是我弹得不够好，配不上最好的钢琴。"

"你当然配得上了！你是最棒的。我的天。我母亲喜欢用维克多牌留声机放音乐，但她什么乐器也不会，露丝。我告诉她你会弹钢琴，她要是她也会弹就好了。她说我真是幸运，才能娶到一个才女。那是她的原话。才女。"

"你夸我的时候添油加醋了吧？"

"我怎么会添油加醋呢？你知道你以后要为谁弹钢琴吗？"

"为你。"

"为我，当然了。但你还要为州长弹钢琴。还有州长夫人。"

"我的天啊，乔治！"然后她说不出话了。

"他下个月一号过来。我觉得你会想见见他的。他人很不错。"他们在沉默中驾驶了一会儿，然后他又开口了，"刚刚我们经过了之前野餐的地方。冬天里的野餐，露丝。"

"是刚刚那里吗？"她又打了个寒战，方才路过的对她而言不只是一个野餐地点，还意味着她靠近了牧场大宅，那座月光下阴森的大宅，那些巨大的木块和木柱。她会听到狗群狂吠，仿佛她和乔治是陌生人，或吉卜赛人。他们会走进大宅，然后她会听到菲尔咳嗽擤鼻子。

那架美森翰林钢琴从盐湖城来到了山毛榉。它还在邮政快车上未被卸下，盖着防雨雪的灰色篷布，等待着铁道员收到指示后从横顿调一辆卡车，把它拖去牧场。铁道员判断那架钢琴有一吨重。铁道员往横顿打了几个电话，然后打给了乔治，报告说卡车运输公司目前人手不够，某个能帮忙搬运东西的员工结婚度蜜月去了（那也是理所当然的事），他说，但公司在努力找其他人帮司机的忙。司机一个人出不了工，因为搬钢琴是很费人手的，在山毛榉这样的小地方可不太容易找到。乔治想起那司机是个高个子男人，视线总是扫过别人的头顶。

然后卡车运输公司打电话告诉铁道员，他们给司机找到了位年轻帮手，是个矮壮的瑞典小伙子，笨拙但主动，不过，他随司机开着轮胎结实的链传动卡车到达山毛榉以后，抬钢琴时方法不对，结果还没把钢琴从邮政快车上卸下来，就弄伤了腰。他疼得当场倒在站台上，脸色苍白，额头上大汗淋漓。他的腰断了吗？好在本地的警长碰巧正在山毛榉的酒吧里喝酒，才开车把瑞典小伙子送去了横顿的医院。他们另从酒吧里找了几个男人，跟司机和铁道员一起把钢琴装上了卡车，但司机后来坦诚地告诉乔治，搬钢琴是项专业活儿，他们几个没有把腰弄断真是奇迹。他说从山毛榉到牧场的半道上，卡车的传动链还断了，司机在严寒中好不容易随机应变地用一根别针修好了那辆王八蛋。

接收钢琴时只有露丝一个人。司机谢绝了她提供的咖啡。"对肾不好"，他解释说。他父亲也从没喝过这玩意儿。"这是我最后一次接这种单了，拖钢琴。"

"实在太不好意思了，"露丝窘迫地说，"给你添了这么多麻烦。"

"你们家的男人大概什么时候能回来？"司机问着，掏出了英格索尔怀表看了看。

"中午肯定就回来了。"

"他没把腰弄断真是个奇迹。"司机说，"他有三个孩子呢。"

他们卸钢琴时，天开始下雪。帮工们搬来了四英尺长、两英尺宽的木板，还拿来了绳子，搭了一个方便卸下钢琴的斜坡。高人一头的卡车司机俯视着大家,发出指令。"我的天啊,"他说,"别那样搬。那个瑞典人就是那么弄伤腰的。"

乔治也跟帮工一起抬。终于,他们把钢琴拖上了前门台阶,拆了木箱,慢慢挪进室内,用螺丝固定好钢琴腿。菲尔一直待在卧室里没出来。"山毛榉车站的那人没说要运的是钢琴。"司机说,"很多地方这种活儿一个小时给十美元呢。我猜就是因为你可能把腰弄断吧。"

女仆和妓女一样,通常来自小农家庭,或者是南边的牧民家——那边的牧场贫瘠荒凉,碱土飞尘,满地风滚草和野蓟。那些姑娘沉闷不乐,厌恶她们的土地,厌恶她们的父亲,厌恶知道自己是一张要分粮食的多余的嘴,还厌恶诸如此类的许多东西。

她们带着纸板旅行箱来到这里,头发紧紧盘着——她们相信这个世界要求她们保持这样的发型——洗碗、擦地、铺床、伺候餐桌、跟那些帮工一起咯咯笑,而那些帮工也只有眼前的计划,没几个能在任何地方留太长时间。她们很快就瞥见了自己凄凉的处境——她们不能嫁给帮工,因为牧场容不下有家室的帮工——他们和牧师一样,一结婚就没法专心工作了,老是想去找老婆。有些姑娘被人搞大了肚子,从此消失;有些回了家,继续哭泣、跟父母争吵度日。有些发现了迪克西休闲屋,在那里她们服务一次可以赚两美元,包夜十美元——一个有趣的经济学切片。

萝拉在《记录报》上看到乔治登的广告后，往旅行箱里塞件睡袍就来了，还在她位于楼上的小房间里放了一堆宝贵的老电影杂志，都是她读过一遍又一遍的。许多电影明星也出身平凡，现在却可以乘着豪华轿车到处逛，洗无数次澡，穿着珍贵动物的皮草。她是一个敏捷而容易受惊的姑娘，内八字脚，做事很积极。她几乎总是低声说话，害怕声音大些会冒犯到人。她还害怕刘易斯太太，害怕她引用那些令人沮丧的格言警句，害怕她说加州之类的地方有些漂亮姑娘会被绑进后车厢里。她害怕帮工朝她挤眉弄眼，提议她星期天跟他们出去骑马。

有了萝拉，露丝变得无所事事，只能计划一下伙食，练练钢琴，那架导致某位拥有三个孩子的瑞典小伙伤了腰的钢琴。钢琴是黑色的，闪闪发亮，而她放在架子上的乐谱并不足以匹配其价值。她只会少得可怜的曲目，几首施特劳斯的华尔兹舞曲、一首行军曲，以及一些甜蜜歌曲的伴奏，比如《玫瑰经》，还有《就像一个吉卜赛人》——乔治喜欢这首歌，州长来的时候他肯定会点。乔治对她的这点小技能如此骄傲，吓坏了她。她漏掉音符时他从未注意到过。她开始勤奋练习，决心要把她会弹的弹好，让他感到自豪。

她弹琴时，菲尔会离开房间，而他离开的原因如此明显，会让她一时间完全无法再弹，直到确定他走出了大宅，或是进他的卧室关上了门。她怀疑他的品位比乔治高得多，怀疑他在暗地里笑话她，知道她练习是为了给州长留个好印象。

门，门，门，门。大宅有五扇通往外面的门，她熟知每一扇门开关的声音。菲尔常用的后门会让强风刮进来，吹得大厅的地毯一阵翻腾，像一条蛇在扭动。一天下午，她听见菲尔进了大宅：他那双相当小的脚踏着轻盈的快步。她听到他走进卧室、关上了门。那道门隔开了他的想法和影响，于是她坐下来，开始弹奏。但当她认真聆听自己弹奏的琴声时，她还听到了另一个声音，是菲尔的班卓琴。她立刻意识到，自己弹琴时，他也在弹。她停下来，看着琴键。班卓琴的弦音也停了下来。她小心地重新开始弹奏。班卓琴又响了起来。她停下，班卓琴也停下。她感觉仿佛有什么东西爬上了后颈：他在精确地跟着她弹——而且弹得更好。

菲尔一个音符也看不懂，也不需要看懂。他靠耳朵判断，就能弹奏任何乐曲；只要听过一次，就能迅速意识到作曲者的意图和模式。就这样，他理解了莫扎特音乐背后的逻辑，那是维克多牌留声机常常播放的音乐。那些录唱片的乐团只用铜管乐器和木管乐器演奏，因为那个年代的唱片还没法录下弦乐的声音。他看不起露丝弹的任何一首曲子——肯定都是她在低级酒吧之类的地方弹的东西，他也非常清楚她为什么练习。

小乔治把小秘密摆到了台面上。

"大人物要来吃饭。"乔治说。

"好嘛，先生，我们也要混'上扭社会'了。"菲尔说，"那得把洗指碗拿出来了？"菲尔笑出声来。看来乔治想靠这种方法，把他摆弄钢琴的妻子介绍到上流社会！每次听到她弹那架新钢琴他就来劲，听她犯一个接一个的低级错误，音符漏得像吃面包掉渣似的。于是等她弹完了，他会自己弹一遍正确的。

她过了好几天才意识到他在做什么，然后她就不弹了，除非他不在。一次又一次，他发现自己一打开后门她就停止了弹奏，那几乎跟模仿她弹琴一样好玩。太容易戳到她痛处了。瞧瞧她倒咖啡时手抖成那样！菲尔不喜欢自怜自伤的人。

那可怜虫显然觉得吃晚饭时应该穿正装，头上还要戴个东西，肯定有人跟她说过好看。她大概是在为见大人物做准备。（大人物本来也只是个乡下律师，直到一些圆滑的政客控制了他，让他娶了个有一点点地位的女人。）哪怕是老乔治，自结婚以来，也总是穿着干净的衬衣。当菲尔穿着永远不变的老一套坐在餐桌边时，他能看到乔治和那个小妇人一瞬间露出的痛苦表情。他们是住在牧场，又不是那个女人以为的什么愚蠢的度假胜地。

乔治来打铁屋找他说话的时候，菲尔有些惊讶。菲尔站在锻炉边，一只脚舒舒服服地撑在那块木头上，长长的手臂也惬意地搭在风箱的横杆上。他轻松地弯着腰，拉着风箱，嘴里嚼烟草的节奏跟拉风箱的动作同步。火热的煤堆里有许多样式精美的铁器。打铁屋的地上到处是戳火棍、烙铁，还有一些没什么实际用处，只是菲尔凭非凡的想象塑造成形的铁器。他拿着锤子和钳子打铁时不戴手套，这样就不会有皮革或布料来模糊他脑海中清晰的构思。在铁料加热到红如樱桃之前，他等待着，凝望远处白雪皑皑的小山，看着浓密的煤烟从大门飘出去，缓缓落在地面。乔治走进来时，四周看了看，然后坐到了锯木架上，菲尔什么也没说。因为思维迟钝，乔治总是要坐一会儿才能开口说话。但菲尔知道他正烦恼着，这不足为奇。也许乔治终于想通了，意识到这桩婚姻不是他预想的那样。几乎每个周末，他都不得不开车载着老婆去横顿看望那个想妈妈的宝贝儿子。她为什么不自己开车去横顿，让乔治好好读他的《星期六晚邮报》呢？她害怕冬天开车上路。这些日子还会有人让她好好害怕一下的！

是什么把乔治从大宅赶到了这里呢？弹得乱七八糟的钢琴？那个女人每次演绎小一段乐章，都是犯错、重来——再犯同样的错。叫人受不了。可怜的小乔治只能坐在那儿，等着同样的错误再现。

或者乔治是在想那男孩夏天来这里的事？那男孩会在这里随意进出，那场面会不断地提醒小乔治，他不是她的第一个男人。他有一种预感，乔治跟自己一样讨厌娘娘腔，而现在，将要有一个娘娘腔出现在大宅里，到处捣乱、听人隐私。菲尔讨厌娘娘腔走路和说话的样子。

如果乔治在担心和大人物共进晚餐的事，菲尔也不会意外。看看她是怎么准备的吧，哎呀。好吧，如果一个男人能疯到这么想要女人，她确实可以拿捏住他，逼他邀请州长来吃饭，或是做诸如此类的事。菲尔读过《利西翠妲》①。那顿晚餐将会多么可笑啊。菲尔将不得不他妈的负责组织所有的谈话，然后低级酒吧小姐要在琴键上敲打她的小乐章，犯一遍同样的错误。唉，好吧。算是给乔治一个教训。菲尔不是势利眼，但结婚就该门当户对。大人物的老婆又会怎么说呢？

---

① 古希腊喜剧作家阿里斯多芬的代表作。雅典女子利西翠妲为了结束伯罗奔尼撒战争，召集各城邦女子会谈，呼吁她们拒绝与丈夫同床，促使男人结束战争。

乔治坐在锯木架上,显然是在想些什么,而且是他不愿说出口的话。如果他想私底下说,最好赶紧,因为可能很快就有哪个帮工从宿舍过来。星期天帮工们喂完牛之后,整个下午都可以自由支配,有的是时间给皮具上油、洗衣服、写信(如果会写字的话)、打扫宿舍,或是读读杂志上的牛仔故事——他们表面上嘲笑那些故事,心里却信以为真。但是,如果乔治在周围,他们仍会感到不自在。他有一种不自知的奇异的权威感,一种让人不安的能力,也许是因为他很少开口,而他的沉默会让你审视自己,发现自己内心深处的愧疚——你的心中总是存在某种愧疚。再过几分钟,那些帮工就会到谷仓来,做出一派忙碌的样子。菲尔笑了。

没必要再让乔治难受了,于是菲尔用人类语言这剂良药帮了他一把,鼓励他开口。"好嘛,伙计,什么情况?"

乔治抬头看着菲尔的眼睛。"唔,菲尔。"他说。

"说呀,老伙计。想说啥?"菲尔用舌头把嘴里的烟草挪到了腮帮子里,以便发音更清楚一点。

菲尔享受观看乔治小小地忏悔。一九一七年的一天早上,几个收购牛的人过来,想要按他们开的价格把牛买走。而菲尔是个阅读广泛、紧跟时事的人。"你先压着,"菲尔建议乔治,"那个普林斯顿蠢材教授[①]很快就会把我们卷进世界大战,到时候再卖,我们能发一笔横财。"但乔治不是每次都会被说服,他坚持把牛卖了。果然,到了四月,威尔逊总统就把美国卷入了战争。乔治

---

① 指美国第28任总统托马斯·伍德罗·威尔逊,曾担任普林斯顿大学校长。

白白损失了本可以赚到的五千美元。看见乔治吃到教训，菲尔感觉很不错。

还有上大学的时候。菲尔每一门成绩都考了A，学院院长亲自把菲尔叫了过去，当面祝贺他。院长对牧场经营一类的事也颇感兴趣。"不过顺便一提，伯班克，"院长忽然话锋一转，走到窗边，拉低百叶窗以遮挡加州的烈日，"你弟弟怎么回事？尤其是英语。"

"你是问他有什么烦心事？"

"他考试不及格。"

"不及格？"菲尔问，看上去有些惊讶。

"他似乎学不好英语。也许你能帮帮他？"

"我不确定他是不是这块料。"

不过他还是找了乔治。"我不介意跟你说，老伙计，这让我很尴尬。院长想知道，为什么同样的父母生出来的孩子，一个门门考A，一个傻不啦叽。你怎么回事，老弟？"

乔治的脸红得跟鲑鱼一样。"对不起，菲尔。"他说。

"道歉有什么用？你得好好学起来，打足精神，不然他们会开除你，那样老先生就要给你好好唱一出了。老先生怎么看待不及格，你太他妈清楚了。"

"我知道。"乔治说。

"事实上，"菲尔说，"如果我是你，今年年底就会主动退学。你最好直面这个事实，你不适合这种所谓的高等教育。强撑也没什么意义，孩子。"

那一年接下来的时间，乔治努力学习，但最后还是被开除了。菲尔记得乔治站在那里，盯着镜子里的自己。菲尔则是获得了优秀毕业生称号。要是乔治一开始听从了菲尔的建议，至少还能保留一点点颜面。

此刻，乔治就坐在打铁屋的锯木架上，看起来也没多少自信。菲尔瞧着他用戴手套的手从地上捞起一把脆弱的刨花，那是菲尔在刨出一条四英尺长、两英尺宽的木板时落下的。乔治看着干净的刨花，刨花纠缠在他手掌中，像一个老鼠窝。"我要说的话，"乔治喃喃道，"有点难开口。"

"直接说吧。"

"是关于大人物的，州长。"乔治说。

看来菲尔猜对了。"你说是大人物？"

"倒不是大人物他本人，而是他夫人。"

"你接着说。"菲尔嘴角挤出一丝微笑，又嚼起了口中的烟草。

"我在想，大人物可能不介意，但他夫人可能会介意。"

"介意什么？天啊，快说啊。"

"会介意——你上餐桌的时候不把自己收拾得体面一点。"

菲尔手下的风箱节奏几乎没有乱。他只是一直看着乔治，直到乔治把老鼠窝扔在地上，走出门去，走进寒冷昏暗的下午。

第七章

一开始，露丝并不清楚自己为什么总是想起过去的事——想起父亲，他对自家的房子和里面的一切都那么骄傲，包括门厅里的雨伞架，还有那部电话，他总是会郑重其事地走过去接起电话，非常礼貌地说出那句万年不变的开场白，"这里是威尔逊家……"，语调微微上扬；想起母亲，她时常担心家中植物的健康状况。邮递员送《妇女与家庭》杂志过来的那一天，她会像过节一样打扮得格外讲究，然后感谢邮递员，仿佛邮递员送了她礼物。想到送杂志的邮递员与家里的植物，她忽地又想起某个安静的夏日下午，隔墙传来闷闷的钢琴声。那是她最要好的朋友在练习弹奏音阶，她们有时会四手联弹，有时好友会带一本解梦的书过来，她们会在楼上低声咯咯笑着一起解梦。

然后，母亲的声音响起："你们两个小姑娘在做什么呢？我在外面就听到你们的声音了。海蒂·布伦戴奇刚打来电话，说明天东方之星教会的所有人都要去她家，上帝保佑她，你能不能帮她布置一下花儿？如果不是熟人，我真觉得你该收费，我发誓。我想你以后可以去花店工作。我该给你爸准备什么晚饭呀？他讨厌吃剩菜。"

然后是高中，大家都在交换班级照片，互相传着毕业纪念册各自签名。然后是毕业典礼，空气里散发着新割的草地的气味，几个姑娘眼泪盈眶，教英语的柯克帕特里克老师在学生中间霸道地穿来穿去，替她们整理裙边和束发的蝴蝶结。"我们每个人都必须呈现出最好的样子。"柯克帕特里克老师非常警觉，谁敢打擦边球涂胭脂，都会被她发现。"露丝，今年的花儿真是太漂亮了。"门外的大厅里，男孩们拿着折叠椅跑来跑去，门卫在大声责骂。

她不是优等生，也不是毕业典礼上致辞的学生代表。她只会在几何课上死板地聚精会神，规规矩矩地画出三角形和梯形，用小字在一旁做着笃定的笔记，但其实听不懂课。不过，纪念册上还是单独署上了她的名字。

花艺装饰：露丝·威尔逊小姐

过去的四年里，艾尔克家、伊格尔家和伍德曼家捐献的鲜花一直由她布置。

"现在，我确定在座各位都认识我，"校长开始致辞，"有些人可能还跟我太熟了……"

台下哄堂大笑，因为有些小伙子确实跟校长太熟了，熟悉他的办公室，熟悉那里上了漆的木家具、嘶嘶作响的蒸汽暖气片、林肯半身像、积满灰尘的美国国旗。校长是个有信念的老人，他已经讲到"寒门也能出贵子"了。

然后，她毕业了。"你穿得真好看，妈妈。"她说，"爸爸，你看着像个年轻小伙子。"

"可不是吗，"母亲喃喃道，"你真的喜欢这顶帽子吗？我觉得太糟了，他们现在怎么在帽子上插鸟羽毛了。"

父亲大笑着说："哎，我们迟早也得动身离开了。我猜有很多同龄男人看着比俺年轻。"

"'我'，"母亲又喃喃道，"比'我'。你爸想知道咱们能不能多拿几本小册子回去？上面有你名字的那种？他说花钱买也行，不过他们不会收钱的，对吧。"

"不会，他们一定有多余的。不过真没什么大不了，我只是布置了个花儿而已。"

父亲说："胡说！如果没什么大不了，他们为什么要印在册子上呢？一个女孩做什么事还能比这更好？现在很多小女孩连个扣子都不会缝。"

"将来你还可以拿给你的女儿看呀。"母亲说。

"现在，我宣布我们要去做什么。"父亲说，"我们三个一起去麦克法登家的餐厅，好好坐下来，想吃什么就点什么。你们觉得怎么样，女士们？"

"皮特，"母亲说，"我觉得那太美妙了。"

他们像皇室一样骄傲地坐在麦克法登家餐厅的铁艺椅子上。

"麦克法登这地方真不错,这是我卑微的看法。"

"你哪个看法不卑微呢?"母亲微笑着说。

"啊,"父亲说,"桌上还有一瓶肉豆蔻。"

"现在的年轻人都喜欢往麦芽奶里放这个。"母亲说。

"想象一下,"父亲说,"一个男人要是经常这样饮食,肯定会发胖,很难保持年轻的外貌。"

"我可不敢想象。"母亲说着,扬起眉毛向几个走近的熟人点点头,做了个"晚上好"的口形。

"哎呀,布置那些花儿的姑娘在这里呀。"

"她布置了四年,"父亲回应,"她向来会摆弄花儿。"

花儿,花儿。那些声音,和花儿。她不知道别人会不会像这样冒出脆弱的回忆,像她这样在阴影和没有生气的声音里探寻——寻找什么呢?寻找她自己?

因为最近,她似乎遗失了自己的身份。而为了找回自己的身份,她做了一些花艺,用的材料非常奇异,足以挑战她精湛的技艺。那些材料是她用乔治看山的望远镜发现的。她看向大宅下面围绕草场的铁丝篱笆时,发现了这些原本平平无奇的材料。但她为自己辩护:艺术不就是简单事物的排列组合吗?塞尚的作品不就是线条加颜色吗?肖邦的作品不就是声音的排列吗?香水不就是计算好的气味吗?亚麻布不就是用亚麻线交织出来的吗?她之所以插花,就像弹钢琴,就像为晚餐精心打扮,就像愚蠢的路边野餐,都是为了让乔治开心。她想给他惊喜,也确实给了他惊喜。

他从未见过这样的东西,脸颊微微泛红,认真地斟酌着语言。"哇,真了不起!哇,我……我觉得太漂亮了。"

"漂亮?我不确定,但我希望你能喜欢。我以前也做过一些类似的东西。"

"是吗?我猜人们都做过各种各样的东西吧。喜欢,我非常喜欢,我母亲就不会做这个。她更喜欢读书,总是在阅读,发起各种各样的话题。"他心里想,我妻子体重还不到一百磅。我喜欢看她的侧脸。他又想,这东西是杂草做的。他能料到菲尔的反应,而一想到这件无辜的作品几乎肯定会导致菲尔嘲弄的大笑,他就感觉难以忍受——菲尔哪怕当面不说什么,也会去宿舍里嘲笑她。

不久以前的一个圣诞节,菲尔还对他发出过那种猛烈的嘲笑。当时为了让母亲开心,他在衣服外面披了一件蓝色的丝绸睡袍,并且穿上了同样颜色的滑稽拖鞋——那是母亲送给他的圣诞礼物。然后,菲尔忽然出现了。过了一阵,宿舍里便传来嘲弄的大笑声,那声音仿佛是在桶里回响。

自他记事起,圣诞节便一直是个尴尬的时节。老两口会叫他去挑圣诞树,他会仔细挑一棵光照均匀、枝叶齐整的树,用雪橇从山上带回来,搬进屋里,摆到合适的角落。老太太总是说:"我太喜欢圣诞节了!"然后她就开始装饰圣诞树。老先生负责把闪亮的玻璃球放到树顶,因为她够不着。玻璃球映出房间扭曲的倒影,上面能看到窗户,以及窗外长满三齿蒿的小山。平安夜这一天总是非常漫长、非常可怕,并有一种特殊的气氛——或许是因为大宅太暗,或许是因为他们为了给圣诞树腾位置而挪动了家具(这理由很奇怪)。而这样漫长的时间会走向一个终点,那便是老太太拿出礼物、堆在树下的时刻。"这树真好闻!"从她的眼神、她的笑容里,他看到了她过去的模样,不过稍稍扭曲了一点——就像玻璃球倒映的房间。接着,她会打开东部寄来的箱子,取出礼物,放在树下,然后开始晚餐。后面的厨房里,男人们欢笑着,大叫着,因为收到了节日礼物、领带和支票——以前都是老太太去发,现在则是乔治发,当然,就不再好好包起来了。其他人拆礼物时,菲尔会从餐桌边站起来,走进卧室,关上门。老太太会强装看不见。她永远都学不会——他们都学不会——接受菲尔就是这样一个人,学不会干脆地不去管他。她想要觉得——他们想要觉得——至少在那一个晚上,伯班克家能跟其他千万个家庭一样。但是他们并不一样。菲尔觉得他们只是在笨手笨脚地瞎胡闹、瞎许愿、瞎做梦。而除了菲尔,他们确实是那样的。

一个人如何能做到,他怎么看待别人,就让别人也这样看待他们自己呢?他怎么能获得这样一种权威呢?然而,不知为何,菲尔就是获得了这种权威。如果菲尔能在那一个晚上参与进来,装装样子,哪怕圣诞节让他尴尬,哪怕他不需要金表、猎刀或者从他称为"阿比达比婊奇"的邮购店买来的任何东西,他也不会有什么损失。乔治也不喜欢蓝丝绸睡袍,不喜欢那双奇怪的拖鞋,它们只能盖住前半边脚面。

骡式拖鞋,她这么叫它。

骡式!

老太太究竟为什么会给他买这种东西?他怎么会需要穿这种东西?世界上什么地方会有人这样穿戴?难道东边那些人,那些亲戚朋友,会穿成这样,毫不害臊地在屋子里走来走去?

"我当然喜欢了,"他对母亲说,"我非常喜欢。"然后,感受到她的眼神,他把睡袍披在了身上,因为她是他的母亲,天啊,他对爱并不害怕。

然后菲尔出现在门口。

"呵,瞧瞧这位大人物。"他发出刺耳的笑声。

好吧,乔治现在想,跟那时比,我体重已经降了不少啦。

老先生当时说:"菲尔,外面还有更大的世界。我自己就有一件这样的睡袍。"

菲尔漫不经心地看着老先生。"我相信你有一件。但我们住的世界在这里。是你离开了外面的世界。我一直不明白是为什么。"菲尔顿了一下,"你明白吗?"

老太太微微一笑,那是她惯用的面具。菲尔顺着廊道回了卧室以后,她说:"现在放放舒曼-海因克的歌吧。不放她唱的《平安夜》,都没有圣诞的气氛。"

放那张唱片已经是孤注一掷了,因为在这栋宅子里,有人认为天使、牧羊人、圣母和圣子的故事简直荒谬。

乔治不停地给露丝买花,真正的鲜花,几十上百朵地买。他买起花来引人注目,因为店里每一种花他都要了。准备送些花儿是为了挑走菲尔笑声中带的刺,他知道那种笑声会到来,因为她用甚至不是花的东西做了花艺。他心里甚至有些为她做的东西感到骄傲！但是，想叫菲尔不留意到那东西，是绝不可能的。毫无机会。

乔治是对的。菲尔瞥见了它。他从来不会错过任何小把戏。菲尔独自站在屋里，叉着双脚，歪着头，俯视着那东西。他吸着鼻子，像在闻气味。他的眼前是她捡来的一片平坦的页岩，上面放着一颗干燥的风滚草，有两个人头那么大，外面的卷须围成一个完美的球体，包裹着里面相对稀疏、错综复杂的茎枝。在这颗风滚草里，那个女人精心插上了火红的翅膀。翅膀的材料他一开始没认出来，但他锐利的目光很快识穿了它的本来面目——那是一种肮脏的血红色植物，有着平坦而锋利的叶子，平时沿着草场篱笆蓬勃生长，冬天枯萎后就变成了深红色。她肯定把这些叶子浸在水里泡过，漂浅了颜色。他听说或者读到过，印第安人会用这东西做深红色的染料。从水里捞出、晾干以后，那锋利的叶子会灵巧地卷曲起来。把叶子拉开，它们现在就像栖息在风滚草茎枝上的猩红色蜂鸟。天啊，他想。看来那个女人确实是个危险人物！他后退了一步，眯起眼睛。他拥有丰富的想象力，能在翻滚的云朵中看出笑脸和皱起的眉头，有时还有惊恐的脸。他能从风声里听出旋律。准确地说，将自然界的事物排列重组成某种能够激发感官的形式，是他的天赋。就是这种天赋，让他看到了他内心称为"山中猎犬"的东西。

"天啊。"他看着那女人做的东西，喃喃道。她肯定自豪得不得了，他想，能用微不足道的东西做出这样的杰作。

为什么，这东西仿佛有生命。他又眯起了眼。是什么呢？笼中鸟？还是一团包着火焰的烟？用微不足道的东西做出杰作。他自言自语着什么"马粪蛋做出了金元宝"。

第八章

多年里,老伯班克夫妇或许是出于贵族的义务,或许只是单纯出于寂寞,主办过一系列晚宴,但没有一次成功。那不仅是因为伯班克家跟别的牧场主没什么共同点。更是因为,乡下这些男男女女之间仅有的共同话题上不了晚宴的台面。最早的时候,宾客都坐着单马或多马马车而来,优雅地配着汉布尔顿马或标准种马;近些年则是男士开着麦克斯韦尔轿车或哈德逊超级六轿车载着妻子进入院子,然后男女分开,从此夫妻分头行动,就像他们从未见过彼此,也希望永远不要见到一样。开餐前的几个小时非常紧张,女人在屋子的一边坐成一排,男人在另一边坐成一排,空气紧绷着,充满敌意,让人尴尬。

女人们担心自己的礼服不够好,担心头发、手、指甲配不上这场合。她们的应对方式是坐得笔直、仪态拘谨,因为她们想象中的淑女就是这个样子。她们不敢开口,生怕失言说出什么丑话来,让人嘲笑。当老伯班克夫人聊起书本或读报看到的文章时,她们只能僵硬地微笑，因为她们从来不读书、不看报。她们从未觉得阅读有什么用处，直到这一刻，在这间屋子里被问住。

屋子的另一边，老先生谈及政治话题、美西战争、布尔战争以及巴尔干半岛的麻烦时，也没能成功得到其他男人的回应。他们不了解西班牙，不了解布尔人，对巴尔干半岛更是一无所知。而他们的应对方式，也是坐得直直的、大汗淋漓。他们摸着领带和衣袖，看着自己的双脚——它们穿着新鞋显得很奇怪。维克多牌留声机播放着伯班克家常听的音乐——《阿依达》里的乐章，还有当代的小歌剧：《逃亡女孩》《莫迪斯特小姐》《红磨坊》——这可无法让男男女女打成一片。他们卷起地毯，号召大家来跳舞，但是，伯班克家没有里尔舞曲，也没有沙蒂希步舞曲，于是牧场主和他们的妻子只好跌跌撞撞地跳几下华尔兹或德州两步舞，一心想回到自家牧场去。

这些人没受过教育，觉得谈话是有风险的。因为，如果他们聊自己了解的事情，比如牧场经营和养牛养马，对话内容就可能失控，转向繁殖问题，转向种牛种马的买卖，种牛种马的价格，哪怕委婉地称之为"绅士牛""男马"，也掩盖不住一个事实，那就是，生活还有更多内容，婚姻还有更多内容，而不只是两个人住在同一栋房子里。而屋子里的每一对夫妻都问心有愧——不管他们现在隔得多远，摆着怎样木然的脸，怎样一声不吭。这个世界肯定在怀疑他们的罪咎。没几个话题是既安全又不需要想象力和学识的。他们只好详尽地讨论他们当中最近死去的人，那些人最后是怎样地痛苦，痛苦持续了多久，留下了什么遗言，死时的光景如何，最后一顿吃了什么，还有死者留下的家庭。

天气提供了很多东西可聊，所以一转到这个话题，几乎所有人都激动地参与了进来，每一个宾客可能都会插一两句，同时放下心来，因为之前的话题实在是毫无生气，而现在可以聊聊极端天气，关于温度，关于湿度，关于雨，关于雪，关于雨夹雪，关于风的速度，关于以前的风的速度，关于未来的风的速度。天气的话题消耗殆尽了，大家基本上就呆坐着，直到女仆敲响餐厅门口的三角铁，宣布开饭。

老伯班克夫妇之前已经学会，不要用洗指碗和黄油碟来给客人平添尴尬。他们把银餐具的使用量减到了最小。集体用餐的尴尬气氛并不比之前舞动身体的场合好多少，宾客都会小心地观察伯班克夫妇是怎么做的。

在吃饭时聊天尤其困难，但是乔治记得有一次聚餐时，一位圣公会牧师忽然来访——他可能没有注意到伯班克家并不特别需要上帝，等他们需要的时候，他们会自己去找上帝的。这位牧师提起了卷心菜的话题（他妻子是德国裔，喜欢卷心菜），当他发现大家对这个话题如此投入时，既震惊又有些受宠若惊。女人说她们喜欢或不喜欢这种菜，男人借此回忆往事，回忆母亲准备做酸菜的情景，回忆乡下简单的菜园，感叹日子一去不回。大家分享着菜谱，怎么准备、怎么保存、怎么调味，每个女人都点着头发誓会马上尝试其他人的菜谱。菲尔将那一次称为卷心菜宴，它是老伯班克夫妇最后举办的几次晚宴之一。不过还有其他几次比较特别的——泥洞宴和灰熊宴。

晚餐结束，客人就可以闪烁着眼神给出蹩脚的理由告辞了。留下老先生蹲在维克多牌留声机前，收拾好唱片，然后起身盯着转盘的绿毡盖，把棺材一般的盖子盖上；留下老太太在梳妆台前解下珠宝，眼神冷静地盯着镜中自己的脸。客人此刻已在数英里外，默默驾驶着寒冷的车，为自己刚刚的呆滞表现而羞愧，想知道自己到底有什么问题，为什么不会聊天，不会跳华尔兹，不会参与这样的场合。他们为什么要结婚呢？为什么要劳心费力积累这么多财富，最后却只是坐在横顿大酒店的椅子上，看着外面的市民转来转去，办着他们不知是什么的正经杂事？

州长来访的日子越来越近了。

"我应该邀请哪些宾客呢？"露丝问乔治，他非常欣赏她的措辞。"你得给我一个名单才行。受邀的人当然都会来。州长要来的宴席，谁都不会拒绝。噢，乔治！"

刘易斯太太非常配合。她从未见过任何一个州长，于是很高兴有这个机会。

"你当然可以见见他了。"露丝说。

"谢谢，不用了。"刘易斯太太说。她只希望在他开车到达和准备离开的时候透过窗户看他一眼。她会为他准备松饼和鸡肉，用她死去的母亲的做法。"有那么一段时间，我还以为她要把菜谱带进坟墓里。"刘易斯太太说。她会叫帮工从冰库拿冰出来，做枫糖慕斯。

"唔,露丝,"乔治说着,想起了卷心菜宴,"如果你不介意的话,我们谁也不请。就你、我和菲尔。菲尔聊天可有趣了,吃完饭后,你可以弹弹钢琴,再活跃活跃气氛。请的人太多,真控制不住场面。"他解释了卷心菜宴的往事。"我母亲的脸都白了,过了好几年她才能释怀,才能把那天的事当成笑话。"

"随你的意吧,乔治。"她本来希望人多能让自己感到安全(那张餐桌可以坐下二十四个人),指望这么多人能让州长眼花缭乱,指望自己能在人群中藏起来。"我只是觉得人多可能容易点。"

"不,不会更容易的。"乔治说,"只会更难。我有时都希望我没给咱们找这一桩事了。"

"别担心,乔治。"她说。

"噢,我不担心。"乔治说。

这一天在四月,早上天隐隐像要下雪,云层压到了山顶,宿舍冒出的烟则飘落下来。餐桌布置好了五人的位置,摆上了洗指碗和黄油碟。楼上飘下来头发燃烧的焦味,那是女仆萝拉在用煤油灯和卷发钳弄头发。露丝希望,州长和州长夫人会因为某些政府事务——比如要赦免罪犯,或是要主持什么庄严的仪式——而宣告不能前来。然而这个希望破灭了。州长从横顿打来电话,说他们已经在路上了。"他听上去精神很棒。"乔治对露丝说,他们对视了一会儿。"他说他正盼着喝一杯呢,夫人也是。看到她抽烟,你可别惊讶。"

餐柜两边的门有锁,里面存着威士忌和杜松子酒,都是山谷里其他人从未喝过的东西,钥匙则藏在瓷器柜里。老先生去盐湖城之前,只有他会用钥匙或是碰那些酒。乔治第一次打开那两扇门时,看着那一排排酒瓶——荷兰杜松子酒、布思杜松子酒、上议院杜松子酒、芝华士——他产生了一种奇妙的解放感。老先生长年来都反对女人喝酒,就像他——跟菲尔一样——反对女人剪短发,反对女人不正经。不过时代的发展逼迫他为女士提供了一种叫"橙花"的鸡尾酒,其调制方法写在《调酒师的101种饮料》手册里,那手册也锁在了柜门后面。

"等他们来了,我会给他们调鸡尾酒,"乔治说,"到时你陪他们聊聊天。"他避开了她的眼神。他转过身后,她摸了摸桌上的餐巾。他取出了杜松子酒和苦酒,放在一个银托盘上,又拿了支印着姓氏首字母的银制调酒瓶——伯班克这样的人家会送这一类东西给别人。

"你还没看到菲尔吧?"

"没有,"她喃喃道,"怎么?"

"他可能在打铁屋里,"乔治说,"或者去宿舍了。"

"你看过他的房间了吗?"

"噢,我看了他房间,没人。"

"那我猜他是出去了。"

乔治不可能知道,她想,谈及菲尔让她多么心烦。他没有留意到菲尔直接跟她说话不超过两次吗?两次都只是在餐桌上,当他需要她身边的什么,但伸长手也够不着的时候,他会说出那东西的名字——盐,面包。还是乔治认为,菲尔不跟她说话也理所当然,因为他们没有共同点,一个是男人,另一个是女人?还是说,他感觉到了他们之间紧张的氛围,但只能靠回避来熬过去?提到菲尔时,她的嘴巴发干,舌头打结。想到菲尔,她所有快乐的情绪、所有连贯的思考都烟消云散,她的情感变得跟小孩一样脆弱。看到大路远处坡顶露出的光斑,意识到那是照在州长车上的阳光时,她几乎松了一口气。

"他们来了。"她说,心跳得很快。

"是来了。"乔治的手伸向了领带。除了去城里时,她从未见他穿过这么正式的衣服,仿佛是要参加一场葬礼。

他们脸上锁着微笑,从门廊的台阶走下,站到了院门前——这道门的作用是拦住外面的牲畜,防止它们践踏脆弱的草坪。州长的汽车沿着车道开进来,停下了。然后,乔治和露丝穿着崭新的缎面拖鞋,走过砾石地面。

州长神采飞扬,为夫人打开了车门。然后他转过身。"好久不见!"他叫道。在他雀跃的声音里,夫人钻出车门,把身上的皮草裹紧了些,站到了凹凸不平的砾石地上。她是一个端庄的银发女人,举止有些刻意和紧张。她飞快地露出了微笑,叫道:"很高兴你们能邀请我们。我整个冬天都没怎么真正呼吸过。这里的空气太好了!"然后她高兴地笑出声来。"不过在这个州,你永远不知道出门该带伞，还是该穿雪地靴。哎呀！"

"见到二位真是太高兴了。"露丝说。

"呀！"州长夫人深呼吸着，"这空气！"她轻巧地转向乔治，"我觉得你父母应该会想念这里。这里有春天将至的气息。"她轻巧地绕过了一个水洼。

乔治微笑着。"只是，他们几年前就开始怕冷了。"

"想来也是。"州长表示同意。

"我们老了以后，应该也会怕冷。"夫人说，"但盐湖城不也很冷吗？我记得那里也冷的。"

"那里是很冷。"乔治承认道。

"我好像读到过，那里有零下三十度，就在刚刚过去这个冬天。而且那么潮湿。有湖呀。"

"他们住在酒店里，"乔治说，"大厅里还养着金鱼，酒店里有暖气。"

"噢，我喜欢盐湖城，喜欢犹他酒店。"

露丝有一点绝望。"我从来没去过盐湖城。"她承认道。

州长夫人拉起了她的手。"不用着急。哪天我们去那儿吃个饭。再安排些有意思的活动。"

他们好像无法迈出脚步，似乎没有往大宅那边走的意思。为了找点事情做，乔治皱眉看着州长座驾的前轮，试探地踢了一下，然后扬起眉转向州长。"你搞了这种新型充气轮胎呀！"

"是的先生，我换上了，"州长若有所思地说，"相信我，上路的感觉大不一样！"

"我猜也是，"乔治说，"大轮胎很不错。"

"你现在开什么车？"州长问。

"很遗憾，只是一辆里奥。"

"哎，乔治，里奥可是好车啊。"

尽管有阳光，空气还是很冷，微风低声吹着，裹来了不远处的山顶积雪。两个女人抱着臂，看着两个男人。为什么不进屋呢？露丝瞥了一眼州长夫人，发现了掩藏在表情之下的无聊、疲倦和不适。她刚坐了两百英里的车，现在却要站在这里看两个男人踢轮胎。

"好啦，"露丝微笑着说，"我们进去吧？""这主意棒极了！"州长叫道，"棒极了的女士提了个棒极了的主意！"他们穿过了砾石地，女士在前，男士在后，乔治坦白他一度有意买辆皮尔斯阿罗。

"唔，"州长说，"那车真不赖。"乔治把州长的外套放到了客厅旁边的办公室里。州长扭了扭肩膀，活动了下筋骨，环视四周。两个女人已经消失，进了卧室。州长夫人在卧室中央停下脚步，吸了一口气。"你根本想不到这是在牧场里吧？压根儿就想不到这里是乡下！"

这间屋子很大，铺着玫瑰花纹的地毯。像贝壳一样白的墙上挂着弗拉戈纳尔的画作，镶着银框，画中是漂亮的森林，映着寒冷的北极光。宽大的窗户也镶着豪华的蕾丝，打着缎带蝴蝶结。同样的蝴蝶结还挂在花边灯罩上，以及躺椅边。豪华的篷顶床占了一个凹室，两边摆着一对高脚抽屉柜。梳妆台的镜子有一面穿衣镜那么大，随意地反射出一排价值数千美元的沉重银器和水晶瓶；这些东西数量之多，摆放之随意，加上老伯班克太太居然无意把它们一起带去盐湖城的酒店，几乎是对奢侈品的轻蔑侮辱，让州长夫人大为震惊。这多么奇特啊，她原本生来就用着这样的东西，现在却只能靠借，而且前提是她丈夫还坐在州长的位置上！一下台，公派车就没有了，州长宅邸没有了，厨师没有了，园丁没有了，女仆也没有了，他们又不得不去住中等的房子，她的丈夫又要去做中等的律师工作，等着人民转变心意再次选他上台。而身边这个女人，生来一无所有。她问过丈夫这个伯班克夫人是什么来头，他派人去查了，发现她经营过旅社之类的生意。不管是旅社还是什么，现在她拥有这些财富，她的丈夫可以谈论买皮尔斯或不买，全看他乐不乐意——或者看她乐不乐意。但是，如果身边这个穿黑衣服的女人没能承担起这个身份呢？她肯定无时无刻不觉得自己在被人审判，仿佛在扮演一个角色，戴着一张也许有一天会滑下来的面具。这个假装生来便配得上这个房间的女人，不禁让州长夫人感到一丝嫉妒。"谁能想到，会在一个牧场里，发现这么优雅的地方！"以及爱，盲目的爱。她停下脚步，欣赏梳妆台两边摆着的两个德累斯顿小人偶。第一个人偶的耳边，一个胖胖的天使在低语着什么。另一个胖胖的天使正把一串花盖在第二个小人的眼睛上，小人举着漂亮的小手抗议着。"真优雅。"

"是的吧。"露丝微笑着。州长夫人感觉自己的身子更僵硬了，因为这随意摆放的两个东西，事实上跟那一堆银器的价值不相上下。但她接下来暗自一笑。因为，或许这个女人只是故意显得随意，这样一来，某一天失去这些东西也就可以忍受了，要是她没能撑起这个身份……"呀，"她说，"那两位男士一定在好奇我们怎么了呢！"

两个男人正抽着雪茄，一同站起身来。乔治说："我哥马上就会到。我们不如先开始，喝杯鸡尾酒。他一定是被什么事拖住了。"

就在这时，露丝知道菲尔不会出现了。

在这一刻之前，她想过，也许他不出现会更好，否则她和乔治要怎么解释——如果还有一点点解释的可能的话——他为什么穿那样的衣服，留那样的头发，双手为什么是饱经风霜的粗糙，又为什么只是随便洗了洗？现在她却开始默默祈祷他能出现，因为她开口时——她的声音非常紧张，像是从嗓子眼挤出来的——说的都是些极其老套的东西，是乔治讲过的让那些晚宴变得无聊的东西，那些没什么名流、只有牧场主的晚宴。谈话越沉闷，气氛就越需要她的钢琴来调节。没有菲尔，一切就要依赖于钢琴表演。

"天气真是变化无常。"她开口道，州长夫妇表示同意，而乔治在餐柜边做着他见父亲做过的"橙花"，弄得酒杯叮当作响。

"像女人一样，"州长笑道，"老是拿不定主意。"

"嘿，先生！"夫人说着，扮出被冒犯的样子，这时乔治端着鸡尾酒走过来了。"哇，多可爱的鸡尾酒！"她叫道，"这是橙花吧，我想应该是。"

"的确是。"乔治说,"就是橙花。"

"来吧来吧!"州长声音低沉地说。

"不好意思,这恐怕是一种女士饮料。"乔治有些害羞地解释道。

"是又何妨?"夫人问,"女士就坐在这儿呢!"

这个简单的事实令他们都笑了,但接下来是一片沉默。露丝发现自己正盯着餐桌上留给菲尔的位置,她移开了目光,和乔治四目相接,他的眼神非常可怜。他咳了一声,站起身来。"我去瞧一眼,找一下我哥。"

"噢,当然。"夫人应了一声,抿了口鸡尾酒,眼睛从杯沿上方扫过来,很愉快的样子。州长欠了欠身,又坐稳了。"最近发生了一件非常最有趣的事……"夫人开口道。她说,有只林鼠钻进了州长府邸,从餐厅偷走了一些印着官方徽章的勺子,藏到了卧室的壁橱里,它在那里筑了个窝来藏宝贝。"有天晚上我打开那个壁橱,"她回忆说,"看到这只老鼠,用后腿站着,要反抗我,牙齿都龇出来了!"她站起身,演示那只老鼠的表情。"哎,我跟你说,我可笑不出来——当时怎么笑得出来!我叫我丈夫,他穿着睡衣就跑来了!那只老鼠有可能攻击他的——完全不把人放在眼里呀——但是,我们儿子正好把滑雪板放在那儿了,所以我丈夫就拿起滑雪板,漂亮地自卫,把那玩意儿打死了。乡下是不是管这东西叫害鼠?我真是要永远感谢冬季运动……"露丝感觉仅仅微笑不足以回应这个故事,对方期待的也不只是一个微笑,但是她就是没法报以热烈的笑声。她留神听着乔治活动的声响,他应该已经抬起宿舍的铁门闩,进去,询问,离开,再次抬起了门闩。到此刻,乔治应该已经把这些事都做完了,还有时间走到谷仓,进入又深又暗的谷仓——菲尔有时会坐在那儿思考,或是做些手艺活儿。现在他应该正在往回走,露丝抬起下巴,倾听后门开启的声音。后门开了,而且一如既往,乔治的脚步声传来前,先刮进了一阵冷风。

乔治清了清嗓子。"恐怕我哥还有事要忙。露丝——你跟刘易斯太太说一声,过几分钟就开餐吧。"

"噢,那太遗憾了!"州长夫人说,"我不是说开餐的事。我是说你哥。他没遇上什么麻烦吧?我对他真是久仰。都说他可聪明了。"

"噢,没错。"乔治说,"他只是有些事情耽搁了。"

露丝竭力保持着最后一点体面,穿过餐厅,进了厨房。

餐桌边,州长夫人又开口了。"你回来之前,我刚刚在跟你夫人说一件很奇特的事。一只老鼠……"

"对,老鼠是这样的。"乔治严肃地说,"我母亲有几个戒指和一枚顶针就是这样丢的。完全不把人放在眼里。我觉得没有其他小动物会这么嚣张。"

萝拉用银壶端来了咖啡,跟咖啡杯一起摆在露丝面前。上帝啊,露丝祈祷,别让我的手发抖。

"太可惜了,你兄长要错过这样一顿美餐。"州长说。

"唔,在牧场里,你就是料不到,"乔治说,"事情总是一件接一件。"

"有道理。这行跟其他生意、其他职业不一样。"

"是不一样,"州长说,"牧场里可没有什么上下班时间。我很担心牧场帮工会跟工会的人搞到一起。"

"你觉得至于走到那一步吗?"夫人问。

"唉,说不准。"州长说,"那些搞事的工人会坐在那里,反抗你,跟那只老鼠一样。"

"抱歉,"露丝端着加了糖的咖啡说,"我忘了你刚说过你不要糖。"

"没事没事,完全没问题。好咖啡我就喜欢这种老喝法。"

她的手没怎么抖,直到他们端起第二杯咖啡进了客厅。没人叫萝拉把菲尔位置上的餐具收走。露丝坐的地方正好能看到那些餐具。万一他遇上了什么事呢?要是他对她的蔑视导致了他的死亡呢?就像空气挤进真空,各种故事钻进了她的脑海。一匹马不慎踩到獾洞里,骑马人摔断了脖子;几吨重的页岩滑坡,把一个人砸成了肉饼;又或许菲尔在过河,而四月的冰在脚下融化,他瞬间被安静而迅疾的流水吞没——这些事故在乡下十分寻常,帮工在宿舍里唱的很多歌都以此为主题。因为咖啡杯叮叮地撞击起了托杯的碟子,她放下杯碟,叠起双手,拧着手上的戒指。

州长夫人飞快地扫视了一圈房间,搜寻聊天话题,最后盯住了壁炉架上的一幅画像,那丰满的胸部,那双眼睛,那些珍珠。"那是令堂吗,伯班克先生?"

"几年前画的。"乔治承认道。

"我得说,她看上去是个颇有才艺的女人。"夫人说着,心里暗想，一个拥有这样的珍珠的女人，不需要考虑什么才艺。

"她读过很多书，"乔治说，"还写过很多信函。"

"写信可是一门了不起的艺术。"州长说。

"或者说可以达到了不起的艺术境界。"夫人纠正了他的话。

"有本书叫《世界一流信函》，"州长表示，"非常有启发。"

夫人笑出声来。"你用过可不止一次，"她调皮地说，"在你的演讲稿里。"

"那可是本州机密！"他大笑着，朝她摆了一下手。

乔治本打算说，横顿医院的筹款是母亲凭一己之力完成的，但州长夫人再开口后，便打消了这个念头。

"她是不是也会演奏钢琴？"

"不不，"乔治说，"一个音符也不会弹。我可能听她说过上千次：她要是会弹钢琴就好了。"

"那一定是你会了，伯班克夫人？"

"见笑了，我的水平称不上是演奏。"露丝说着，感觉嘴唇僵硬，"我第一段婚姻之前，曾在一家电影院弹钢琴，就在银幕前的乐池里。"她笑了笑，"我真是太久疏于练习了。"

"什么呀，露丝，"乔治表示反对，"你练得可不少。你明明练习了的。"

"我想你是太谦虚了。"夫人说，"请演奏一曲吧。"

"请，请。"州长催促道。他意识到钢琴演奏可以作为很好的理由，来结束这个不舒服的夜晚。等最后一个音符结束，他们就可以站起身来，找理由离开。他经常发现这样的理由，有时是最后一杯咖啡，有时是玩惠斯特牌吃完所有的牌，有时是响个不停的电话。

露丝瞥了一眼乔治，可他在骄傲地微笑着。她站起来，走到钢琴边。那架钢琴曾害得一个年轻人险些断了腰，演奏的和弦还曾招致菲尔的恶意模仿。餐桌已被收拾干净，只剩菲尔的餐具，她直直地看着那个位置，忽然产生了一个短暂的疯狂念头：菲尔是故意这样的，此刻他正在什么地方笑着呢。他顽强的恶意追逐着她，让她困惑。她手心冒汗，嗓子很干。"好吧，我试一试。"她微笑着说。

她总算弹完了一曲简单的施特劳斯华尔兹，只是机械地弹奏，像一个孩子在毫无感情地背字母表，不敢发挥更多。

一曲终了，身后三人齐齐鼓掌，然后等候着。

乔治说话了。"弹我喜欢的那首吧，露丝？"

"哪一首？"她问。这么问是为了拖延时间，她需要一点时间来思考，来努力用意念消除那股奇怪的麻木感——麻木的感觉占据了她的双肩，现在正向她的双手和指尖袭去。

"什么呀，吉卜赛那一首呀。关于吉卜赛人的。"

"噢，对，《就像一个吉卜赛人》。"她脸红了，因为她知道他知道她一开始就知道他指的是哪首。那一首也很简单，但充满感情。每一小节结束时，她总会弹一小段尾声，一小串音符，使得这首曲子比乐谱原先写的高明了些。那是一首引人深思的小调，会让人的心绪歌唱、飞翔，进入一个转瞬即逝的梦幻之地。奇怪的是，乔治，平凡乏味的乔治，不善言辞的乔治，竟然从中看到了也许是最真实的她。或许，她对他的感情正始于他对这首小调的感情，那时，她是在客栈里那架老旧的钢琴上为他弹了这一曲。

她用专业的手法揉了揉手，深呼吸，碰了碰琴键，然后惊骇地发现，她的手指没有任何感觉，丝毫不知该怎么动。她把手放到了大腿上，看着它们。她身后的座钟开始嗡嗡作响，准备敲钟。她坐在那里，期盼钟声能不知怎的把她从这个黑暗的诅咒中解救出来。但是钟响之后，她的大脑依然一片空白，她的手指依然了无生机。她在长凳上转过身，露出微笑。"对不起，"她说，"我记不起来了。"

乔治惊讶地张开嘴，但没有说话。这是她第一次从他脸上看到失望。他第一次对她失望，她却修复不了。

"哎呀，"州长说，"没关系。"

"天啊，"州长夫人说，"我也老忘东西，可不是一次两次。"

"演说，"州长的音调高得几乎像要发笑了，"我连演说词都忘过。"

"有一次在寄宿学校，"夫人说，"我参演了一出戏剧。但我张开口的时候，什么声音也发不出来。"

"实在太抱歉了，"露丝说，"我就是什么也想不起来。"

"完全没事，"州长说，"真的没事。"

"我们也该走啦，"夫人说，"我都没注意到这么晚了。天黑得太早，都注意不到时间溜得飞快。不过夏天，长长的夏天，就要来啦！"

他们站在州长的汽车旁边时,太阳已经从西山落下,把那点春意一起带走了。汽车旁的水坑里,又结起了网状的冰。

"太好了,真是太好了,"夫人说,"我们什么时候一定要再聚聚。"

两个男人握了握手。乔治为州长夫人打开了车门。

"请一定再次光临。"露丝说。

"啊,我们肯定会再来的。"州长说着,咧嘴笑了。

乔治盯着那款新式充气轮胎。他朝州长微笑,又踢了踢轮胎。"祝你好运,希望你的轮胎好用。"他说,"今天非常开心。"

"谢谢,乔治,谢谢。"州长说着,钻进车里。每个人都挥着手。

"我很快就进来。"露丝在乔治走向卧室时对他说。他关上门以后,她等了几分钟,让他有时间脱下衬衣和鞋子——这之后,他肯定不会冒险回客厅了——然后,她飞速收起了菲尔的杯盘餐具。飞速,但安静,把盘子放回壁橱时小心避免了瓷器和银器撞出叮叮声——倒不是害怕乔治知道她在做什么,而是因为,未被菲尔使用的餐具发出的声响会给它们增加更多的意义。那样的话,明天早上她就没法面对这些餐具了。

她收拾完毕后,乔治已经躺在了被窝里,还没把灯关上。"抱歉,"她说,"抱歉我没弹好。"

"哎,"他说,"没事的。我想每个人都有怯场的时候吧,而且你以前也没见过州长。或者,是不是那杯鸡尾酒对你来说后劲太大了?"

她想要解释。她根本不是怯场。在州长面前表演，跟在电影院银幕前为一大群观众表演、跟在一群食客面前表演相比，并不让她更担心被批评。如果她说，她仅仅是看到了一个不在场的人的餐具就浑身无力，他会不会觉得很奇怪？她想起了彼得放在横顿那间房桌上的头骨。她一直讨厌那东西。

在浴室里，她脱下了衣服，慢慢喝下一杯水。她的头撕裂般地疼。她找不到阿司匹林。

她钻进被窝的时候，他没有吱声。过了几分钟，他转过身，发出平缓的呼吸声。她也开始放缓呼吸，仿佛睡着了。这一天所有的混乱在她脑海里游荡，在黑暗的包围下加剧。她为什么要对州长夫人说，自己以前是在电影院里给观众弹钢琴呢？她明明希望那个女人认为乔治娶了个够格的妻子。当然，她的不安跟约翰尼也有关系。她处于一个古老的两难困境，再婚的人都面临的困境，它如此难解，以至于神学家们为了安抚道德心，坚称天堂里没有婚姻。

乔治清了清嗓子，她知道他没有睡着。她伸出手，握住了他的手。外面有只狗突然发出一声绝望的吠叫。另一只狗加入了。她听到了宿舍门闩抬起的声音，有个男人叫了一声"闭嘴！"，那两只狗便忽然沉默了。她能想象它们爬回屋子下面的样子。

乔治的手变得有些僵直。

然后，她也听到了：一阵遥远的马蹄声正以精确控制的频率行进，就像踏着冰冻的大地给谁送葬；马蹄声越来越近，靠近大宅时越来越响亮，又去往谷仓的方向，声音越来越小，然后停止了。

狗又叫起来。又一个男人叫骂了一声。是菲尔。

她的脸扭成了一团。

乔治咳嗽起来。

菲尔花了很长时间把马牵进谷仓的暗角，又花了很长时间解开马鞍的肚带和挂肚带的皮条，解下马鞍和垫毯，挂起马鞍，把马牵进堆着干草的马厩。

他们听到菲尔从后门进来，然后重重关上了门，仿佛此刻是晌午一般。他们听到他飞快的脚步。他打开卧室门时，风卷进门廊，呼啸着穿过里屋的门缝。

菲尔房间的门关上了。然后从上了锁的浴室门的另一边，传来了咳嗽和擤鼻子的声音。

乔治从被窝里爬了起来，坐在床边。

"怎么了？"

"我最好去跟他说两句。"

"说两句？"

"我不知道。也许我对他太狠了。"

"太狠？"

"露丝，你知道——他拥有的并不太多。他是我哥哥。"

"他是。你应该的。我知道。"

于是乔治穿好衣服，走进了菲尔的房间，站在那里。过了一会儿，他的眼睛才辨认出黄铜床朦胧的反光。"菲尔？"

菲尔的声音跟在白天一样。"嗯？"

"我进来是想……"

"好嘛。你进来了。你有什么想说的?"

"菲尔?嘿,我不该说那种话的。"他听到了烟纸的沙沙声。一根火柴划燃,熄灭,房间又陷入一片黑暗。

菲尔吸了一口烟,那一刻,火光短暂地把他的脸照得通亮。他说:"把你们的道歉吞回自己肚子里去吧。"

现在,州长和夫人已经驶近横顿,他们在那里订了一晚酒店。几英里的路程里,州长一言不发,想着这场社交如此失败,不但未能尽兴,甚至没能交流。他发现很难向人承认——哪怕是向他夫人——自己的真实想法,那就是,人们聚会多数时候仅是出于无聊,或是为了获利。州长莅临晚宴当然不是小事,他知道的。对方邀请他上门,是为了捧起一位新的伯班克夫人吗?不过他也有自己的算盘,他想确保伯班克家的几千美元政治捐款不会中断。而现在——他是什么感受?他想维护伯班克的妻子。"乔治·伯班克竟然娶了这样一个美人。"

"你能不能帮我点下烟?"夫人问,"她没那么绝色。车里风真大。不对,我觉得她确实是个美人,但是她太战战兢兢了,还假装喝惯了鸡尾酒。酒精也影响了她。"

"我没留意到。"

"一个女人得一头栽倒在你面前,你才能留意到。你根本不想留意。"

"说到留意,你有没有看见转角桌上的花艺作品?"

"你非要说那是花艺的话。"

"唔,那你怎么看?"

"我觉得那东西……很聪明。简直像在呼喊着想要被评价。"

"唔,那你没评价啊。"

"那是在等着你评价啊。没有哪个女人想听另一个女人夸她聪明。那还不如直接说她盛气凌人。"

"我觉得她完全没有想要显摆聪明。"

"你看看你。"

他们陷入了沉默。左右侧的车窗外不时出现牧场孤独的灯光。就在车开进横顿时,夫人说出了州长最怕她说出的那句话。那个让他有些幸灾乐祸的想法被她说了出来。

"……不了多久。"她在说。一辆车在他们前面忽然减速,让他有机会全神贯注踩刹车,以便假装没听到她的话。但这样的逃避没什么用,因为他知道她知道他一直在听,并且一直能听到。"你刚刚说什么?"

"我说,我觉得她今天没撑起来,失败了。"

"你总是能很快发现失败嘛。"

"还有,我们上车之前,她说了一句非常奇怪的话。她说:'你们真善良。'"

"呵,这么说有他妈的什么问题?"

她转过头,朝他微笑。"不要这么激动。我想再抽一支烟。"

一只狗从阴影里跑了出来,州长差一点撞到它。"妈的,"他轻声道,"你烟抽得太多了。"

第九章

太阳北移，日渐温暖。有几头牛犊在能站起来之前就冻僵了；有几头牛犊生来残废，脊椎弯成 S 型，或者蹄子歪得走路老往一边斜。春天里，有几头牛犊死在胎中，成了喜鹊难得的大餐——这些喜鹊总是瞪大眼睛，脖子扭来扭去，注视着每一头出生的小牛。在春天泛红的柳丛边，干瘦的土狼也在虎视眈眈，期待着难得的大餐。

雪已经退到了林际线以上。风铃草天鹅绒般的叶子在三齿蒿间探出头来。小鸟掠过地面，寻找着筑巢佳地。他们又要开始打烙印了——给三千头牛犊。菲尔骟了一千五百头牛，手中这把刀在完成一百次锐利的切割之后钝了，而在此之前他已经换了一把又一把刀。最后一头小牛挣扎着站起来，在惊恐中大步慢跑，后腿因为疼痛而张开着，回到了牛群。菲尔看着西山飞快落下的太阳。畜栏里的叫声此起彼伏，让人不能静心思考；大地尘土飞扬，让人几乎窒息。谁连续一星期给牛打烙印后能不累呢？他在裤腿上擦了擦刀刃上的血，然后把刀片叠了回去。

不知怎的，他的拇指划破了。一点点血涌了出来。他伸手去掏手帕。

狗娘养的！他说。阉了一千五百头牛都没事，收工时倒把拇指划破了！不过他的伤口总是愈合得很快。他咧嘴一笑。"小胖，看来我们完工啦。"他站起身，踢了些土盖住正在熄灭的火堆。

乔治已经把绳子盘了起来，挂到了马鞍的鞍桥上。"看来是的。"他说。畜栏外，几只狗趴在地上，鼻子埋在爪子之间，在休息也在观察。它们对牛的睾丸已经丧失兴趣。之前一直在抓小牛的两个年轻牛仔晃着大汗淋漓的身子，重新穿上蓝布衬衫。

"嗒，"菲尔说，"完工。"

彼得从横顿来到牧场的那一天，这些母牛和牛犊烙标处的痂皮已经开始脱落，而人们正把牛群往森林里赶。三齿蒿的新叶被无数牛蹄踏伤后发出一股恶臭。前方，山峦辽阔而清凉。

赶牛要经过的平地很多都被旱地农民占了，原来去往山里的路很多都被生锈的铁丝篱笆挡住了，所以他们只能赶着牛群左穿右绕，这一直让菲尔生气。那些旱地农民都是外国人，主要是芬兰人和瑞典人之类的。他不怎么喜欢外国人，更是完全不喜欢农民。他们那盖着柏油布的棚屋和护墙板，他们在暴躁的碱性土壤上种植遮阴树木的徒劳尝试，他们穿的大号工装裤和破烂鞋子，他们身边种地锄土的妻子，都在提醒菲尔时代已经变化。

"那些王八蛋连美国话都不会说。"菲尔对他身边的年轻牛仔说。菲尔是热血爱国者。"二十年前整个乡下都没有这种王八蛋铁丝篱笆。布朗科·亨利还活蹦乱跳的年代可没这玩意儿。"这一次，牛群也不得不绕个弯才能进入森林。许多旱地农民都没赚到钱——大部分都没赚到钱——因为这里从来没有足量的雨水，他们的祈祷从来没有应验，而河流的水归牧场主所有。看到那些棚屋惨遭遗弃，成为老鼠和蝙蝠的避难所，菲尔很高兴。那些装着皮革铰链的棚屋门户倾斜、倒塌，时有野马钻进去乘凉，那一番破败景象也令菲尔高兴。但即便如此，铁丝篱笆还是留在那里，逼你改变行进路线，直到你再他妈受不了了，亲自把它通通拆掉，扔进树丛。

"那时肯定都是好日子。"年轻牛仔说。

"你可以赌上你的口哨，当然是好日子。"菲尔咕哝道。

就在前面，一头发情的母牛爬到了另一头母牛的背上展示自己的需求，然后一头宽背的公牛挤过牛群冲到了它身后。母牛从另一头母牛的背上滑了下来，公牛凑过去闻了闻母牛。母牛腼腆地往前跑了，公牛快速跟上去，趴到它背上，像伸出鱼叉一样戳中了目标，然后前后扭起腰来。母牛在公牛的千斤巨压下摇摇晃晃，直到公牛满足，任由它从身下爬了出来，弓着背向前跑去。

菲尔有时会选择无视这种事。有时不会。他观察到身边这个年轻牛仔张开了嘴。"别担心，"菲尔说，"过不了多久你就能去镇上了。"

年轻人脸一下红了。

菲尔自顾自地咧嘴笑了。他判断，他们脑海里想的全是这档子事，但这档子事能给他们带来什么呢？只会带走他们的钱，让他们染病，或者让他们被横顿的哪个小婊子束缚住，小婊子一等他们出门就会给他们戴绿帽，然后到此结束。他不能理解，为什么人们愿意为了一个马子毁掉自己，毁掉自己和其他人的生活。事实上，乔治不比他身边这个愣头青好到哪里去。乔治让自己被束缚住了，现在还会有一个继子出现在牧场。"不，"菲尔对年轻牛仔说，"以前不是好日子，而是好得不得了的日子。"他很想砸烂点什么。

他们开始往山里赶牛没多久，露丝就开着老里奥去横顿了，然后她马上担心起来。到了她这个年纪，已经无法简单地把菲尔的沉默和厌恶当成生活未知的另一面。毫无疑问，很多家庭里都有人不跟某人说话。但你得活得得久了才知道，年纪够大才能不再抱那么高期望，才能接受不愉快的事、看到全貌并在其中找到平衡。

但彼得有能力忍受吗？他要如何承受那样的轻蔑和冷落？她是不是该让他做好心理准备？哪个母亲不想让儿子看见自己受到尊重呢？哪个母亲想让儿子看到成年人不得不应付的糟心事呢？

快到正午时,她到达了横顿。这台老里奥的方向盘高度对她来说很是尴尬,让她很难拿定主意自己该不该被人看到——作为伯班克夫人——是该坐得笔直、从方向盘上方看路,还是弯着腰、隔着方向盘看路。这里的上百块草坪上已经有上百个喷水器在喷水,水雾映出彩虹。法院前面,星条旗在杆顶飘扬。旗杆底座旁,一只狗吸着鼻子。法院大楼的台阶上,一群人在聊天,他们的脸朝向太阳,但当她经过时,他们都扭过头盯着她。福特车行宽大的玻璃窗上,太阳的影子在跃动,里面有几个人围着一辆新车。百货店的窗户里,一个店员把橘子堆成了金字塔的形状。她曾在那里得到热情的接待,但即便在那里,她也觉得自己像个冒名顶替者,像个小孩在假扮大人,假扮伯班克夫人。

彼得已经在等着了。他用来固定发型的水已经干了。他把鞋子擦得锃亮,还系着一个领结。

"你吃得太少了。"她对他说。

"我吃得够多的。"他微笑。

"你看你这髋,这么瘦,我都不知道你的裤子怎么挂得住。真不知道。"

"唔,不用担心,"他说,"我跟以前没什么变化。"

他父亲的书。她跟着他上楼走进房间,这地方跟没人住过一样。她忽然有些害怕,说不上是害怕什么,也说不清这感觉从何而来。是因为这屋子有种没人住过的感觉吗?这孩子在此生活,理应造成一些凌乱才对。是因为他父亲的书吗?那些书让她想起约翰尼,想起约翰尼坚定地自认为是个失败者。

露丝以前一直为彼得的整洁感到骄傲。现在她则视之为威胁。她痛苦地意识到,他有轻微的口齿不清。这一点,加上他的整洁,会马上招致菲尔的嘲弄。她想,彼得在牧场可能会待得非常不开心,甚至想要回到横顿这间了无生气的屋子。"你长高了啊,"她说,"你的体重应该相应增加才对。"

如果他最终回了横顿,镇上当然会传闲话。人们能闻到故事结局的开始。人们多么喜欢看到结局的开始啊!不过她也知道,在意人们的闲话对她并没有好处。而如果他在这间可怕的屋子里陪着他的象棋盘、他的书,还有那个头骨会更开心——唉。

如果他在这间屋子里会更开心,直到——直到什么时候呢?她看不清未来,这让她心底又泛起那种感觉,法院门口台阶上那些人扭头盯着她时的那种感觉:她不知道自己是谁,不知道要去哪儿。"你有没有想过,"她说,"夏天把书留在这儿就行了?"

"留在这儿?"彼得问,"为什么要留在这儿?"

"因为太多了啊。"书确实很多。《大英百科全书》。一整套医学百科全书,包括很多又大又沉有些发霉的黑皮书,都是约翰尼当年买的二手书。关于肉的书,关于骨的书。

"我想过,"彼得低声说,"但我要带过去你也理解的,对吧?你理解吧?"

"噢,我以为……唔,我当然理解了。"

"等我们上了路,"他说,"跟我讲讲你跟州长吃饭的事吧。你没怎么说过那天的事。"

菲尔的房间里,两张黄铜床各对着一个玻璃门书柜,一个是菲尔的,一个是乔治的,一直摆在那儿。乔治的书柜已经很多年没打开过了,因为里面没有别的,只堆着一些《圣尼古拉斯杂志》和《美国男孩》——乔治自从看起《星期六晚邮报》之后,就没再动过它们。菲尔经常想,那个书柜是乔治一生的缩影。乔治的人生很大程度上就是他所读的东西。他没什么自己的观点。

菲尔的书柜没有装书本杂志,而是陈列着这些年来曾令他感兴趣的东西。玻璃门后面有他找到的箭头,固定在一块铺着绿毡的木板上,陈列的方式非常精巧:所有箭头呈扇形铺开,每一枚都跟另一侧相对的那枚大小与材质匹配。其中最精致的一枚箭头装在箭杆上,完全就像印第安人用的那样。柜子里还有压在砂岩里的三叶虫和蕨类化石,是这片土地还被远古水域覆盖的日子留下的遗迹。里面还有狼的头骨,以及一只石貂——是他亲手下套、捕杀、剥皮、制成标本然后固定好的,弯曲的身体警觉地趴在一小根木头上。每一样藏品都反映了他某方面的天赋,反映着他敏锐的洞察力——他总能发现别人视而不见的东西,还反映着他惊人的耐心。柜子里还有一层架子摆着石头、水晶、玛瑙,以及一块含有黄金的石英。

菲尔常常微笑着想起这块石英的故事。老先生有个朋友是采矿工程师,几年前从盐湖城过来住了几天。那家伙把石英拿在手里看着,眼珠子都要蹦出来了。"你到底在哪里捡到这东西的?"

他问菲尔。

"在后面,"菲尔对他说,"山里面。"

"你化验过这块石头吗?"

"没有啊,"菲尔说,"化验它干吗?"确实,干吗去化验呢?他知道它的价值。

"你有没有去找过岩脉,就是冒出这东西的地方?"那家伙问。菲尔看出他正努力控制自己的激动,乐了。

"噢,"菲尔说,"我捡到之后几年里都在找。一直没找到。"

"你说是在后面山里?"

"我只记得,"菲尔无辜地说,"是在黑尾溪的上游,那附近有一眼泉,泉水是流进溪里的。你觉得这东西有价值吗?"菲尔抬起了蔚蓝的双眼。

"呃,"那客人说,"仔细看了看,我感觉不是很值钱。"

于是菲尔等待。他擅长等待。第二年夏天,看到一群人往黑尾溪上游走去时,他毫不意外。他从书柜顶上取下望远镜,往窗外看去,只见老先生那个所谓的朋友带着几个哥们儿,舞动着镐头和铁锹,把漂亮的双手弄得满是水疱,寻找着那个地方并不存在的东西。菲尔当然知道岩脉在哪里。离老先生的朋友偷偷摸摸探寻的地方隔了二十英里。他真的讨厌这些为了金钱而自取其辱的人。

就在那家伙和他的团队准备放弃的时候,菲尔骑着栗色马到了。听着那家伙无力的解释,看着那家伙脸红得跟甜菜根一样,菲尔满心愉悦。"我以为可能再找到那种石英,"他说,"摆在博物馆里挺不错的。"

"嗯,"菲尔说,"玩得开心点。要休息一下,去见见老先生吗?"一群二傻子。

而现在,这个六月的下午,菲尔走进房间,忽然停下了脚步。哪里不对劲。有东西被移动了。是乔治的书柜。不但被移动,而且被搬走了。本来摆着书柜的位置,只剩地上一摊毛茸茸的灰尘,而这摊厚厚的像毛毡一样的灰尘上,摆着两颗大理石球,他们以前管这种大理石球叫"叮当球"。看到它们,他不禁把手虚虚一握,仿佛玩起了这两颗球。他曾经是专业玩家。

好嘛!菲尔大步穿过廊道走进客厅,罕见地对乔治的老婆说了几个字:"乔治呢?"

她摸了摸自己的喉咙。"怎么了——我想他应该在车库。"

乔治把老里奥的引擎盖支了起来,正弯腰对着里面戳着什么。听到菲尔的脚步声,他没有直起身,只是转过头。"怎么了?"

菲尔说:"书柜去哪儿了?"

"书柜?"

"你知道。你的书柜。"

"噢,"乔治说,"我刚才没反应过来。我叫露丝的孩子搬走了。他想拿去装他父亲的书。"

他父亲的书!"我本来计划,"菲尔说,"把那个柜子改装成枪柜的。"

"我想用来放书也不错吧。"乔治说着,又弯腰摆弄起了老里奥。

他父亲的书！菲尔站在自己卧室的中央，看着那两颗大理石球，伸手捡起来，放进了口袋。娘娘腔小姐没拿走它们也真是太奇妙了！

菲尔跟宿舍里的伙计们提到彼得的时候，就称他为娘娘腔小姐，伙计们会大笑。他们自己私底下也这么称呼彼得，看着那男孩在长满三齿蒿的山上一个人瞎走、探索着，适应这个长长的夏天。他们怎么会不嘲笑他呢？他看上去一点也不像个牧场男孩。他太干净了，还咬着舌头说话。和彼得一起吃早餐的时候，牛仔会互相挤眉弄眼。

菲尔知道，如果你从老柳树上砍下枝条，插到湿润的土壤里，就能长出一棵新的柳树。它们能就地生根、成长。他和乔治还是两个浑小子的时候，曾经偷拿了些木材，搭了一个秘密的棚子，他们可以去那里抽烟，远离老夫妇和其他所有人。那棚子很小，得弯腰才能进去。他们在棚子周围插了柳条。溪流拐弯的地方形成了一个水坑，里面的水很静，映射着整个宁静的天空，他们在那里游完泳出来，就钻进棚里。阳光从棚顶穿入，把他们晒干，而他们抽着烟或嚼着烟草，读着会让老太太犯心脏病的杂志——那些杂志里可有不少激情的东西。他们那会儿也就十二岁和十四岁。第二年乔治就没兴趣了（他很容易对事情失去兴趣），于是只有菲尔会再去那里游泳。有时，他看到自己在水中赤裸的倒影，会产生一种奇怪的感动。

很久很久以前，他们栽的柳条就已爬上木棚，将其包裹隐藏在内，又长了进去，封上了门，把窗户分成一格一格，最终穿透地板而出，冲出了棚顶，很快就分不出哪里是柳树、哪里是木棚了，因为木头渐渐腐烂，成了柳树的营养，它飞快地生长着，越来越粗。这世上只有他和乔治——某段时间有过另一个人——知道这个棚子的存在。哪怕你就站在这个棚子面前，也要仔细去看，才能在一团黑影里发现屋顶和墙壁残余的痕迹。那是童年的最后一个证据，就像躺在积尘之上的两颗大理石球——是一个隐秘的圣地。

事实上，棚子所在的空地已经变成一片神圣的树林，游泳的那个水坑成了洗礼的场所。只有在那里，他才会裸露自己的身体，才会洗澡。那是一个宝贵的地方，绝对不能被别人亵渎。幸运的是，要去到那里，必须穿过柳丛里唯一的小径，而柳丛那么茂密，人几乎要弯腰爬行才能穿过。整个世界上，只有这个地方是独属于菲尔的。他要求并不高，对吧？即使是现在，作为一个成年人，他离开那里时也永远有一种单纯无瑕的天真感。在那里与自己短暂地交融，令他的步伐更加轻快，令他的哨声快乐得像一个小男孩。

所以想想看，这个夏天，当他赤身露体站在溪流边准备入水，当他听到沙沙的声响，却不是喜鹊或绵尾兔弄出来的，当他转过身看到娘娘腔小姐的时候，他有多么愤怒！那个男孩像一只优雅的小鹿一样站着，眼睛瞪得大大的，而当菲尔转过身时，他也像小鹿一样跑掉了,跳进了茂密的灌木丛里。菲尔只来得及弯下腰,抓起衬衣,挡住自己的裸体。他就这样站着,看着那孩子刚刚站过的地方,仿佛那里的空气被掏了个洞,一个丑陋的空洞。他的震惊变成了愤怒,他的声音清晰地越过溪流爆发了出去。"给我滚,"他吼道,"滚远点,你个小王八羔子。"

第十章

最后一批印第安人被赶离他们的土地、赶去保留地的时候，政府不再继续假装信守条约了。土地太值钱了，他们不想再讨价还价，现在也没有理由再害怕印第安人的暴力，倒是有十足的理由害怕有投票权的白人的怒火。当年约翰尼·戈登坐在汽车的高座椅上，正好看到了山谷里最后的印第安人稀稀拉拉离开的景象——或是坐着破烂不堪的四轮马车，或是骑着摇摇晃晃的老矮马。约翰尼已经不在了，那些印第安人也早去了爱达荷州南部饱受日晒的平原，而一到冬天，那里便寒风呼号、大地冻裂。在当地干旱贫瘠的土壤里，没几棵树能生长，浅井里的饮用水也充满硫臭味。

印第安事务代表住在一栋刷着白漆的整洁木屋里，会严谨地在恰当的时间升降美国国旗。令他高兴的是，他有两个干净整洁、眼睛明亮的孩子帮他做这事，他们学会了不让国旗被风暴吹走，以及不让国旗碰到地面。

代表不是坏人,但为了避免内政部派人来,他觉得有必要贯彻保留地的规矩。

不能卖酒,也不能消费酒。全世界都知道,印第安人不像白人那么能喝。

没有许可证不能离开保留地。不能让印第安人到处乱跑、骚扰白人。而许可证只有在紧急情况下才会被授予。不过印第安人既没地方可去,又没有朋友能庇护他们,因此这个问题很少成为问题。

不能持有火器。他们也不需要火器。印第安人搬到保留地之后,政府的商店会卖给他们一点点肉。

但是爱德华·纳波有一支枪,一支点二二口径的来复枪,本来属于他的父亲,也是父亲遗物里唯一没有按照习俗烧掉的。那支枪竖在棚屋的角落里,也是母牛睡觉的角落。这支枪算不上多好,不过很准,而且是他父亲的。他父亲曾是酋长。

要是没被赶来保留地,爱德华就是酋长了。不过即便是现在,他有时也会把自己当成酋长。有时他会做梦,给儿子讲述他儿时熟悉的那片土地。他儿子从未见过那片土地,因为简妮,他儿子的母亲,是在他们三三两两赶往保留地的路上怀孕的。

她是个理智的女人,会用打猎的白人留在商店的鹿皮来制革,然后做成手套和鹿皮鞋。爱德华给儿子讲过去的故事时,她有时会起身走开,去牛马住的棚里。"为什么要讲那些故事?"她会生气地问,"为什么要让他伤心?"

但爱德华知道孩子需要故事,那是成长的精神食粮,是用来编织梦想的材料。有时简妮自己也会听，没有起身去牛棚。

他把真理告诉儿子，就像他父亲告诉他的：雷声是天上的水牛蹄踏出来的，而闪电是它们眼中的光。

"水牛？"

"你不记得的，但你爷爷记得。他知道真理，而我记得真理。"

"我也记得。"小男孩瞪大眼睛说。有时你不需要知道，就能记得。

"疯狂的故事。"简妮说。

"但你看他听了之后睡得多香。"爱德华·纳波指出。

"睡吧，"简妮低声道，"做个好梦。"

儿子十二岁那一年，冬天寒冷而漫长。风暴夹着又干又锐的雪粒从北边呼啸而来，有时温度降到了零下四十度。一些秋天里还身强体健的印第安老人去世了，于是这里的夜晚被葬礼血红的火焰照亮，并回荡着女人们含糊吟唱的哀歌。大雪飘落在油布棚屋上。

后来，唉，他们的母牛病了。简妮用旧毯子给母牛做了一件外套。母牛生病期间，爱德华和儿子在棚屋角落生了一堆火，屋里的烟只能通过一个小洞一点点飘出去，熏得他们两眼是泪。他们等待着，期盼着，祈祷着，爱德华讲了更多关于北边土地的事。夏天，那里土壤肥沃，满地紫色羽扇豆在微风中摇曳，像层层波浪。他说到了黄昏时小水鸟在水边鸣叫，说到灰色的积雨云从山后压过来，像笨拙的灰熊一样爬过天空，蓄满了水。

"那里曾经是印第安人的土地，你的爷爷是酋长。"

小男孩擦了擦父亲给他的魔法戒指,那是用马蹄钉做的。"我们可以逃走。"

爱德华·纳波笑了,想着简妮听到这话会怎么说,毕竟她是个务实的女人。带着一只生病的母牛是跑不远的,她会说。"那片土地,现在不是印第安人的了。"

"我们可以去看一看。他们会好好对待酋长的儿子的。"

爱德华又把一截杨木扔进了火里。他转过身说:"你觉得他们会好好对待酋长的儿子,是吧。"他从火边退回来,又蹲下,他的影子在墙上被放得很大。"这样吧,"他说,"要是母牛能活下来……"

母牛活了下来。

"这么做简直是疯了,"简妮说,"那地方已经不是我们的了。"

"但我们可以去看一看。看看他爷爷当酋长的地方,看看他的坟墓。"

简妮继续操弄着鹿皮,强壮的双手不断揉搓,让鹿皮软下来,好做成手套和鹿皮鞋。因为老要在鹿皮上缝珠子,她的眼睛已经不太行了,烟一熏就疼,从商店买来的金属框眼镜也没什么用。噢,也许有一点用吧。"你疯了,孩子也疯了。"

但到了夏天,他再一次指出,他跟孩子承诺过,只要母牛活下来就带他回去。于是她为他们准备了食物,阿根廷产的豆子罐头和咸牛肉罐头，还有又大又硬的苏打饼干，可以蘸着果汁吃。作为酋长的儿子，爱德华·纳波觉得自己没有必要向印第安事务代表汇报这个计划。反正，告诉那个男人也只是自找麻烦。因此，那天天还没亮，他们就出发了。他们听到一只夜鹰飞快地掠过，一只瘦狗无情地吠叫。

拉车的马很老了，所以他们多数时候都用双腿走路，除非远处的扬尘显示有汽车接近，这种时候爱德华觉得最好坐进马车，不管磨损的车轴上轮子如何乱转。小男孩把在学校穿的鞋扔进了马车上的箱子。他的吊带裤因为洗了太多次而发白，松松垮垮地吊在单薄的身子上，而他的帽子太大，尽管已经在里面精心地垫了报纸，还是会滑下来挡住他的眼睛。

爱德华穿着格子衬衣，显得块头很大。他戴着黑色的牛仔帽，没有一丝褶皱，顶部高高的，没有一点塌陷。

他们一路向北，沿途的乡间看起来很陌生，但爱德华觉得，这可能是因为他从来没有这样仔细地观察过。去往保留地的途中，他并没有留意四周。儿子沉默了很久之后，他说："别担心你母亲。她有很多事可忙，而且她还要照顾母牛呢。"

小男孩拖着沉重的步子，眼睛注视着前方。"我没有在想她，"小男孩说，"我在想大山。"

爱德华也在想大山，他描述了那么久的大山：黑色的树木沿着山坡往上爬，然后是林际线，接着是整个夏天都不融化的雪顶。他说过，白云飘来会投下阴影，淹没岩石和沟壑，岩缝里还会涌出泉水。小男孩喜欢听他讲那水多么甜，多么好喝。爱德华描述过松林里的寂静,还有灰噪鸦充满活力的叫声,只有在那些神圣的山中才能听到。

他在思考。要是印第安事务代表派人来追他们呢?他只希望自己能走得足够远,能看到大山。晚上他们都不在路边扎营,而是待在干涸的河床上、凹地里、溪边的柳荫旁。他们选择绿草茂盛的地方,好让马吃草。他们只求能看一眼那些大山!能一起看到那山峦绵延。

他们用了一次来复枪。爱德华感到骄傲的是,小男孩打中了一只土拨鼠。他们用洋葱调味,炖了土拨鼠。"我们不能浪费子弹。"爱德华警告小男孩。他们只有一盒子弹,而肉罐头越来越少了。这孩子太能吃了。他们有一点点现金,装在一个达勒姆公牛牌烟草袋里。临行的时候,简妮给了他一个鞋盒子,里面装着她做的五双手套。爱德华对她笑了笑。他看穿了她。她想让这次出门师出有名,成为一趟商务旅行。

"手套三美元一双,"她坚决地说,"带珠子和加长的要五美元一双。"他以前从来不知道她的手套卖什么价钱。这在他听来不是小数目。他想到,她肯定是在为孩子存钱。她是一个异常有野心的女人。

他怀疑自己没有勇气去兜售这些手套。他从未卖过任何东西,想到卖东西他的脸就变得通红。只有没什么尊严、也不需要尊严的女人才会卖东西赚钱。

但是这回得表扬她。盒子里的手套是一种安全保障,有了它们,汽车呼啸而过的时候,他才能那么镇定地坐在马车上。

在印第安学校里,他们教孩子管父亲叫阿爸。"阿爸,"小男孩说,"这里的三齿蒿闻着不一样。"

"当然。地底下有水,这里的三齿蒿能喝到水。"这里已经看不到保留地的灰色碱地,到处都是绿地,白人的白面牛在这里吃草,和他家的母牛一样温驯,但要肥得多。"不过等着,"他微笑着看向远方,"等你闻到大山里的三齿蒿再说。"然后他说了一个肖松尼[①]语的单词,是美丽的意思。

"阿爸,前面那是什么?"

"前面?"为了不让马累着,他们在步行,而走路时人的眼睛常常是看着地面的。"怎么,那是云啊。"

"可它没有动啊,阿爸。"

"没有风,因为没有风。"尘土飞扬的马路上升腾着火焰般的热浪,地平线上的一排影子在其后微微闪动。可能是他给儿子描述过的积雨云,那种会高高耸起、倒出倾盆大雨的云。

其实是他的眼睛不太好使了,当然。他的眼睛跟简妮一样,被冬天木棚里烧火堆的烟气熏坏了。意识到是儿子先看见了大山时,他感到一阵强烈的失望,但马上化为了高兴。儿子就应该先看到这种新鲜的美丽事物,他向来知道世上总是年轻人在发现,而老一辈只管动嘴。爱德华笑了。代表没有追上来,至少现在还没有,之后也不大可能追上了。毫无疑问,简妮用了一些合理的说法来解释他们的消失。她擅长这个。她编织故事的能力相当惊

[①] 曾经活跃于美国西部与墨西哥北部的北美原住民部族。

人，而且说出来的时候手里忙着干活，眼睛都不抬一下，人们总是会相信。她母亲也有这样的长处。她母亲也是个厉害的老女人，有自己的一套。

感到安全以后，他做起了计划。

反正，一旦他们进了大山，代表就不可能找到他们了。

他可以用达勒姆公牛牌烟草袋里的钱买钓具，还能买倒钩做成长矛。这个季节河里游着鲑鱼。他们可以钓鱼，用柳条生火熏鱼。他也许可以带一些熏鱼回去给代表当礼物。熏鱼是为数不多的印第安人和白人都喜欢的东西。

"可能再走三天就到大山下了。"他说，也是在告诉他的马。

他们正好用了三天。小男孩不禁为他赞叹。

然而，横在面前的是一扇他没有印象的大门。

对于印第安人，菲尔没有什么浪漫的想法。那种东西还是留给那些教授、那些拿着高级照相机从东边来的纨绔子弟吧。大自然的孩子，去你的。瞎扯淡。事实上，印第安人既懒惰不堪，又爱偷东西。他们曾在堆干草的季节雇印第安人来干活，但论工作能力，印第安人连用沙子堵老鼠洞都做不到，骑马干活也不行。他们曾经想让印第安人跟其他人一起住在野外搭的帆布帐篷里，但其他人都抱怨有臭味，总之不是印第安人臭就是他们臭。印第安人什么都偷，从牲口到厨房桌上的一块馅饼。以前在横顿城外扎营的印第安人一到晚上就会闯进酒吧，把东西都砸烂。难怪政府最后鼓起劲，把那群家伙都赶到了平原上。

菲尔不禁笑出声来。以前那些纨绔子弟拿着相机、想给印第安人拍照的时候，印第安人会惺惺作态，假装相信自己每照一次相都会变虚弱，或是相信照片上是他们的灵魂。可他敢肯定，给他们一点点钱，他们就会顺从地摆起姿势来。

看看他们的手工呀，那些纨绔子弟总是说。手工！手工个鬼。菲尔对他们手工的了解比任何一个教授都深。他收集的箭头和矛头都是最好的，这些年来，东边那些人一直想得到这样的东西，好摆到首府的博物馆去。也许有一天他会给他们。他玩够了什么的时候，就可以毫不在乎地放手。但是那套藏品里有他自己做的箭头矛头，用的工具跟印第安人一模一样，加上用到的玛瑙和燧石是他自己找来的，他的手工可比印第安人强多了。想看他们的手工就随便看嘛，还"大自然的孩子"！

他们总是伸手要东西。老太太还在牧场的时候，曾经收集旧衣服和旧床上用品送给他们，但接着他们所有的亲戚朋友都来伸着手索要，最后老太太不得不狠下心来不再理会。如果政府没把他们赶走，还不知道后事会如何。他们经营不了牧场，也当不了农民，因为五谷不分。最糟糕的是，他们不能接受这个事实：他们的时代结束了，永远结束了。

菲尔骑马来到山麓丘陵上的牧牛营地，这里的泉水边有一座整洁的小木屋。屋子很漂亮，还围着整齐的畜栏。他们在这里试用一个新来的牛仔，让他负责这一带。菲尔特意等上午过了一半才来,看小伙子是不是已经起了床,是不是正忙着工作,防止牛群乱走、越过州际线。现在有很多这样的年轻小伙,只要你看不到他们,他们就会开小差,或是读杂志,或是去哪儿偷懒,或是叫上弟兄喝酒……然后一眨眼,牛群就散得漫山遍野。

菲尔悄悄地骑马靠近,避开小木屋窗户能看到的路线,把马拴到了树上,然后轻声慢步走着。一条树枝也没踩断,寂静无声!他倏地摸进了木屋。

墙上挂着美女月历,时间停留在去年九月。屋顶漏下的雨水让月历上布满水渍。

唔。

菲尔走过去摸了摸炉灶。一点暖意都没有。是冷的。盘子都洗过收好了,搪瓷咖啡壶也洗好了,口朝下晾在炉灶后面。

唔。

桌子清理得很干净,只摆着一个便宜的本子,封面折到了下面,第一页是一封黑色铅笔写的信,字迹歪歪扭扭,很难说是小孩写的还是傻子写的。

亲爱的妈妈,
  我拉了个灯龙来写咭。我告诉你,妈,当牛仔真是了不齐。

他唯一写对的一个词是他的身份,牛仔。你看,这就是问题所在。他们不再把牛仔当成一个职业,一个男人的职业,不再像布朗科·亨利的年代那样。现在他们都把这当成演戏,当成他们在电影里看到的东西,所以才要配银饰的马刺和马笼头,哪怕为此倾家荡产,所以才要用留声机听他们在"蒙个马骝沃德"买的牛仔歌曲唱片。他们都不知道自己到底他妈是什么人了,不知道什么是梦幻、什么是人生。怨不得他要骑着马来检查,因为有一次,他在上午过了一半的时候来查看一个所谓的牛仔,发现他在木屋里听着唱片发呆,外面的牛群散得漫山遍野。也许是因为他的影子忽然挡住了那小伙子背后的阳光,小伙子从胡思乱想中清醒过来。接下来的几秒钟,留声机的喇叭里有人用浓重的鼻音吟唱着"像一块滚石"之类的屁话,然后小伙子伸出手把那玩意儿关上了。

他有点合不拢嘴了。"我骑了一晚上马。"他们总是有借口。要说什么事是你有十足把握的,那就是每个人都有某种借口。

"好吧,我跟你说,"菲尔轻轻说,"收拾起你的东西,打好包,赶紧走吧。"

那是去年九月。

现在又是新的一年了。

> 我告诉你,妈,当牛仔真是了不齐……

菲尔会处理这件事。但那孩子还是干了活儿的,灶是冷的,也许他只是需要一点时间,因为,看在上帝的分上,如今人都说"没有谁是一无是处的"!菲尔伸了伸懒腰,站在木屋矮矮的门口,凝视着辽阔的山谷,听着泉水在岩石上奏出欢乐的小调。他走进树林，回到坐骑身边，翻身上马，一路下山，来到新建的分界篱笆边，这篱笆是用来分隔本州土地和森林的。菲尔会把森林说成深林。"深林……"

他下马准备打开篱笆上的门。这是政府修的大门，门柱挂在一大块混凝土上，整个玩意儿非常沉重，恐怕要四匹马一起才能拉动。它比你一辈子见过的任何门都结实，但这是政府给你修的，而且是你，朋友，为它掏了钱。大费周章建这样一道门，左右却是普通的铁丝篱笆！他很想知道那些混蛋官僚办了多少手续，才最终让这道门的设计通过，那些混日子的工程师又浪费了多少时间、金钱和材料，才把这畸形的围栏给修起来！那门用一条长得过分的铁链拴着，自然又是政府的另一个乱花钱项目——看起来不是很多钱，但做上一千条，那些乌龟王八蛋就大有油水可捞了。天啊，你猜怎么着，菲尔的手指被那条铁链夹了一下，不过没破皮流血。

只是起了个血疱。

他听到一个声音，警觉地转过身。视野里出现了陌生的东西。篱笆远处有一匹马，套着不太像样的马车。他看到那边有个人戴着黑帽子，就他所知，只有印第安人才戴黑帽子。

"坐直坐好。"爱德华对儿子说，不过他没必要说，因为儿子早就坐直了，这是酋长的孙子将与白人对话时该有的样子。小男孩脊柱挺得笔直。他把帽檐往上推了推，露出额头。爱德华掸了掸黑帽子上的灰，又用手掌抚了抚，希望把它擦亮点。

他们先前一直在步行。看到那道大门边站着一个人，他们就上了马车。那个陌生人盯了他们足有二十分钟。

"他为什么待在那里？"小男孩问。

"也许他想看看我们是谁。"

"你会告诉他你父亲是谁吗？"

"会的，我会告诉他。"

"那他肯定就得让我们过去了。"

爱德华已经不在乎自己怎么样了。当他们把你们赶到保留地，把发霉的面包卖给你们，还不让你有枪，你已经无能为力了。他现在只希望能够维持儿子的信念，让他相信在这山野里，他们的姓氏还受到尊重，这个有魔力的姓氏能帮他们打开大门。又或者，简妮警告他少给儿子讲故事是对的？

不过说到底，在这片古老的土地上，还是有一些白人支持印第安人的，他们对印第安人的遭遇感同身受，为了印第安人在美利坚合众国的首都奔走。那是在遥远的东边，爱德华认识的族人中没有谁去过那里。他父亲的葬礼是有白人出席的，他们坐在贵宾席上，看着他父亲的毯子、鹿皮鞋、头饰、马笼头和窝棚按照习俗被烧掉。

这个男人会是其中之一吗？

爱德华潇洒地勒住了老马，仿佛是在骑一匹汉布尔顿纯种赛马。"你好。"他咧嘴一笑。他把缰绳交给儿子，然后有些僵硬地爬下马车。

菲尔什么也没说。

爱德华往四周看了看。"没下雨呢。"他说着,走向大门。

菲尔清了清嗓子。

爱德华的手放到了铁链上。

菲尔低声道:"你他妈的想去哪儿?"

现在,菲尔一步跨到了爱德华和大门之间。

爱德华转向儿子,儿子依然坐得笔直,挺着下巴,不让帽子滑落,以免有失尊严。"我和儿子出来露营。那是我……"

菲尔压根儿没看那孩子。他拿出一包烟草,然后——用他的话说——单手"打造"了一根卷烟。

"……我儿子。"爱德华说完了。

男孩的声音清亮。"我爷爷是酋长。"

菲尔点着烟,吹灭了火柴,把火柴掰成两截,用手指捏着被火烧焦的那一端。他吸了一口烟。

"他说的没错。"爱德华说。

菲尔站在爱德华和大门之间。"没错?什么没错?"

"我父亲,"爱德华·纳波说,"是以前的酋长。"

"是吗?"菲尔问,"那我跟你说吧。我他妈压根儿不关心他是谁。现在,说你。马上回到你那小破车里,跟你的儿子赶紧一起滚,你这破车能走多快就给我走多快。"

爱德华脸上的微笑锁住了,像是换不了表情。"我们只待几天而已,"他说,"这趟路对这马来说太远了,它得休息。这马很老了。"

"甭废话。"菲尔说。

于是爱德华转过身,回到马车边,不敢看儿子的眼神。儿子看着爱德华把手伸到座位下面,扭开了视线。但是,在这种情形下,父亲除了朝那个人开枪,还能怎么做呢?然后他们就可以进入大山,永远住在那里,两个人一起,两个被追捕的人。但是他们自由了,前所未有地自由!

爱德华转回身面向那个人,手里拿着刚从座位底下取出的东西,但不是枪。他拿出的是装手套的盒子。爱德华面前的这个人穿着简陋,而且没戴手套。爱德华微笑着,掀开盒盖,把盒子递了过去。

"就一两天?"他不知道回头怎么跟简妮解释。这些手套也许值三十美元。爱德华把装饰着大量珠子的长手套举了起来。"一两天,先生。"

"嘿,"菲尔说,"这手套挺好看的嘛。"

"值五美元的,"爱德华说,"两三天?"

奇怪的是,那人既没有伸手碰手套,也没有从大门前移开的意思。"上你的破车,往回走,"他说,"我不接受贿赂,也不戴手套。你挑错顾客了,老伙计。"

于是爱德华拿着那盒手套爬回了座位。他拉着老马掉过头,踏上了返回两百英里外的保留地的归途。爱德华不知道这匹老马还能不能走这么远。如果马死了,马车怎么办?他没法去看儿子,但是他说:"总之,我们看到大山了。我们看到了我父亲的大山。"

小男孩的帽子滑落到了额头上。

"我无能为力,"爱德华说,"你看到了,我无能为力。"

菲尔注视着他们。某种程度上,他是同情这些可怜虫的。他把外套从马鞍后面解下来,取出包在里面的午餐。刘易斯太太今天准备的午餐是一个苹果和两个厚厚的烤牛肉三明治。味道不错,但菲尔很渴,打算骑回泉水边润润喉咙。

伯班克家的牧场大宅是用巨大的木料建成的。从远处看去,它像是一战期间加州流行修建的那种一层半平房。但伯班克家这宅子是座肆意膨胀的平房。敏锐的人看到它会停下来,因为从远处看,一座平房看上去这么高大实在古怪。事实上,在那"半层"里,有一个浴室和六间宽敞的卧室,倾斜的屋顶下还有几个小空间,装着各种闲置的东西。屋顶伸出的部分盖住了一段宽敞的前门廊,彼得常常站在他房间的采光窗台上,视线越过屋顶,望向远处单调的长满三齿蒿的山,那里隔很长时间才会有一点点动静——一只灰鸟冲刺,或者一只棉尾兔跃起。眼尖的老鹰会从上空掠过,警觉地留意着死物、垂死之物和蠢物。因为山丘的遮挡,太阳每天照进窗户的时间很迟,陡峭的山壁让所有的声音都撞出回响。彼得能听见宿舍开关门闩的声音,帮工骂娘的声音,狗吠声,牛叫声,给电灯供电的发电机排气的嘭嘭声。在星期天还有帮工打靶玩的枪声,以及敲打马蹄铁的叮叮声。

西边的天空,积雨云爬上了山头。云的形状在微风中不断变化——一会儿像英格兰的版图轮廓,一会儿像动物,比如兔子。

"会下雨吗,乔治?"彼得听到母亲在问,她轻轻的声音从下方的门廊飘了上来,清晰得让人尴尬。

"闻着像。"乔治的声音响起,"不过我哪能知道呢。"彼得笑了。乔治说这句话的时候,总会把双手伸进口袋,看着自己的脚。

"我想把那些树种上,"母亲说,"再多种点草。你们家也奇怪,屋前这块院子也不怎么料理。"

"我母亲试过。这土壤不行。噢,她提过新英格兰的树。那里简直是树的国度。她叫人送了一些小榆树过来。用袋子装着运来的,但最后都死了。她还提起过一种叫杨梅的东西,说在雾里很好看。还有大海的声音。听她说着,你都能听到大海的声音。我以前会许愿,有时候。"

"许愿?"

"噢,许愿能看到她讲的一切。"

"我从没听过你说这么多话。"

"说来也是。露丝,也没人听我说呀。"彼得能想象到乔治此刻的微笑。

大屋前面,两棵棉白杨即将枯死,薄薄的叶子布满烟灰,仅有的一点生气也被贪婪的蚜虫吸走了。树的前方是一片已经变黄的草地,要灌溉这片草地,倒是可以把大宅边的水渠改道引过来,但如果水道太长,流水会自行找到秘密的洞隙,淹没地窖——会淹死里面的老鼠,或者一窝新生的小猫。

"肥料会有用吗?"露丝问。

"也许有吧。露丝,彼得开心吗?"

"彼得?"

"几天前我看到他在给树浇水。我在想他的事。"

"我觉得他是开心的。他肯定喜欢他的房间,你还把书柜给了他,你真好。"

"我不会忘记我是继父。我想继父得比生父更努力才行。我能想象,孩子没有理由喜欢继父,除非做继父的很努力。我知道如果我是孩子的话会怎么想。"

"他一直都喜欢探索。他喜欢到处走走。"

彼得听着,脸上没有表情。他就是到处走走的时候撞见菲尔的,赤身裸体的菲尔。他依然清晰地记得那白皙无毛的身体。那件事他没告诉母亲——这是自然——他有一种直觉,菲尔也没提起过。某种意义上,他和菲尔之间有了一种纽带——也许是仇恨的纽带,但彼得觉得不论哪种纽带都同样有用处。彼得曾跟母亲一起走到小山上,那里长着三齿蒿、苦根和涂了蜡一般闪着珍珠光泽的仙人掌花,他们还在其中发现了风铃草。"哎,我经常来这里散步。"母亲这么说。

"你在山毛榉的时候不爱出门散步。"他说着,瞥了她一眼。

"我忘了。我不经常走动吗?"

"是因为他哥哥吗?他让你紧张。"

她停下脚步,弯腰捡起一颗小石子。他认识的每一个人在听到真相时,都会把脸拧成一团。"让我紧张?"

"他走进房间的时候都不说话。他一进屋,气氛就冷了。"

"噢,彼得,他不跟任何人说话的。"

而现在,乔治在下面的门廊说着:"……在这里,我从来没有哪天下午过得这么愉快,就这么闲着。"

"你凭什么不能好好享受一下呢?我也不觉得你算是闲着,你把那些小树从后面搬过来了呀。也许我们需要一点肥料。"

"嗯,让我想想。"

彼得想,乔治是个好人。然后,他下楼去前门廊找他们了。他吓了他们一跳,因为他的脚步悄无声息。他开门关门也没什么声音。他本来想告诉他们,从楼上能清晰地听到他们的声音,但还是把这件事塞进了脑海的角落。他的世界需要秘密,他会把这些秘密储藏起来。

"彼得,你走路真安静啊。你穿的是网球鞋吗?瞧瞧乔治带来的小树。你能不能帮忙种上?我觉得我们可能需要一点肥料。"

"血,"彼得说,"血是最好的肥料。"

"啊,太可怕了!"露丝说。

"我听过这种说法,"乔治说,"想想看,屠宰栏外面的杂草长得那么高。都跟人一样高了。"

"如果你不介意的话,先生,我可以用独轮车去屠宰栏运一些土过来。那里面肯定有很多血。"

"噢,去吧去吧。谢谢你。"

他们看着彼得走向了大宅的侧面,想到他要穿着干净的裤子和白色的衬衣去铲浸满血污的土,感觉真是奇怪。一些地方的血还没有干透,散发着浓重的臭味。云朵挡住了太阳,空气中飘着清凉的湿气,仿佛在水边。"我有时真希望他别管我叫先生。"乔治说。

"那是他父亲的习惯。"露丝说。

"我以前真没遇见过这么整洁的男孩……"乔治说,"我想不通他为什么一点也不介意去屠宰栏挖……挖肥料。居然还知道血的事,不是很奇怪吗。"

"想当医生的话就不奇怪了吧。他就是有点……"

"有点什么?"

"呃,有点冷淡。你看,我是爱他的,但我不知道该怎么去爱他。我希望我的爱能为他做点什么,但他看起来什么也不需要。我觉得他父亲要是能冷淡一些,当初会更成功。"他们看着云朵逼近。"能不能把毛衣递给我?谢谢。说'冷淡'可能不准确。超然?我没有批评他的意思。也没有要批评约翰。约翰是个好人。"

"我听说过。"乔治说,"我听说他不会追讨诊疗费。真是好心。"

远处传来了隆隆的雷声。"可能要下雨了。"乔治说。

"附近有闪电的时候,你都能闻到。"露丝说。又一声雷鸣响起,轰隆隆的回声还没结束,露丝就说:"又是那辆印第安人的马车。"

"马车？什么印第安人的马车？"

"噢，说来有趣，今天上午，我看到他们从石头堆背后的路上绕了过来，乔治，他们一边牵着一匹老马，一边聊天。我看着他们，他们就停下来，上了马车，目不斜视地从这边过去了，然后到了那边的小山顶——看到了吗？——他们从那边回来了，还是牵着那匹马。"

"我猜，那么做大概是出于自尊心。"乔治说。

"但你觉得他们是去哪儿了呢——今天上午，我是说。不管是去哪儿，他们显然没停留太久。他们又是从哪儿来的呢？"

"我猜他们是从保留地来的。等我去拿望远镜。"他拿来了望远镜。

"保留地离这里得有两百英里吧。"

"反正，我觉得他们是想在大山里露营。你知道，他们是不准离开保留地的。"

"凭什么呀？"

"因为他们会——呃，会骚扰到别人。要是他们当中有一个人回来骚扰别人，他们所有人就都会回来骚扰别人了。"

乔治一直观察着他们。门廊旁边丛生的蛇麻草里，风在低语。他们坐在那里，乔治一直观察着，然后把望远镜递给露丝。"我之前没发现，当中一个是小男孩。"露丝低声道。

"是吗？我看他大概十一二岁吧。印第安人住在这儿的时候，他还没出生呢。他不会记得这里的山野是什么样的。"

"那么，戴黑帽子的应该是他父亲？你觉得，会不会是父亲带儿子回来看看这个地方?"

"我觉得是。"

"那他们在山里停留的时间真短呀。"

"他们可能根本没进到山里去,我猜。"他咳了一下。

"为什么?因为马太老了吗?"现在那两个印第安人已经路过了大宅,过几分钟就会消失在石头堆后面。

"菲尔今早过去查牛仔的岗了。我猜他把他们赶回来了。"

"把他们赶回来了?他们可是赶了两百英里路啊!他为什么要这么做?"

"呃,就像我说的,如果他们有一个人回来……而且菲尔从来都不喜欢印第安人,不管是什么身份的印第安人。"

"不管是什么身份?什么意思?"

"我没猜错的话——望远镜给我——那个大人应该是老酋长的儿子。"

"老酋长的儿子!"

"老酋长在印第安人迁走前就死在这儿了。他们把他埋在了那块滑岩下面。我们有时会看到那座坟墓。去那边野餐的时候。"

"我猜他们是想去看看那座坟墓。"露丝忽然站了起来,"乔治,你能想象那个小男孩的感受吗?"

"感受,露丝?"

"一个白人可以赶走他的父亲,即使他父亲是酋长的儿子。想想看。他这辈子都忘不掉。"

"呃,我猜你说得对。但严格来说……"

严格来说如何，她没有听到，因为她飞快地下了台阶。一个帮工从外面骑马回来，看到她像疯了一样跑着，嘴里喊着什么。

她的鞋并不适合走路。高高的鞋跟让她东倒西歪。她一路跌跌撞撞跑着，朝印第安人大喊："等一等，请等一等。"她追上他们的时候上气不接下气，费了好一会儿才缓过来。"我上午看到你们了。"她说。那个老印第安人脱下了帽子，但小男孩坐在那里，眼睛从老马的两耳之间看过来。"我当时应该出来见你们的，"她说，"但是我不知道你是酋长的儿子。"

爱德华·纳波说话了："你认识我父亲？"

"我丈夫认识。你看啊，如果你们在我们这儿露营，我们会很荣幸的。呀，我们真的会很荣幸。"爱德华·纳波低头看着她，一个小个子的可爱女人，恐怕没法帮男人养牛、下厨或者做手套。或许，看着她的脸，你就知道如果她得经历严酷的寒冬，她应该挺不过几个冬天。"谢谢你，"爱德华说，"我儿子和我，我们非常荣幸在你们这儿露营。"爱德华掉过老马的头，小男孩看着父亲，一脸骄傲，又正了正帽子。

马在走速步的时候，四条腿是对角同步的——左前腿和右后腿同时迈步。这是一种麻烦的步法，你骑的时候要能掌握特定的姿势和节奏，要能踏着马镫站起来，用膝盖的动作抵消马的起伏，而且，不管你怎么努力，你还是会上下弹动，像恶作剧用的盒中弹簧玩偶。

而马在走对侧步的时候，四条腿是单边同步的——右前腿和右后腿同时迈步。这是一种轻松的步法，很轻快，你只需要坐在马鞍上，让身体顺应马的晃动。随便哪匹马都会走速步，会走对侧步的马却很少。菲尔的栗色马就是一匹杰出的、能平稳地走对侧步的马，每一脚蹬出去都带着控制得当的力道，让菲尔联想到活塞的运动。他沿着峡谷疾驰，直着身子高高地坐在马鞍上，间或踏着马蹬站起身放松，闻一闻正在逼近的夜的气息，那是岩石和土壤冷却下来的气味。山里下雨了，菲尔遇上了那一场倾盆大雨的尾声，但他觉得弄湿一下也不错。湿气锁住了新长出来的三齿蒿的气味，还有路边野玫瑰的花香。菲尔一直喜欢某些气味。路边，小溪水拍打在石头上，野樱桃树开了白花。一只鹿跳回了树林里，缩着身子，愚蠢地以为自己躲好了。

菲尔在泉水边润了喉咙之后，又去了小木屋里等着，住在这里看牛的年轻牛仔仍然没有回来，所以也许这个小伙子最后还是能成的。菲尔小心地不碰触屋里的任何东西，以免暴露自己来过的事实。通往木屋的羊肠小道隐在树林里，非常难走，也不会留下脚印。菲尔很快会再来查岗的，也许会是白跑一趟。但浑小子写的那封信意味着他可能会对这份工作掉以轻心，以为当牛仔跟玩一样。

菲尔心情不错。他抄了一条近道回牧场——从后面穿过牧马的草场，这也意味着途中他得下四次马，去打开那些粗糙的"摩门教徒的"大门，那是旱地农民用铁丝篱笆做的门，拦在马车道中间。那条马车道在菲尔小时候就很古老了，却没什么人走——现在有四道门在中间挡着，路上更是长满了丛生的禾草。有时菲尔会故意把那些门敞着，来表示他对修门的人的态度。那些傻子看了铁路公司的宣传册就上了当。那里面描绘的美好未来吸引了瑞典人、荷兰人和鬼知道什么人。占一块地！种上麦子！哼，上钩的人可多了。他们从政府那里领了一块半块地，买回种子，犁地，播种，等着几乎从不落下的雨水。现在没剩几个人了。他们爬回了矿井和工厂，他们原本所在的地方。整个乡间你都能看到这些人住过的棚屋，风吹日晒，里面摆着生锈的床，床上曾经有一个男人和一个女人睡觉、相爱。他们用来糊墙的报纸已经褪色。你会看到某个孩子的洋娃娃摆在角落。那真的会让你多想。某种程度上，你不得不同情这些可怜虫，他们也是人啊。

但菲尔不能原谅的是，这些人一开始就不用用脑瓜子，不好好调查调查。

他的手背在最后一道门上刮了一下，并无大碍，没有流血，但这足以让他警惕其他不愉快的小事。他发现，在自己的人生中，这样的不愉快往往会引起另一件不愉快。果不其然。当他趴在马鞍上避免柳条打到头的时候，一根柳条巧妙地抽到了他的鼻梁。他抓住那根柳条，把它折断了。

现在，他骑马穿过牧马草场上的柳丛，走到了离他洗澡的地方不过一百码的位置。在猫尾草和小糠草长得又好又密的空地上，他忽然拉住了栗色马的缰绳。

他不敢相信自己的眼睛。

除了自家放牧的马群，那里还有一头孤零零的印第安马。菲尔勃然大怒！他修长身体里的每一块肌肉都绷紧了。他闻了闻空气。他转过头，看到溪边柳丛拐弯的地方，印第安人支起了帐篷，还生了一堆火。缕缕青烟飘在柳梢。

好嘛，菲尔立刻骑了过去。坐在高高的马背上，他低头看着。那个印第安小孩不在视野里，大概是在帐篷里，或是在灌木丛里窥探。那个老印第安人背对着菲尔，并没有马上回过头来，尽管他肯定听到了菲尔靠近的声音。老印第安人大概想把不可避免的事情拖到最后一刻，有些人会这样。老印第安人在那新生的火堆旁弯着腰。火堆的两边竖着两个柳条做的木叉，上面架起一根棍子，棍子上挂着一个破旧的铁桶，就是可以用来盛装车轴滑脂的那种桶。桶里的东西菲尔看着闻着都觉得是鲜肉，鲜牛肉。

好嘛，这老印第安人明明看上去还挺胆小的。

菲尔开口了。"我不是叫你们回去吗？"

"但是那位女士……"老印第安人说。

"什么但是那位女士？"菲尔问。

"大宅里的那位女士。她让我们来这儿露营。"

菲尔不禁轻蔑地哼了一声。"所以，是大宅里的女士说的？好嘛，赶紧开始收起你的帐篷吧。"

菲尔把马掉过头，用对侧步骑到谷仓的后门。

这间用粗壮树干建成的谷仓很深，两边都有巨大的门，里面很潮湿。菲尔把马牵进去的时候，那一阵清凉的昏暗让他的眼睛一时间看不清东西。他解下马鞍，挂到了钉子上。他开始牵着马往后门走的时候,那马退缩不前,直到缰绳拉紧,菲尔不得不狠狠地扯了它一下。栗色马在谷仓后边被松开后,在尘土里蹬着腿,菲尔则大步重新穿过昏暗的谷仓,眼睛还在适应黑暗的时候,差一点撞到乔治身上。

乔治是双筒望远镜的忠实用户。自打他记事起,就有一副上好的博士伦望远镜,妥帖地收在盒子里,放在客厅书柜的顶上。同款望远镜一副接一副地失踪,也许是被离开的女仆或厨子装进了纸板旅行箱,因为双筒望远镜既值钱,又便于携带。不过乔治仍然总是把望远镜大大方方地摆在书柜顶上,因为,如果藏起来,就等于在怀疑别人要犯罪,一桩他不能理解的罪。所以,相比去做那样痛苦的思考,直接买新的望远镜要轻松得多。他有时会花上一小时在窗边,观察牛群马群的活动,判断远处雪堆的融化速度,留意着森林里是否起了火。而今天,他在楼上窗口看到菲尔骑马飞奔。看见菲尔勒住马去跟印第安人交涉时,乔治马上下楼,拿起帽子和手套,赶去谷仓等菲尔。菲尔生起气来,脑子里想什么就会说什么,不管旁边有谁,帮工也好,厨子也好,家人也好,客人也好,朋友也好。某种程度上,乔治觉得菲尔没错——有话直说,不拐弯抹角。菲尔因为拒绝沉默,便有了压倒性的优势:由于畏惧激烈的场面,害怕他说出可怕的事实,人们在跟他当面对抗前总要三思——但哪怕是对着老先生和老太太,他也能说出可怕的话。

所以，如果他要因为印第安人爆发一场，这事最好发生在昏暗的谷仓里。

"他妈到底是怎么。"菲尔差点撞到乔治后说。跟以往一样，菲尔烦躁或愤怒时，总是故意用错误的语法。"他妈到底是怎么印第安人在后面瞎弄？"

"别激动，"乔治低声说，"我跟他们说的，是我告诉他们可以在这里露营几天。"

"你跟他们说的？"菲尔退了一步，上下打量着他。"天啊——你他妈是不是脑子坏了？"

"他们不会造成什么损失，"乔治说，"我想，现在是一九二五年了，我们不怕打不过印第安人了。"

"你真会说呀，小乔治？真是幽默，真是讽刺，啊？但你能不能动动你的猪脑子？"

"这没什么，菲尔。别激动。你得考虑别人的感受。"

"别人的感受？谁的感受？你到底是说谁的感受？"

"首先是印第安人的感受啊。那个印第安小孩。"

菲尔再次用那双从不错过任何东西的蔚蓝眼睛打量起了乔治，嘴角一翘，露出微笑。"你怎么忽然就爱上印第安人了？真让我觉得好笑。"然后菲尔笑出声来。"有时我真是恼火，一个人怎么可以盲目到这种程度，小乔治。"

乔治靠在畜栏上。"你什么意思，菲尔？"

菲尔的笑声有一种要将人撕裂的冷意，不光是在嘲笑乔治，也是在嘲笑大宅里的那个女人，那个必须离开的女人。笑完之后，他猛地低头。"什么时候好好瞅瞅你自己。照照镜子，好好瞪大眼睛看看你这副尊容。然后再问问自己，你老婆为什么要嫁给你。"

乔治眨了一下眼，却始终直视着菲尔。"你爱怎么想就怎么想，菲尔。"他说，"但印第安人要留下。"然后，乔治转身走出了谷仓。但是，噢，菲尔太知道怎么刺痛别人了。天啊，他太会揭伤疤了。

第十一章

刘易斯太太成为伯班克家私厨的很久很久之前,林子里的一棵树压倒在刘易斯先生身上,杀死了"年富力强"的他。刘易斯太太希望有一天能和他在她称为"永恒家园"的地方重聚,但这段被中断的关系令她满嘴都是尖酸的话语、痛苦的观察和冷漠的格言。

"吃完的水果忘得快。"她会忽然抬头说,双手在布满伤痕的镀锌桌面上无情地拍打着做面包用的面团。"如果我们只看得见眼前的东西,"她常常说,"最深的河也不算深。"

露丝某次发出了一声不确定的轻笑。"世界不至于那么糟糕,刘易斯太太。"

"你真的这么认为吗,伯班克夫人?"刘易斯太太问。

"世界真小。"有一次她说着,迈着沉重的脚步走到炉灶边。她那双沉重的黑鞋故意切开了,好让患拇囊炎的脚趾透透气,这病是多年来在陌生人家帮厨、在各种地板上走来走去积下的。她把一封信扔进了炉火,看着信纸蜷曲、消失。"刘易斯先生的一个朋友寄来的。"她解释说,"他跟刘易斯先生一起喝过酒。世界真小。"

她讲了一些"坏"女孩的故事吓唬萝拉,说她们最后死在了棚屋和火车站中被人落下的行李箱里,还讲了一些她认识的人的故事,有些是朋友,有些是敌人。为了提醒萝拉,她说有个女人肚子里长了绦虫,那绦虫在她吃饭的时候爬进了她的嗓子。刘易斯太太讲完故事时,会慢慢地眨一下眼,像乌龟那样。

因为修建联邦公路,一片墓地必须迁走,需要把棺材都挖出来。刘易斯太太的一个朋友就在其中一具棺材里。一个笨手笨脚的拖拉机司机不小心用铲斗破开了棺材,于是大家发现,棺材里那个女人的头发在她死后仍在生长。

"整副棺材,"刘易斯太太惊叹道,"全都是她美丽的金发,只有末端几寸是灰色的。"

萝拉来伯班克家以后,拿到第一笔工钱就去订了《真浪漫》杂志,那是她父亲禁止她阅读的杂志。有一次她向另一个女孩借了一本来读,被父亲发现了。他让她站在那里,当着她的面,把杂志一页一页撕碎了。她感激的是他没有拿鞭子抽她。

她和露丝两个人常常独自待在大宅前面,于是她们成了朋友。这段友谊大概始于萝拉问她,人们说的那些关于电影明星的事是不是真的。跟宿舍里的男人一样,她也相信,只要是印出来的话都是真的。她相信,人们如果印出假话,就会被关进监狱。

"比如什么样的事呢?"露丝问。

"呃,有一个大明星,"萝拉说,"达琳·奥黑尔。"

"嗯,我听说过。"

"呃,杂志上说——"萝拉脸红了,"说她用牛奶洗澡。"

"我确信那是真的。如果她没有的话,我想不通人们为什么要这么说。"

"我父亲绝对不会容忍这种行为。"萝拉说。

"我想你父亲是对的,"露丝说,"人一旦开了这种头,后面就没有止境了。会越来越不像话。"

"肯定的,"萝拉忽然激昂地说,"我父亲很严格。"

她经常提起父亲。他会上山毛榉的教堂,她说。有一次家里的狗在大雪暴中不见了,她父亲大半夜出去找到了狗。狗是被捕兽夹困住了。有一次,萝拉说,几个生病的瑞典人没有钱,她父亲就分了自家的一点肉给他们,因为他说上帝会供养人们。

"然后你知道发生了什么吗?"萝拉问,"一只鹿直接跑进了院子。直接跑进院子,站在那儿,看着我父亲的眼睛,请求被射死。"

每个星期她都会写信给父亲,露丝有些担心的是,她父亲从来没回过信。终于有一天,她问:"你父亲经常给你回信吗?"

"噢,不会,"萝拉说,"我父亲一直没学会写字。他也读不了什么东西。得靠孩子把信读给他听。不过我母亲读读写写很厉害。"

"那是她教你的?"

"对呀。我还没上学的时候,她就教我啦。她已经死了好多年了,伯班克夫人。你知道我父亲怎么说吗?"

"怎么说?"

萝拉站在那儿,手里拿着一块软塌塌的抹布,眼睛望着长满三齿蒿的山面。"他说我母亲本来可以不死的。"

"那是什么意思?"

"医生不愿意来给她看病。他知道我们家没钱。噢,我们家从来都没钱。父亲说,要是以前那个医生还在,母亲就死不了。"

座钟嘎吱嘎吱转起来,准备敲响上午十一点的钟声。"以前那个医生叫什么?"

"叫什么?叫什么来着?"座钟响了起来,淹没了萝拉的声音。露丝看向窗外的大路。几个小时前,她站在门廊上,看着老里奥消失在了斜坡的坡顶。更早一些,她看到了奇怪的一幕。当时乔治没听见她走进了卧室,而她看到他在浴室里照着镜子。他已经刮完胡子了,只是站在那里,看着镜中的自己。她悄悄地走出了房间。然后他走出来,已经穿好了进城的行头。他没有叫她跟他一起走。她不明白是怎么回事。

"他的名字,"露丝问,"是不是戈登医生?以前那个医生?"

萝拉震惊地看着她。"对,就是这个。那么你也认识他咯。"这样的巧合令萝拉瞠目结舌,甚至让刘易斯太太那些可怕的故事都显得可信了。"约翰·戈登医生。"

露丝张着嘴,仿佛她刚刚听到自己的名字被一个鬼魂叫了出来。"约翰。"

"世界真小。"萝拉感慨道。

是的,露丝想。太小了。

现在,菲尔骑着踏对侧步的栗色马从斜坡上过来了。今天,乔治不在,她必须跟菲尔谈谈,而她已经感受到了那种恐惧,在最近每一次感到这样的恐惧之后,她都会饱受头痛的折磨。

她此刻头痛吗?医生曾经问她。

不,她说。此时此刻不痛。

她能不能描述一下头痛的感觉?

她说,疼痛来自眼睛的正后方,那股压力仿佛要把她的眼睛从头颅里推出来。

啊,明白了。她是不是经常读书呢?

最近没有。不过确实,她过去经常读书。她时常给丈夫读书,给儿子读书。"我第一任丈夫。"她解释说。

医生遣她去找大厅对面的验光师。"我小舅子。"医生指了指。

那个迷迷糊糊的小个子验光师让她读出一些大大的字母和一些小小的字母。他拉上窗帘,拿手电筒照她的眼睛。然后他把她遣回医生那里,附了一张医嘱。

"你的饮食习惯怎么样,伯班克夫人?"

她想不出自己有什么不一般的饮食习惯,唯一能想到的就是她不怎么吃早餐,然后——呃,她几乎从来不吃早餐。

这样啊!饥饿会导致头痛。她有没有留意过,头痛是不是常常发生在午餐之前呢?

确实如此。她常常在快到中午时头痛。

"你得吃丰盛的早餐才行,伯班克夫人。早餐是一天之中最重要的一餐呀!我可以向你保证……"

帮工在早上六点吃早餐,乔治和菲尔跟他们一起,在后面的餐厅吃燕麦、煎饼、火腿和鸡蛋,喝咖啡。饭后他们会坐上十分钟,抽烟剔牙,这时乔治会下达指令,安排当天的工作。然后帮工就陆续出去了,抽着烟往宿舍走,或是还在剔牙。他们会带几块冷掉的煎饼喂狗,狗会跳起来嗷嗷叫。

以前老先生和老太太会在早上八点的时候,在前面的餐厅吃早餐。他们面对面坐在长长的餐桌的两头,用教养良好的腔调与彼此交谈。他们会吃蛋饼,夹在吐司里、涂着奶油的牛肉片,咸鲭鱼和煮土豆。有时会吃草莓或葡萄柚,都是这乡下鲜有人知的美味,是花了大价钱、冒着冰冻的风险从盐湖城运过来的。吃完以后,他们会用餐巾碰碰嘴唇,再碰一碰洗指碗的水面,擦擦手指,叠起餐巾,卷起来插进银制餐巾环里。这些小仪式能稍微削弱他们感受到的诅咒,这种诅咒来自窗外的风景,来自长满三齿蒿的山,来自严酷的冬日天气,来自一个有时会令他们惊骇的事实:波士顿远在三千英里之外。他们从来不敢跟彼此交流自己对这种生活的疑虑,都寄望于对方的信念,相信他们这么多年的选择,即使没什么收获,也至少是合理的。每一天早上,吃完早餐,桌子收拾停当,太阳从山后爬上来时,二人当中会有一人开口说话。

"看来今天天气不错。"

或者,"看来风暴要来了。"

或者,"嗯,风暴肯定快结束了,你不觉得吗。"

然后老先生会把双手背在身后,开始在地毯上踱步,身子挺得笔直,像军人一样。

一步,一步,一步。流畅地向后转。一步,一步,一步。他会注视着自己的脚,看着它们一步一步迈动、向后转。

老太太会逃进她的粉色房间,在躺椅上躺一会儿,如果房间里暖和的话。还会望一望远山,或者做一做女红。她写了数不清的信寄去东边。

人们经常困惑,不知道他们俩为什么要来西部,毕竟他们连赫里福德牛和达勒姆牛都分不太清,既不骑马,也不打猎,只会操心他们的小仪式。

她决定不把关于早餐的医嘱告诉乔治。他可能会建议她来桌边用餐,像他母亲那样。但是仆人的服务让她窘迫。萝拉奉上豌豆或甜菜时,她常常能感受到菲尔的眼神,知道自己笔直僵硬的姿态有些难堪,知道自己没有萝拉以为她有的那种气度。所以她每天早上只是去厨房吃一碗燕麦了事。

医生也许说对了。

她的情况暂时稳定下来,像是走钢丝暂时取得了平衡,但下面没有能接住她的网。

然后那种头痛又发作了,而且来势汹汹。剧痛令她的眼泪唰唰往上涌。有一件事医生说对了:头痛总是在吃饭之前发作。她又吃起了阿司匹林,吃起了止头痛药。她用手指使劲按着太阳穴,想要阻断神经。

约翰尼·戈登生命最后的那段日子里,在他发誓戒酒之后,有一次她发现他在倒酒喝。他当时吓了一跳,眼神像是被人逮到了赤身露体。开口说话时,他结巴起来。他的结巴让她很惊讶,因为她从来没有批评过他。"我有一颗坏牙,"他解释说,"疼死我了。"

他说的是真话。那颗牙后来拔掉了。

现在,为了获得同样的缓解疼痛的效果,她走到餐厅,拿起藏在瓷器柜里的钥匙,打开了酒柜。她在那扇小门前弯下腰,没想到自己的心会跳得这么快。萝拉的脚步声在楼梯上响起。她赶紧直起身,站在那儿,直到萝拉走进厨房。然后她又弯下腰,赶紧拎起一瓶威士忌,藏在胳膊弯里,进了浴室。她锁上浴室门,大口灌起酒来。这番动作让她气喘吁吁。她用指尖拼命按着太阳穴,黑暗的脑海里闪起了白色的火花。

酒确实有效。她相当平静地看着洗脸盆上方镜子里的自己。唯一能与这种头痛相比的是分娩的疼痛。她不太记得生孩子的痛苦了。肯定没有那么尖锐,也绝不像这头痛一样永无止境。

午饭吃得很愉快。

"呀,你今天看起来很开心的样子。"乔治微笑着,在客厅里站了一会儿。他瞥了一眼餐厅的方向,见没有人,便低头亲了她一下。

"我很开心。"她嚅嗫着。乔治吹着口哨走开了。

萝拉收拾完餐桌之后,露丝把酒瓶和钥匙放了回去。她心里想的是,用这样的羞耻感来代替那种要命的疼痛不太值得。至少她当时是这么想的,而这么想的时候,她的头并不疼。她决定再也不去拿酒了。

头痛再一次发作时,她的决心受到了考验。她开始漫无目的地在长满三齿蒿的山上漫步,想利用新鲜空气和体力活动缓解痛苦。这样的漫步是有用的,一开始有用,然后,在一次漫步中,彼得在前方高高的三齿蒿之间发现了一条小径的时候,她明白了自己的症结所在。彼得当时说,他哥哥让你紧张。

也许他在父亲的书里读到了,紧张会让人的脑袋痛得快要裂成两半。可她保持了沉默,因为,为什么要给彼得增加负担呢?他希望相信她是快乐且受人尊重的呀。但是,每一天上午她都担心午餐,每一天下午她都担心晚餐。想到要跟菲尔坐在一起,想到他的沉默、他的粗陋、他挠来挠去的手指和不停吸鼻子的声音,想到他绕过她跟乔治说话的情景,她就感到一阵恶心。他把椅子拽出来跨上去的动作让她困扰,而且他老管牛肉叫"一片母牛"。如果这些是她头痛的原因,那尽头在哪里呢?唉,根本没有尽头。令她颤抖的疼痛不会有尽头，只会让她又一次走向餐柜，一心想着威士忌那么难买到，她要怎样才能搞到新的换进去。老是往酒瓶里灌水的话，能瞒乔治多久呢？等他哪天给来访的朋友倒酒，就会发现了。

哪里有尽头呢？当疼痛再次来袭，让她眼睛都看不见了，连跟彼得散步都毫无缓解的时候，她能怎么办？她知道，解脱的手段就潜伏在一扇小小的上了锁的门后边。

她和乔治跟他哥哥住在同一栋房子里是多么不自然呀！这样从来都行不通的。到处都能读到类似的故事，到处都能看到这种生活方式的结果。但她怎么能挑战乔治对哥哥的情感，对家人的情感呢？要是菲尔能理解，能去建一座自己的房子就好了。如果必要的话，那房子可以建在附近，设计得更符合他的需求。她理解，菲尔对她的存在同样感到不开心——但是，如果要让她和乔治另外去建一座房子就太荒诞了，菲尔哪有必要住一套有十六个房间的大宅呢。不，不，菲尔根本不可能搬走，他们夫妻俩也不可能搬走。不管怎样，她必须跟菲尔谈一谈，再次尝试跟他建立友谊，让他明白。毕竟，他是人类呀。他不是人类吗？

但她到底必须让他明白什么呢？明白他太粗鲁污秽，有些侮辱人？要是这番"谈话"之后他去跟弟弟说，她骂他粗鲁污秽还侮辱人呢？乔治会原谅她吗？上帝知道，血浓于水。而夫妻之间并没有血缘关系。

接下来几天，她忽然觉得自己脑子可能有点不正常，换成另一个女人，或许根本就对菲尔的言行举止无动于衷。她又不是嫁给菲尔。她开始在脑海里编排准备说的话，决定要轻声细语，要通情达理，而她想了许多种方案，每一种都是这样开头："菲尔，你为什么不喜欢我？"

在她的想象中，他会回答，"不喜欢你？我不明白……"

乔治也说过，菲尔不跟她说话看似古怪，其实他只是"一向如此"。

然后，在她的想象中，菲尔会凝视着窗外——他们的谈话会是在客厅里进行——最后微微一笑，伸出友谊之手，然后问题解决。她会开心地接受他的友谊，不再在意他乱糟糟的头发，不再在意他身上散发的奇怪臭味，不再在意他从桌下用力拽出椅子的声音，不再在意他戏仿她弹钢琴的古怪举动——最重要的是——不再在意他没洗过的手。那双手！菲尔就是这样一个人！他完全有权利弹他的班卓琴！是她紧张得有些精神不正常了。这种头痛本身就不太……

但是，每当她一个人待在客厅，这个她计划发起谈话的地方，乔治不知去了哪里，彼得在房间里学习——每一次她都会失去勇气，像在悬崖上摇摇欲坠。像在走钢丝，但下面没有网。她会惊异于自己竟然胆敢考虑靠近菲尔。

他也只是人，她不断告诉自己，只是另一个有着秘密问题的人。但她像在悬崖上摇摇欲坠，像在钢丝上战战兢兢，她知道他远胜过普通的人类，或者远不如普通的人类；没有什么人类的言辞能够打动他。

安全地待在粉色房间里时，她重获了一些信心，又排练起对话来。但只要一看到他或听到他的声音,她就会丧失勇气,感到恶心和空虚——不管是他的一瞥,还是他的双眼,抑或是他用力关上一扇门或猛地翻开一本书的动作。她害怕他忽然发出冰冷的嘲笑声。他去看望帮工的时候,宿舍里曾经传来那种笑声,像锯齿状的锋利玻璃,像尖锐的闪电。那是在笑她,还是在笑她儿子?而现在她又跟他结了新仇,因为那些印第安人。

但是天啊,对那两个印第安人,她又能怎么办呢?她不过是给了他们一点草来喂老马,一点土豆,还有一点点反正吃不完会放坏的牛肉。在夏天,肉的浪费是惊人的:牧场总有整整四分之一的牛肉变质,被扔出去给喜鹊、狗和野猫当大餐。这是一方面。另一方面,直接赶走印第安人,对那个小男孩是一种羞辱。她没有开口为他们说话,已经很懦弱了。不过,菲尔对她的态度跟印第安人事件之前没什么两样。

她只有一次机会跟菲尔谈谈,如果她能鼓起勇气的话。而勇气的来源就在那扇上锁的小门后边。也不完全是。上一次她去拿酒时,便用毛巾包住一瓶酒,藏在了浴室的衣篮里,因为她觉得乔治不会发现少了一个瓶子。把瓶子整个儿拿走,总比给瓶子灌水这种危险的权宜之计安全多了。她之后会把酒补上的。

她告诉自己:跟菲尔谈过之后,她将不再隐瞒。谈话之后,她会主动把自己古怪的偷窃行为告诉乔治。

乔治不在餐桌边时,吃饭总是很尴尬。不管他在不在,他的位置总是会摆好餐具,而当天的肉就放在他的位置旁。因为老先生走了之后,一直是乔治负责切肉。每天上什么肉是有固定模式的，根据餐桌上出现了哪个部位的肉，机灵的人就能判断那头母牛宰了有多久——母牛，是的，因为他们从来不宰公牛；公牛在市场上更值钱，肉也并不比母牛肉好吃。

他们说，唯一吃不腻的肉，就是牛肉。

宰杀之后，也许就在当晚，牛肝会被切成片，煎到边缘卷起，跟洋葱和培根一起端上餐桌。然后是牛心，里面塞着面包，烘焙出来。牛肋能放很多天，可以煮，可以炖，浸在融化的牛油里。接着是一个星期的烤肉——大概三十来磅。最后是牛排，无情地油炸之后洒上大量番茄酱。牛的前半截很少上餐桌，因为等到后半截吃完，苍蝇往往已经钻进裹牛肉的白布，前半截就别想吃了，会沦为蛆的盛宴，或者飞禽走兽的美餐。

在那栋木头大宅里，人类的对话是讨人厌的，是傻子的闲谈，是笨蛋的唠叨。也难怪之前那些胆小的人只敢聊聊卷心菜和风的速度。

露丝甚至不能跟彼得说话了，但她对自己辩解，这可能是因为他十六岁了，是个小男子汉了。她不能理解他为何能对一个不确定的未来如此投入，也不理解他为此做出的种种。他用水淹地鼠洞，抓到了两只地鼠，装进两个小箱子，用布盖着。她无法想象拿地鼠当宠物，但他似乎喜欢它们，把它们带进了房间。萝拉去给彼得铺床的时候吓了一跳；她报告说，那两只地鼠很健康——"可爱的小家伙"。后来，因为闻到了"奇怪的气味"，她寻过去，发现两只地鼠死了，被剥了皮，尸体躺在报纸上，小爪子伸向天空。

"你不应该在房子里这么做,"露丝对彼得说,"不能,我是认真的。"

他微笑着,用手揽住了她。"如果一个男人永远听妈妈的话,又能走多远呢?"

他真的长大了,她想着,看了看自己的手。她能不能打听一下他带上楼去的那只兔子的命运呢?

在木头大宅里,讨人厌的不只是人类的对话,还包括任何忽然响起的声音。连后面餐厅门边的三角铁清亮的叮当声,都会让露丝的心跳猛地加速。现在,乔治出门参加银行会议的几小时后,三角铁又响了。

帮工拥进了后面的餐厅,她听到他们闷在房间里的大笑,笑声盖过了某个喋喋不休的男人的声音。萝拉提起过那个男人,说他是疯子,他有时会在后面的餐厅逗留,说甜言蜜语给她听。

"我都想死了,"萝拉向露丝报告,"啊,他真的是个疯子。"他的疯狂让她更加细心地打理起了头发,煤油灯在卷发钳下长时间燃烧着,头发烫焦的气味顺着楼梯飘下来。在月光下,那个年轻人告诉她自己存了钱。他会去芝加哥,萝拉说。他会去杂志上登过的一所学校,在那里修无线电,赚很多钱。

萝拉打开通往前面餐厅的门,把一大块烤肉端到了乔治空荡荡的座位上。后面餐厅里的笑声跟着她飘了进来。"都上齐了。"她喊了一声,敲了敲门旁的三角铁。

这是最后一次,绝对是最后一次。为了鼓起勇气,露丝喝了杯酒——呃,一早上下来喝了三杯,才下定决心。她用薄荷盖过了酒味。但彼得下楼的时候,她还是跟他保持着距离。为了方便整理,他把头发打湿了,现在还没干。她感觉到一种舒适的平静。"你在上面做什么呢?"

"在弄一只兔子。"他说。

"菲尔还没来。"她不得不再做一次决定,决定她和彼得是应该进去坐下,还是等等菲尔——是跟儿子一起坐在餐桌边占据优势,还是出于礼节先等待呢?她忽然产生了一点尖锐的不满,不满乔治不叫她一起出门,留下她做这个荒谬的决定,但她把这股不满熄灭了。她进不进去有什么要紧呢?但整个世界的命运好像都悬于其上了。她、乔治和彼得过的是怎样一种人生,竟然连这样的小事都显得至关重要?这种生活太过狭窄,她每天晚上都在为第二天穿什么而焦虑;她每天都盼着看马车在路上经过,看尘土飞扬;她害怕星期天,因为星期天什么动静也没有,没什么可看,没什么能阻止她想到菲尔在房间里——虽然没有任何动静,但就在那房间里,关着门。她感觉脖子被卡住了,泪水忽然刺痛了她的眼睛。

外面的三角铁静了下来,帮工都开始准备用餐。她站起身,瞥了一眼彼得,他正在翻阅一本杂志。他用非常奇怪的眼神看了一下她。

他为什么这样看她?她做了什么?为了检验自己的权威,她忽然尖锐地开口道:"彼得,我跟你说了我不希望你——对兔子做那种事。不能在这房子里。这要求不高。"然后她意识到,兔子的问题并不比马车经过更重要,不比明天穿什么更重要。"我们去餐桌边吧。"

于是，菲尔来的时候，他们已经坐在了餐桌边。

他瞥了他们一眼。他拖出了乔治的椅子。他跨到椅子和桌子之间，切起肉来，递给彼得，彼得递给了母亲。菲尔又把一个盘子推向彼得，拖出自己的椅子，跨过去，坐下。一个字也没说。菲尔嚼着肉，用蔚蓝的双眼看着窗外一万二千英尺高的山。坐在这张餐桌边的人都曾注视过那座山；他们大多都为沉默而尴尬，渴望抑扬顿挫的人类对话，然后就聊起山头白雪的面积是扩大还是缩小了。露丝张开嘴，想要说些赞美那山的话，但一阵忽来的厌恶让她打消了念头。发现银器的叮当声也让她痛苦之后，她抬起头。"明天，"她发起了话题，"会是白天最长的一天。"

"是的，"彼得说，"一年之中白天最长的一天。"

"我喜欢白天长的时候。"露丝说。

"我想再吃一点肉，"彼得说，"你要再来一点吗，露丝？"

"再来点？"她愕然看着彼得。她从来没听过哪个客人或家人要求添肉。乔治，作为一个优秀的主人，总是会在别人表达需求之前就主动帮忙切好肉。彼得不但破坏了规矩，在别人主动切肉之前表达了加餐的意愿，还询问她要不要再来点肉，忽然抢占了提供肉的权威。

菲尔会不会起身来到乔治的位置切更多肉，露丝永远不会知道了：彼得开口的同时已经站起身，走到乔治的位置，切下两块肉。露丝还没把盘子递过去，菲尔就转过头，像爬行动物一样冷冷地看了彼得一会儿，然后看向她。他眨了一下眼，把椅子往后一推，站起身，离开了餐桌。她从没听他说过失陪之类的话。菲尔从来不向别人交代。不过，她也从没见过他在上甜点前离开餐桌。她心跳加快，看着他从客厅桌上拿了本杂志，坐下读了起来。

她看着坐在白桌布另一头的彼得，微笑了，不确定自己的微笑是出于什么；她摇了摇银铃。

今天的甜点是一种风味奇特的佳肴——切片的橘子上撒着罐装的碎椰肉。她碰到了勺子。然后那道橘子甜点落到了她的大腿上，又掉到地上。

"我来捡。"彼得说着，走到了她身边。

"我不用甜点了，"她说，"忽然不想吃了。"她站起了身。

"我也不想吃了。"彼得说。他们离开餐桌，彼得上了楼，也许是去弄兔子了，而她站在书柜前，眼睛扫着书名。她感到平静。她可以随手挑一本书，就像菲尔随手挑杂志那样。像这样时而平静、时而紧张真是奇怪。她挑了一本书，翻开来，读了一句，然后合上，但手指还夹在刚刚翻开的书页间，仿佛是在标记位置。她想要手里有些什么，想在说话时有些什么可以摆弄，而不只是双手垂在身侧。

她转过身，对他开口了。

"菲尔，"她问，微笑着，友好而平静，"你为什么这么不喜欢我？"

回应她的是沉默，就像一片阴影。她瞟了一眼座钟，仿佛那里有什么线索。钟声好几分钟之后才会响。现在她又看着菲尔。他也正看着她，冷冷的，像爬行动物。

"请告诉我,菲尔。"

没等她反应过来,他就回答了。她以为他还要沉默一会儿,结果他的声音响了起来。"我不喜欢你,"他说,"是因为你是一个搞阴谋的小贱货,因为你喝乔治的黄汤。"他的眼睛又回到了杂志上。

她抬起手去摸头发,然后转回身。她尽可能地挺直身子,飘进粉色卧室,关上了门。进屋后,她的双肩塌了下来,扶着家具走向大床。她趴在床上,试图拒绝她刚刚听到的话。她并没有眼泪,只是冷得难受,尽管夏天的温度正从窗外飘进来。她趴在那儿,像休克了一样,被动地吸收着外面的声音:宿舍门闩的响声,栖息在屠宰栏上的喜鹊被午休的帮工拿着小来复枪射击的枪声,宣布胜负的叫喊声——这些声音一度盖过了菲尔的话,还有他残酷的平静、冷漠的眼神,还有生动得残忍的"黄汤"、轻蔑至极的"贱货",还有他离开餐桌后自己木然的微笑——她只是想让彼得觉得,自己有能力保护他。她在意愿和能力之间的真空中快要窒息,被孤独打得支离破碎。

现在她听到菲尔坚定的脚步从门边走过,往廊道里走去。印第安人最近的保护者、往日的花艺家,把拳头伸到了嘴边。

楼上,彼得站在窗边,看着长满三齿蒿的山,修长的双手交叠。他转过身,走向装着他父亲那些书的大书柜,柜子上放着一面镜子。他小心地梳着头发。梳完以后,他继续看着镜中的自己,大拇指在梳齿上划过。他的嘴唇做出了一个词的口形。"菲尔……"

第十二章

就像乔治的作用是坐在餐桌首座、记账、跟买家交涉、写信、接电话以及让里奥轿车保持状态,菲尔的作用是监管收干草的工作、检查设备、修理八台割草机(四台是约翰迪尔牌,四台是麦考马克德尔林牌)、六台集草机、六台搂草机、两个起重架、灶棚和餐棚——都是装在移动底架上的小房子,可以从一个营地拖到另一个营地。他会让人把十二个巨大的帆布帐篷拆了,摊开来检查有无破损。夏季灌溉时,他会指挥人把溪水引去特定的方向。他会检查干草的储存情况,指定开始收干草的时间——在七月四日之后,越早越好。菲尔称之为"光荣的四号"。

七月四日那一天,聚集在横顿台球房外面的流动工人会享受最后的狂欢,然后就散去城外的各个牧场当帮工收干草了。

这最后一次狂欢的记忆,将支撑他们度过长达九十天的收干草工期:大街上飘扬的旗帜,火车站旁平整芬芳的草地上嘀嘀嘟嘟吹奏的横顿市政铜管乐队,乐器上闪耀的阳光,游乐场上的牛仔竞技表演，尘土，热狗，前一晚燃放的鞭炮，篝火，还有——如果他们幸运的话——喝不完的酒，阁楼里某个小女士兴奋的耳语。当然，有些人会被执法部门抓起来——那些病快快的、不守秩序或是原则不坚定的人。执法部门会以游荡的罪名把他们抓起来，关押一两晚，在法院后面脏兮兮的囚室里，他们会唱歌，会哭泣，会打架。他们来到牧场时，脸色是狂欢后的苍白，一言不发，潜心悔过。伯班克牧场的帮工通常是坐马车或搭便车过来的，还有一些是坐货车到山毛榉之后走过来的。他们做好了工作的准备，发肿的眼睛布满血丝，双手颤抖，但是非常配合、非常主动。"你们好哇，老伙计。"菲尔会在大宅前跟他们打招呼。

"你好哇，菲尔。"他们会说。菲尔会跟他们握手，为他们的忠诚而感动。菲尔会被忠诚打动，有好几次都感觉喉咙里有些哽咽。他对这些帮工很好，这些帮工为他干活也干得很好，帮工彼此间也会轻松地谈论起他，说他一点架子也没有。

"嗯，又是一年了。"菲尔会提醒他们，并为这种持续的情谊而骄傲，为生活中仍有些东西尚未改变而骄傲。他会陪着他们一起绕过大宅去谷仓，那边的几只狗不记得一年前的人了，会炸毛、狂吠。

"闭上你们的狗嘴。"菲尔会大笑，拿小石头砸它们。它们会呜呜叫着，退到谷仓下面，继续发出威慑的低吼。来收干草的帮工就在干草堆上铺好铺盖。他们会暂时睡在这里，等所有人都到齐了，就带着机器、马匹、帐篷和灶棚去野地里。

菲尔有一样好——他从来不势利。值得认可，他就认可。他一直这样，所以能获得大家的信任，连一些从不对任何人吐露心事的人也会对他敞开心扉。有个曾在马戏团工作的英俊白发老人每年都会来干活。他的举手投足还像个少年，但他的眼睛里盛着悲剧，他向菲尔袒露过的悲剧。虽然长得那么英俊，他在马戏团做的却是最低等的工作：清理马和象的粪便。在那段糟糕的日子里，他没有什么道德束缚，用那双迷人的眼睛诱惑了许多少女。其中最后一个为他生下孩子，然后死了。

这场骇人的死亡让他清醒过来。他重新为自己树立了一套非常严格的道德标准，很少再被人性的弱点动摇。他先是努力晋升成了运兽卡车司机，负责用猩红色的大笼子把一群狮子从一个小镇运到另一个小镇。然后他弄到一本《圣经》，每晚在灯光下阅读，希望获得坚定的意志来对抗生命中的下一次诱惑，希望成为他想要成为的那种父亲。

他的女儿是个金发小女孩。她那么可爱，以至于有些马戏演员在表演空中飞人之前会先碰碰她，以获取好运。这个小女孩自己也被空中飞人表演吸引，而长到十二岁时（依然满头金发），她就以"全世界最小的空中飞人"的名头参加表演了！她父亲的钱包里仍然收藏着一张老旧的宣传单，他和菲尔的友谊也始于这张宣传单——当时他小心翼翼将它展开，唯恐折痕处撕裂。所以说，命运会回报清理动物粪便的人，赐给他们令人骄傲的孩子！

但是菲尔知道，命运也会惩罚骄傲的人，毁掉他们的希望。有一天晚上，在一千个观众面前，那孩子从高空绳索上掉了下来，粉身碎骨，然后被抱进了她的化妆室。菲尔从那位父亲的眼睛里看到了一切。这就是为什么他会离开马戏团，四处打短工。即使经历了这样的悲剧，他也从不抱怨，而菲尔发现他很会融入集体工作。菲尔佩服他的勇气，也佩服他对那本辜负了他的破烂《圣经》的固执投入。他依然点灯夜读《圣经》，巨大的影子映在帐篷的墙上，硕大的脑袋垂听上帝的话语。菲尔同情他，因为菲尔也一样，知道什么是悲恸。

菲尔自己有着极其严格的道德标准，但几乎从来不在这方面评判那些不幸的人。在给他干活的人当中，他能骄傲地称为朋友的人当中，有一个是坐过牢的。那家伙无须向菲尔坦白什么，机敏的菲尔便已看出他需要知道的一切——那双眼睛，那苦涩的笑声，那可怕的晒伤——近年一直住在阴影里的人才会这么容易晒伤。正如那个马戏团出身的老人像别人随身带枪一样带着《圣经》，这个坐过牢的人也随身带着一本小小的软皮《莎士比亚十四行诗集》。菲尔不会去询问，也不会讨论他的伤疤是怎么回事——看上去像折叠刀造成的——因为，谁会知道别人为什么要做各种事，谁又会知道别人肩负的压力呢？重要的是，菲尔很钦佩，这个男人从监狱里带出来了一点有价值的东西：一种冷静的力量，让他能带着尊严面对人生不可避免的结局——死在哪个慈善病房里，或者哪块卷心菜地里，在横顿周边哪个破落的小镇中，一旁哀悼的只有一个（也许）和他差不多的人。

这个男人叫乔，他还在监狱里学到了一项了不起的技能，虽然听上去简单——编织马毛的绝妙手艺。这项手艺太过细腻，只有在彻底绝望的时候才能练就。

这个叫乔的男人四十出头或三十到尾,用一个雪茄盒装着几条表链,都是用黑白两色的马毛编成的,还没一根铅笔粗。菲尔在脑海里飞快地计算了一下,每一条表链都包含一百码长的马毛。是的,一个有无限时间的人是什么都能做到的。

在夏天,一整天的工作结束后,傍晚特别漫长:太阳在山头徘徊,远处的森林起了山火,烟里泛着红光;然后太阳忽地落下,只泛出一片血红的霞光。菲尔喜欢的是,太阳消失那一刻总是伴随着一片美妙的宁静,那是一种非人间的静谧,一些细微的声音潜入其中——就像夜间活动的万物潜入黑暗——那阵阵低语,是柳叶与枝头亲吻、相触,是流水疼爱、抚摩溪间光滑的石头,还有人们亲密而慵懒的说话声从帆布帐篷里渗出。消失的太阳带出一股突然的清凉,让雾气像幽灵般在水面飘舞,空气里弥漫着新晒的干草的气息。

吃过晚饭,休息了一会儿,八个开割草机的帮工便从帐篷里钻了出来,站在外面打打嗝伸伸懒腰,然后慢慢晃到了机器收纳架那边。他们收工之前总是把机器停到这里。

割草机是一种简单的装备,只有两个轮子,像古代的战车一样,不过车轴上方正中央有一个座位。割草机很沉重,但很好操控,套上半驯化的马,是非常理想的乘具,前提是切割板处于垂直拉起的状态。但是,一旦长达七英尺的切割板被放下来,靠近地面,锋利的刀片来来回回扫动,世界上就没有比它更危险的机器了。它如此无辜,又如此危险。广阔的山谷里年年都有人从座位上掉下来,摔到切割板前头;如果他尖叫、流血或晕倒在地时只是失去了一只脚或一只手,那他就算是幸运的。开割草机的人要对付半驯化的马匹,生活在危险之中;每天工作结束后,其他人都无所事事时,他们还要卸下切割板,小心地扶着刀片,用磨刀石把刀片磨得更加锋利(磨刀石是像自行车轮胎一样架在底座上的)。因此,他们可以拿到更多的工钱,还能获得特别的尊重:他们的帐篷是最新的,他们的意见会得到倾听,他们可以先从肉盘里选肉,吃到最上等的牛排。

菲尔跷着二郎腿坐在帐篷前,很开心能和三个老伙计共享这顶帐篷,其中两个是割草的。他看着割草工人磨着刀片,金属摩擦石头发出尖啸声,难听得让人龇牙。乔,那个坐过牢的伙计,原本年年都来当割草工,今年却没有回来。

而他承诺过的。

"我会回来的。"他对菲尔承诺过。他们握了手。他要么是死了,要么是又坐牢了。不然还能怎么解释呢?他不可能违背诺言,因为菲尔感受到了他们之间存在某种东西,一种认同。

天黑了,到了思考的时间。菲尔在思考,人与人之间是怎样传递礼物的。人性就像手工编织的链条和生牛皮绳,这边一条、那边一条扭在一起,有时美妙绝伦,有时不堪入目。菲尔现在做着编织,就是在向乔和布朗科·亨利这两位编织者致敬。他们都教会了他一些东西。

在他身边有一个锡制水盆,里面浸着几大块生牛皮,被太阳晒白了,在水里涨开,看上去像肥大的虫子。

菲尔只打算编一条一两英尺长的生牛皮绳。他只是想向自己证明，他编皮绳的技术依然不错。这样一条绳子，在太阳下小心晒干之后，涂上牛脂，就会像火麻绳一样结实，在畜栏里使用起来也更加灵活——就像一条灵巧的蛇。那个叫乔的男人说，曾经有人开价五十美元，想买他盘在纸板旅行箱里那条三十英尺长的皮绳，被他拒绝了。菲尔相信他的话。他佩服乔，不会为了钱出卖自己用才艺之手创造的东西：那个男人在监狱里学到了对金钱的鄙视和对时间的尊重。布朗科·亨利也学会了鄙视死亡，正因为这样，他让自己超越了普通的男人。

菲尔刚开始编织，拴在机器收纳架上的栗色马忽然扬起头，打了个响鼻，又嘶鸣了一声。菲尔向来骄傲的是，他这匹马的耳鼻眼跟野兽一样灵敏。过了一会儿，在日落后的静谧和金属与磨刀石的摩擦声之间，菲尔听到了马具上的铁链发出的声音。

是乔治回来了，坐着客货两用马车。菲尔熟悉那铁链声。

是的，确实是乔治。客货两用马车上装了一箱又一箱罐头食品，还有用白布包着的四分之一只整牛的肉。不过不光是罐装食品和牛肉，还有其他行李——露丝小婆娘笔直地坐在乔治老弟身边，那个娘娘腔小男孩坐在马车尾，脚上崭新的白色网球鞋刮擦着割完草之后地上的草根。他们就这样穿过柳荫，驶进开阔地，着实引人注目。乔治把帽子戴得很正，像是树干上长出了一大块东西；女人脖子上裹着一条红围巾，围了几圈，菲尔估计她觉得这样很好看，或者——按女人们的说法——"美呆了"。呆了倒是没说错。他只联想起印第安女人戴的那种玩意儿。小婊子真是千方百计想要扮得像别的什么人！

马车嘎吱嘎吱地经过了敞开的帐篷，帮工都在密切注视着。那个女人目不斜视地看着前方，但菲尔看出她脸色有点发红。乔治把马车赶到了灶棚前面，老瘦的厨师正好用毛巾端着锅走了出来，嘴里叼着一根雪茄。看到那女人，老厨师马上把雪茄扔了。

乔治一边爬下马车，一边跟厨师打招呼。那女人准备往下爬，但还没开始，那男孩就下车绕了过去，向她伸出一只手——小公子扶妈妈下马车，这是小小的礼仪。现在那女人理了理她头上那块破布，瞥了一眼脚上的高跟靴子，菲尔估计是从来自东边的"阿比达比婊奇"公司产品目录册买的，圣诞期间老先生和老太太也喜欢买那上面的东西。

也许乔治没看出那女人的状况，但那个男孩和菲尔都看出来了，那就是，她真的需要人扶着才能下车。她又灌黄汤了？一个人得倒在乔治鼻子底下，他才能留意到这种事。说真的，发现她在灌黄汤的时候菲尔还有些意外；一开始，他以为她只是为了鼓起勇气跟他说话才喝了一次。但他后来检查了。没错！她一直在给酒瓶里灌水呢——这是世界上最古老的诡计了——甚至还偷走了几瓶。他愿意赌上六个铜板，赌他能找到她藏酒的地方。现在他只需要等待，等待那个女人上吊自杀。她的性格就是容易酗酒，这一点她可能已经在亡夫的医书里读到了。在她第一次喝完乔治的黄汤、晕晕乎乎晃荡的时候。"黄汤晃荡露丝"！

小公子也像洋娃娃一样穿上了新装，李维斯牌的裤子配着新网球鞋。在这乡下，一个男人拿到新裤子后做的第一件事，就是把它扔到溪水里，用石头压住泡几天，让裤子缩完水、泡掉蓝色染料。如果有人没这么做，你就知道他是城里来的纨绔子弟。

小公子在妈妈身边站了一会儿，然后菲尔发现，他在看空地另一头的一棵柳树，上面有一个细枝搭成的乱糟糟的喜鹊窝。然后男孩忽然吃了熊心豹子胆，开始穿过空地，经过那些敞开的帐篷，菲尔猜他是要去看喜鹊窝。

乡下的慵懒夜晚，人们昏昏欲睡，空气中弥漫着草糊的香味——帮工用绿草做成、用来驱赶蚊虫的草糊。在这样的夜里，菲尔跟帮工讲起过那男孩的故事，说他怎样成天把自己关在屋子里、跟那些书报图画住在一起，说山毛榉的小孩怎样嘲讽他不会打球，说他折纸花还做成摆花，而那些帮工毫无疑问会——他们必然会——厌恶这个不男不女的小怪物，一个微不足道的小外科医生的儿子。他现在坐着伯班克家的马车，仅仅是因为他的妈咪有一张漂亮的脸。不少流动工人的观念本来就容易受人影响，很快就感受到了其中的不公平。

菲尔继续编织着生牛皮绳，拉起每一条牛皮、沥干上面的水分。因为手指足够灵巧，他可以从牛皮上移开双眼，看着那男孩穿过空地。他每走一步，坚挺的牛仔裤布料都发出吱吱的摩擦声。男孩移动起来像个木棍做的人，屁股有点像女人一样一摆一摆，菲尔简直受不了。那双新网球鞋脆弱而洁白。乔治在跟厨师唠叨，那个女人则站在稍远的地方，注视着男孩前进的步伐。菲尔看到她身子都僵住了，因为男孩经过第二个帐篷的时候，第一声尖锐的口哨声像箭一样射出：那是男人会朝女人吹的口哨。啊，这男孩要招致这样的嘲弄，还真不如死了算了。

那粗鲁的哨声,是菲尔给帮工讲故事的后果,乔治能听到,那女人能听到,那男孩也能听到。它让菲尔确信,那些帮工认为他才是牧场的主人,而不是乔治;因为不但那个女人在场没能保护男孩,连乔治在场都没能保护他。

今天真是个令人兴奋的日子!

但是关于那男孩,有一点菲尔必须称赞。他既没有停下脚步,也没有慌张地从敞开的帐篷前匆匆跑过。他像是没有听到一样,经过那些咧嘴笑着旁观的帮工,走到柳树跟前,抬头去看上面那个讨人厌的鸟巢,看里面摇摇摆摆叽叽喳喳、尚无力寻找自己的栖息地的小喜鹊。

菲尔一边看着,一边编织。那男孩回到妈妈身边并不需要原路折返。他可以从帐篷后面绕过去,避开那些人的冷眼与嘲笑。

男孩转身,开始往回走,再次从敞开的帐篷前走过。奇怪的是,没人吹口哨了。

哈,值得认可,菲尔就认可。这孩子的勇气不一般。如果菲尔能让这孩子断奶,离开他妈,那不是太有趣了吗?对吧?这孩子会迫不及待地拥抱建立友谊的机会,与一个男人建立友谊的机会。而那个女人……那个女人,如果她感觉自己被遗弃了,就会越来越依赖烈酒,依赖那些黄汤。

然后怎样?

然后这样:那个女人和乔治之间的矛盾会爆发得更早。老乔治即便再迟钝,也会发现那女人在酗酒,并把这个问题当成自己的责任,因为自己没能让她快乐。

这个计划近乎完美。

这种完美还神奇地体现在了当下。就在此刻，他手里正拿着可以达成这个终极计划的好工具，即他正在编织的绳子。用编绳技巧去吸引那孩子会是绝佳的开始。可以说，这条绳子将会成为他们之间的纽带。他的双手停住了。他放下牛皮，抬起双手，十指相抵，像两只巨大的蜘蛛。他仿佛忽然着了迷，满脑子都被这个主意占据：这条皮绳将是他通往结局的手段。

"彼得……"他轻轻唤了一声。

那男孩还在迈着僵直的腿往灶棚走。灶棚那锈迹斑斑又歪歪扭扭的烟囱里，最后几缕细烟正袅袅升起，在柳丛上消散。

"彼得！"菲尔的声音尖锐了一点点，因为有那么一瞬间，他以为那孩子胆敢无视他的召唤。

那男孩忽然像帆船一样调转了方向，朝他走来，然后停下脚步，双手塞在那条崭新笔挺的李维斯的裤袋里。

"您找我，伯班克先生？"

菲尔脸上装出困惑的样子。他扭着头左看右看，仿佛在寻找什么人。"你说伯班克先生？我不认识什么伯班克先生。我是菲尔，皮特。"

"是，伯班克先生，"彼得说，"您找我？"

"这样啊，"菲尔说，"我猜，让一个小伙子直接用'菲尔'来叫我这样一个老怪物，可能是有点难——一开始会有点难。"

然后他举起那条新绳子。"看看这个，皮特。"

彼得看着绳子。菲尔感觉那条绳子仿佛倒映在了彼得的眼中。"编得真好，先生。"

"你自己编过什么东西吗，皮特？"

"没有，先生。从来没试过。"

"皮特，"菲尔说，"我在想啊。我们一开始的接触有点不愉快，你和我，最开始的时候。"

"有吗，先生？"

"不，不要先生来先生去了。"菲尔轻轻咳了一下，"我印象中是这样。不过，你知道，很多最终成了好朋友的人，一开始都是这样。"

"我想是吧。"

"好嘛，你猜怎么着？"

"怎么——什么怎么着，菲尔？"

"你看看？你改口了。终于叫我菲尔了。我要把这条绳子编完，然后送给你，教你怎么使用。反正，你会继续待在这个牧场，那就不如学学怎么用套绳嘛，是吧？学学骑马？这里挺无聊的，皮特，除非你融入这里的日常生活。"

"谢谢……菲尔。你估计大概多久能编好这条绳子呢？"

菲尔又产生了那种奇怪的感觉：整条绳子倒映在了彼得的眼睛里。这男孩很感兴趣，好嘛。菲尔耸了耸肩。"我想，我不紧不慢地编，在你回学校之前肯定能编好。"

彼得细细打量着浸在水盆里的生牛皮条。"那就是用不了多久了，菲尔。"彼得说。

"你下次到营地的时候可以顺路来看一下。"菲尔说，"你就过来看看，看我编得怎么样了。"

那个男孩居然对他露出了微笑，然后转身走回马车边，他笔挺崭新的李维斯裤子呲呲作响，像剪刀一样。

他真是古怪，菲尔想。"是，先生。不，先生。"说话像是用维克多牌留声机放的一样。"谢谢，先生。"不过正如那孩子所说，用不了多久了。

第十三章

彼得渴望回到横顿那间整洁的屋子,渴望跟他的朋友下象棋。那个朋友身材瘦长、戴着眼镜,是高中老师的儿子,而且跟彼得一样,以前从未有过朋友。他咯咯笑起来总是控制不住,直到浑身无力、眼睛湿润。彼得渴望跟他一起讨论上帝是否存在,交流彼此对未来的畅想:一个想成为著名外科医生,一个想成为知名英语教授。一开始他们只当是开玩笑,后来却变得认真起来,开始互称大夫和教授,不过从不在其他人面前这样叫。

他们俩发现了一个不一样的横顿,夜晚的横顿:家家房子里漆黑,只有廊厅亮着一盏小灯;商店里也是漆黑,只有洛可可式收银机上方没安灯罩的小小灯泡放出一点光芒。他们知道哪些人在红白蓝会所后面的楼梯上上下下,认得街角转过的警长的巡逻车,不知在执行什么任务。但他们尤其了解火车站,夜间的硬木长凳空空无人,候车室静静无声,只有饮水龙头缓缓涌出的水在喃喃不休,还有电报机忽然响起的歇斯底里的嗞嗞声——它来自那间逼仄的电报室,他们的朋友,那个夜班电报员,就坐在那儿盯着空气,接收着天知道来自哪里的信息。这个孤独的男人很欢迎两个奇怪的男孩,会请他们喝他用罐装冻胶燃料煮的苦咖啡;他向他们袒露,他的梦想是学好西班牙语,然后去阿根廷,那里有很多机会。他确实在通过函授学西班牙语,而在他们看来,他的梦想没什么理由不能实现,他们也是这样对他说的。

"Buenos noches[①],"他们学会了这几句,晚上去找他时总会说,"Que tal[②]?"然后他就会从电报机前站起来,滑开锁闩,让他们进去。要是让哪个铁路督查发现了这事,后果不堪设想。横顿没有其他任何人在夜里进过这间屋子,这个神圣的地方。其他人也不会理解,这位未来的教授、这位未来的外科医生多么渴望去电报里说到的那些遥远的地方。

为了让母亲和自己有可能了解那些遥远的地方,彼得热切地迎接了他和菲尔的新友情;他必须无视母亲责备的目光。没有几个人,他想,能理解多少;尤其是女人。

现在,他站在她的粉色房间里。他在这里向来感到不适,因为一个陌生人有权在这里扮演丈夫。不管符不符合彼得的计划,那个男人的东西就跟母亲的东西并排放在壁橱里,他锋利的剃须刀放在她的香水和面霜旁边——乔治的东西放在这里,可他还没能证明自己,仅仅是在晚餐的场合把她介绍给了一州之长,而那顿晚餐,她从来不谈。

---

① 西班牙语"晚上好"。
② 西班牙语"你好"。

他刚刚在房里读了一阵书之后下楼，走到楼梯脚时，母亲忽然打开门叫住了他。

"彼得，你能不能进来和我聊一会儿？"她嘴唇的形状让他有些不安。他联想起一片叶子在风中的样子。

他站在粉色房间里，看着雨水落在刚从地里拖回来的收割干草的机器上，看着打铁屋门缝里冒出的缕缕青烟——那是菲尔在锻炉边干活，看着起重架——不起眼的木杆搭成的巨大结构，让他想起绞刑架。他站了好久，她又开口了，眼睛顺着他视线的方向望去。"你看到什么了？"

"雨而已。想聊什么呀？"他害怕跟母亲谈话已经很久了，因为他们不可避免地会怀念起过去的日子，而任何多愁善感的内容都让他焦虑。他想捏紧拳头。

"我们可以聊任何事。也许我就是寂寞了。乔治骑马出门了。"

"你好像很冷，"他说，"我帮你拿毛衣。"

"他骑着他的枣红马。"她说，"你现在跟菲尔走得挺近的，对吧？"

"他在给我做一条绳子。"

"给你做一条绳子？"

"他的手很灵巧。他在用生皮编一条绳子。"

"生皮是什么？"

他很有耐心。"没什么大不了的。就是牛皮晒干，然后浸到水里，然后……呃，给它塑形。"

"给它塑形？"

"编成皮绳。"

"彼得,我希望你不要那样玩梳子了。"

他停住了在梳齿上划动的拇指。"我没留意。"

给它塑形,她想。我没留意。他站在窗边,天光从外面照进来,直扑向她的眼睛,让她有一点恶心。他似乎总是站着,从来不闲坐,时刻准备着走动、聆听,从来不休息,从来不凑热闹,从来不参加讨论,只是很有耐心地——很有耐心地做什么?等待?他进门时带进来一股奇怪的气味,有一点熟悉。"那种小小的声音……就像我小时候,人们在黑板上写字时划出来的,让我感觉脊柱上有东西爬过。还有麦钱特老师。"

"麦钱特老师?"

"是的,她会在黑板上写下我们的名字,在每个人的名字后面画星星,我忘了是为什么画,反正是为了表扬我们。我记得,我们还可以选择自己喜欢的星星的颜色,然后麦钱特老师就会挑那个颜色的粉笔,一笔画出一个星星。哇,她不是画星星,是写出一个星星。我现在好奇的是,为什么是星星,为什么不是钻石或者梅花。或者心形?我好奇为什么是星星。"

他轻声开口了。他的侧脸轮廓分明,说话时像腹语表演者一样,嘴唇几乎不动。"因为它是触不可及的。"

"嗯,触不可及。"她重复道,担心自己吐字不清。这些天她很少说话,害怕吐字含糊,害怕说不好"触不可及"这样拗口的词。她慢慢地说:"但是,到了六年级,它就不是触不可及了。彼得啊,"她继续道,"我们以前有一个情人节礼物盒,是谁从家里带来的大盒子,然后我们用白色皱纹纸把它包起来,贴上大大的红心,有的红心一边大一边小,因为我们当时都不知道,要把纸对折,才能剪出两边对称的红心。有的人直接徒手画的。"现在她有点头晕,她想知道,是因为外面射进来的冷光,还是因为周遭这股气味。

"你会收到很多情人节礼物吧?"他说,嘴唇几乎没动。

"很多?"

"因为你很美丽,即便是那时候。"他说。

他怎么能这么说,她想。这完全误会了她。她只是想向他和自己证明,她曾经有一个身份,有一张自己的课桌,在衣帽间里有一个编了号、供自己挂外套的挂钩,在花名册上有自己的名字,有一个座位,能看到窗外的秋千和木板围栏。可他觉得她在吹嘘得到星星、收到情人节礼物,是因为她——美丽?又或许他的感觉是对的?绕这么大弯子说了一堆话,就是为了让对方夸自己美丽,这多么可怕!

他刚刚的话认真得不同寻常,让她不由得凝神看着他,看到他白皙的脸上罕见地泛起潮红。"肯定有什么声音,"她说,"也曾经让你打战。"

"我不记得了。"他说。他当然记得——记得别人叫他娘娘腔的时候,他恐慌得像是喉咙被什么东西堵住了。他害怕被别人按在地上、鼻子流血、几乎窒息的感觉。他曾经不敢走进一间房,也不敢走出一间房。"我要上楼去了,"他说,"还有些事没做完。"

她小心地站起来,微笑着伸出手掌,放在他梳得整整齐齐的头发上。"聊得很愉快,不是吗?"她喃喃道。"我们俩对彼此来说,"她又用上了那个拗口的词,"不是触不可及的。"

他抬起头,目光和她对视。"母亲,"他说,"你不需要这样的。"

她想要避开他的眼神,准备问他,不需要怎样?

但是她不敢问,因为他会说,"不需要喝酒"。然后他们就要打开天窗说亮话了。

他还是那样注视着她。"我会确保你不需要这样。"他说。

她想问,你要怎么确保呢?要是她问了,他们的人生也许会大不相同,但上帝保佑,她没有开口。

然后他离开了(没有谁关门的声音能比他还小)。她转过身,看着雨不停地下啊下啊,落在收割干草的机器上。彼得带进来的那股气味还在。

她轻声对自己说,是氯仿。

那条生牛皮绳还差六英尺就完成了。菲尔现在也大可以打个冠形结或包头结,直接完工。但他还在继续编着。他现在开始期待那男孩在旁边看着他编织,因为彼得是一个完美的听众,会全神贯注地听他讲早年的故事。他会被往事的灰色罗网牢牢抓住,有一次甚至让菲尔笑出声来,因为他听得彻底入了迷,只是呆呆地瞪着眼,像被催眠了一样,望着前方长满三齿蒿的山。"你在看什么呢，老伙计？"菲尔问，好笑地看着男孩忽然惊醒的样子。他的双手停了下来。

彼得的眼睛慢慢转向菲尔：那双眼睛看上去仿佛在梦游。"菲尔，我在想过去的日子。"

菲尔看着男孩的脸，看到阳光从打铁屋的门外斜斜照进来，落在他的脸上。"我想也是。"菲尔慢慢说，"别让你妈把你变成一个娘娘腔。以前是有真汉子的。"男孩认真地点点头。菲尔说他知道一处悬崖，在一个泉眼的上面，有人在崖上刻了自己名字的缩写，还刻下了时间——1805。"那人肯定是刘易斯与克拉克远征队的成员，"菲尔说，"因为五十年后，这里才开始有白人定居。彼得啊，我在你这个年纪的时候，在山里发现了一些乱石堆，像是指向什么地方的。但从来也没弄清是指向哪儿，没有顺着找过去。你和我什么时候再去找找，怎么样？一直找到头？"

太阳——菲尔称之为老日头——渐渐往南移了：夜间变冷，早晨结了起厚厚的霜，总是等苍白的太阳升起才开始消散，经久不化；牛群被大山里的暴风雨赶到了平原，在棕黄的草地上吃草，直到飘雪。你随时抬眼，几乎都能看到一队母牛，带着春天出生的小牛，正顺着长满三齿蒿的山上饱经践踏的小路往前走。偶尔有些母牛生的是双胞胎，但多出的小牛并不足以填补那些被丢在小山或平原上等死的牛的数目——它们往往是残废了，要么被狼群撕碎吃掉，要么肿胀起来、死于炭疽病——乡下管那叫黑腿病。"不用担心，老伙计，"菲尔对彼得说，"我会在你回学校之前把绳子编好的。"

菲尔已经教会彼得怎么骑马,还给了他一匹温驯的红棕马。他们一起骑马到野外,彼得帮菲尔用木棍给干草堆搭围栏,午餐则一起吃沾满芥末的火腿三明治和苹果,菲尔会讲起布朗科·亨利的故事。"我们这个秋天过得挺开心的,不是吗,老伙计?"菲尔问。说实话,菲尔自己过得挺开心。

"我不会忘记的,菲尔。"彼得认真地说。

那条绳子,他们之间的纽带,被菲尔盘在了袋子里,只露出他正在编织的尾巴。随着绳子越编越长,钻进袋子的部分也越来越多。

坦白说,菲尔从来没想过要利用这些牛皮做点什么。宰母牛的时候,牛皮只是被一块一块地扔在篱笆顶上,肉面朝外。机警的喜鹊会啄食皮上残余的肉,因为那些帮工剥起皮来大手大脚,只想赶紧完工,好回宿舍侃大山或者吹他们的傻口琴。大部分牛皮都被啄得千疮百孔,毫无用处,所以如果菲尔不编皮绳,它们本来就是废物。一年下来差不多会有二十张牛皮挂在那儿,风吹日晒,变干、变皱,然后菲尔会叫人把它们堆起来,倒上旧煤油烧掉。那股味儿可真臭!

通常在九月,在他们烧牛皮之前,会有人过来——以前是赶着装货马车,如今则是开着破卡车来——想要花一美元或一块二毛五把牛皮买走,但菲尔会当面嘲弄他们。他们收购了这些东西,倒手一卖价格就要翻倍,有些人甚至借此大发横财。犹太佬,都是那些犹太佬,追着收购牛皮、收购垃圾。犹太佬的眼睛总盯着赚快钱的机会,为了牧场上的各种废品讨价还价:生了锈的铁、割草机的主架、耙架、长管子等。但菲尔不会把废品卖给他们,只会任垃圾堆起来,任牛皮晾在篱笆上,最后一把火烧掉。菲尔对某些对路的犹太佬没意见,那些聪明能干的犹太佬,只要别叫他跟他们打交道就行。但是天啊,其他犹太佬可不行。

其他犹太佬,用他的话说,就是那些四处晃荡的犹太猪,靠废品发了大财。你以为在横顿开百货商店的那家伙是怎么发家的?哇,菲尔还记得那家伙坐在破旧的客货两用马车上,为一两块死物的皮革辛苦砍价的样子。现在呢?现在他在城里有了一幢白色的大房子,是横顿最大的房子,雕梁绣柱,有绿色的草坪,配着浇水的喷头。碎石车道上停着皮尔斯阿罗,聚会时还会布置日本灯笼之类的装饰——这些全都来自牛皮、废品,还有盯着钱的眼睛。

他叫格林伯格。

事实上,他现在去掉犹太姓氏常见的"伯格",管自己叫格林了。格林!他混进了横顿的上流社会,跟银行的那个谁谁谁——就是乔治的伙伴——交往甚密。菲尔想起一件事,咯咯笑起来。有一次,菲尔难得去横顿理发,舒舒服服地往后靠在怀特·波特的理发椅上,决定干脆来个全套的理发刮脸服务——因为,怀特只有在给你刮脸的时候,才会一言不发;他那样的理发师总觉得你付钱是购买聊天服务的。于是,菲尔就那么靠在椅子上,伸直两条长腿,脚上穿着便宜的黑色正装鞋。那是一个星期六,另外两名理发师正飞快地替别人修剪着头发,店里气氛活跃,有人在闲聊,有人在读《麋鹿》之类的杂志——都是怀特放在那儿的,好让顾客能一边接受阅读的熏陶,一边闻着幸运虎牌护理产品的气味。

还有一个女人在一旁等候,打扮得花枝招展,脖子上围着一条皮草,小拇指上戴着一枚鸡蛋大的钻戒——正是格林(格林伯格)为了消除血统的诅咒而娶的天主教姑娘。他随着天主教姑娘皈依了横顿的教堂,以前老太太也去那个教堂,而菲尔猜测,新一代人长大后就不知道格林伯格和他老婆的本来面目了。呵,反正新一代姓格林伯格的人正在成长,而且自认为姓格林。当时,他们的一个女儿,正跟着那个女人,在等爸爸。

所以,理发店里生意兴旺,星期六的阳光映在镜子和瓶瓶罐罐上,把屋里照得透亮。男人在聊天、逗乐、吸烟、阅读《麋鹿》杂志,孩子们不时从老人待着的酒店跑来这边玩耍。忽然间,老怀特拉高了椅背,让菲尔瞬间离开了接受刮脸服务时进入的另一个世界——幸运虎的梦幻世界,被拉回了现实世界。

"您瞧这样刮得可够?"怀特幽默地问道,想起菲尔有一次递给他六个铜板的理发费和两个铜板的小费时说的原话。

两边墙上相对的大镜子映出一个无尽的世界,菲尔在镜中端详着自己刮得光洁的瘦脸,有点像狐狸。"不错,哥们儿,"菲尔说,"绝对够了。"这时,旁边椅子上坐着的人向菲尔搭话了。

"呀,你好啊伯班克先生。"那人用互助社团成员般热情的口吻说。

他的声音响亮、强健,而在那么响亮的声音之后,是菲尔长达两三秒的沉默,让在读《麋鹿》的人都抬起头来。

然后菲尔说话了。"哇,这不是格林……伯格先生嘛!"

之后,店里又是一片沉默,那女人的脸红得就像她染出的红发。"格林"伯格①?红伯格还差不多。

所以,在菲尔眼里,那些牛皮搁在篱笆上腐烂就好了,那些废铜烂铁放着生锈就好了。菲尔是不会被犹太佬的花言巧语诱骗的,不会像其他人一样,被他们利用自己的轻信、大意或善心,拿去牟利。现在,那些像笑话一样的人很少溜到伯班克牧场来了,因为他们从小道消息网得知,伯班克家不是傻子——他们就像吉卜赛人一样,有自己的小道消息网。

"就像一个吉卜赛人"。"晃荡露丝"弹的钢琴曲就叫这名字。

菲尔懒得去想犹太佬了。而且现在,他发现这些牛皮其实有大用途呢。谁能想到呢!

经过菲尔的耐心教导,彼得还是不怎么会坐马鞍。这男孩试图挺直身子,双手轻捏缰绳,站起来练习马走速步时的脱蹬姿势,菲尔看着就觉得可怜,甚至觉得有些迷人。

"你要做的就是练习,皮特。"

但彼得做的不只是练习。他骑马来到了一座又一座绵延的小山后面,在无人知晓的地方,他不断思考,不断寻找,不断祈

---

① "格林"的字面意思为"绿"。

祷。他以请愿的形式祈祷，以他父亲的名义。

他找啊、找啊，灰色的眼睛飞快地瞄着，就像灰色的小鸟忽然从一片三齿蒿猛冲向另一片三齿蒿。他发现了一匹马的骨架，马头骨的眼窝里长出了风铃草，而附近的山坡上有只干瘦的土狼在观望；他发现了玛瑙和燧石，印第安人会用它们来做箭头；他还发现了整片整片的仙人掌，以及一个点四四口径、已经锈成绿色的弹壳。他发现了一块楔形的石头，像是人工打造的。他把石头塞进口袋，心想，如果拿去问菲尔这是什么，菲尔肯定会很得意。但是很长一段时间里，他都没找到他想找的东西。

然后一天下午，他骑着马来到了一堆浅粉色的岩石面前；这堆岩石看上去很自然，但他发现前面也有一堆这样的岩石，再往前还有一堆，每一堆都跟上一堆隔了二十步，像是有人刻意安排的，仿佛是在进行某种古老的仪式，每一堆都像朝他招手的哨兵。这肯定就是菲尔说的乱石堆了，有一些都快陷进地里了。彼得顺着石堆继续往前，但是太阳落山，寒风开始侵袭山间，彼得还没走到终点，只能先回头。那天晚上，他有足够的机会把自己的发现告诉菲尔，因为菲尔一整晚都在房间里弹班卓琴，彼得知道那声音是在邀请他进去聊天。但是，他把自己的发现当成了秘密。

第二天，他一早就骑马出门，顺着那些石堆越走越远。中午，他吃着午饭，看着最后几只牛零零散散地走下山，顺着古老蜿蜒的小道在三齿蒿里穿行。然后他翻身上马，继续沿着石堆向前。

他一路骑着,石堆越来越小。他催马疾行,仿佛要赶在石堆消失前找到终点。石堆最后确实消失了,消失在一道干涸的沟壑旁,沟里堵满了高处滚落的乱石和垃圾,被山洪磨圆的石头,三齿蒿灰色多孔的草根,还有废弃棚屋久经风吹日晒的灰白色木板。还有风滚草——这种幽灵一样的棘草在微风下会像活物一样滚动,常常吓到马匹。沟壑旁边有一条古老的牛径。在这里,彼得找到了他一直在寻找的动物尸体;他觉得,某种意义上,是菲尔指引他找到此处的,而这实在是太适合不过了。

他左右环顾,冷静得就像土狼观察他时的样子。然后,他倾听着。接着,他从口袋里掏出手套,像外科医生一样戴上,翻身下马,感到上帝正冲他微笑,然后开始工作。

除了星期天,牧场上哪个男人如果无所事事,简直是不可想象的。这大概可以解释,为什么连老先生,除了坚守信念以外无事可做,也要用军人般的僵挺步伐在地板上踱来踱去,把地毯一点一点磨坏——换作另一个男人,可能会去打个洞、插个杆或者给马上个马蹄铁之类。这也能解释,为什么乔治,一个觉得"自己不肯做的事不能叫别人去做"的人,会把粪坑清理了——因为不能吩咐其他任何人去做这件事。露丝透过餐厅的窗户,看着他把一个固定在长棍上的桶伸到臭气熏天的粪池底部(他身后的远处是高壮雄丽的落基山),看到他每把一桶粪便倒进手推独轮车上的大铁盆里,都转过身做出欲呕的动作。她也会转过身。

乔治时常不在她身边。彼得跟着菲尔骑马去地里给干草堆修围栏时,乔治则骑马去另一个方向做同样的事情了。为什么不能是乔治带着孩子呢!她这漫无目的的一天又该怎么过呢?家务都让萝拉做了,厨房都让刘易斯太太包办了。

她经常开车去横顿——按《记录报》的说法,去"购物"。在格林家的百货商店里,她是售货员最容易的兜售对象,不停地买着帽子、手套和鞋子。她一件接一件地试裙子——现在流行叫"连衫裙"了——有些连衫裙,她能确定就是为她一个人订的货。她开始把服饰视为戏服、伪装、面具,用来隐藏她渐渐变得惊恐、无用的自我。她没什么现金,所以都记在账上。乔治从未想过要给她开一个支票账户;毕竟他的母亲像英格兰女王一样,身上带的现金只需支付小费,而露丝去城里的时候,乔治一般就给她一张十美元的纸币,好让她的钱包里有点东西。零钱,他管这叫。有了这点现金,把价值约两百美元的鞋、帽、连衫裙记到账上以后,她就会去办那件真正促使她进城的事——首先去药店开一张"处方",然后去肯塔基大道的一座房子,她会一边厌恶着自己,一边从后门进去。夏天里,那房子爬满了紫色凌霄花的藤蔓。

一天下午,她开车时冲到了马路外面,吓得要死;一个住在附近的牧场主帮她脱了困。关于挡泥板上的小损伤怎么来的,她向乔治撒了谎。

她的头痛还在继续。她害怕再被菲尔那样评价——他随时可能在乔治面前说出那种话来,所以她现在都躲在粉色房间里,喝着自己的小酒。她想,她看出菲尔是怎么给人施加压力的了。他显然没有告诉乔治她喝酒的事。她觉得菲尔没说是因为他知道,对她而言,压着不说比说出来作用更大。她难道没有发现,他在用一种古怪的、潜伏般的耐心观察她吗?

噢,可这大宅里真冷!粗大的原木柱子和厚实的土灰泥把大宅裹得严严实实,阳光进不来,淹着水的地窖里的湿气却不断向上侵入。她不懂供暖炉,无法在地窖里从水中的一块木头跳向另一块木头靠近供暖炉,不理解乔治说的供暖系统里几股气流是怎么回事,不知道该铲多少煤炭、什么时候铲进去。夏日将尽的那些雨天,供暖炉的火常常熄灭,她试着重新点燃,也没能成功。她为自己的失败向乔治道歉,当他毫无怨言地默默走下楼梯去排除故障,她几乎不能忍受下面传来的声音:铁炉门的砰砰声,平面铲在混凝土地面的刮擦声。听着那声音,她走进粉色房间,为晚餐换装,戴上面具,希望能用外貌取悦他,转移他的注意力,以免他发现她的举止越来越无所适从,发现她在房子里走动时,总要一件接一件地轻轻扶着家具。

她对付壁炉则要走运得多,于是烧起了能在谷仓和打铁屋附近找到的各种小块垃圾。她穿着深绿色马裤——买这条裤子的时候,她还有勇气觉得自己可能学会骑马——捡着碎木料、装橙子的板条箱、苹果箱、做耙齿剩下的短木棍。还有一些木柴,是从棚屋里拿出来支撑机器的,然后被丢在了那里。

随着能烧的垃圾越来越少,她发现保持供暖和给自己找事做的努力制造了一种有序的感觉。这地方越来越整洁,也给了她一点成就感。她从来都不明白,为什么山谷里最富有的牧场的地上,一定要堆得像个垃圾场。现在,她把垃圾都堆到了谷仓和打铁屋之间的一块空地上,大部分是扔掉的衣服、裤子、工装,还有小狗从宿舍床底下偷出来的鞋子,久经日晒雨淋,都扭曲缩水了。

有的垃圾是她处理不了的。新宰的母牛装满草的内脏本来被帮工埋了,但一些老狗把它们挖了出来、拽到院子里,肠子拖了一地。她也处理不了那些被埋下去又挖出来的牛头。

"我不介意。"彼得对她说,然后拿着干草叉,默默把那些内脏和牛头又进手推独轮车,重新埋葬。那群狗在一旁看着,就像守灵人。

她觉得挂在屠宰栏篱笆上的那些牛皮有碍观瞻。路过牧场的人看到喜鹊在那儿争食牛肉会怎么想?

"噢,晚点,菲尔会烧掉那些牛皮的。"乔治说,"他每年烧一次。"

有时在宿舍里,菲尔会拿起报纸的漫画版块。《卡岑加默家的孩子》《快乐的阿飞》《玛吉与吉格斯》。他看着帮工嘴里念念有词地读着这些漫画,好奇地想,他们当中脑子比较灵光的人,能不能看懂粗俗的幽默之下暗含的社会评论?他们当中谁能看出《卡岑加默家的孩子》表现的是我行我素的终极胜利,年轻精神的锐不可当?他们能跟快乐的阿飞共情吗,那个戴着锡罐当帽子、用愚蠢当盔甲的傻蛋?他们看到加斯顿和阿方斯翻来覆去地说"您先请,亲爱的阿方斯"和"您先请,亲爱的加斯顿",把礼仪看得比智力更重要时,又是怎么想的?他仔细观察了他们读《玛吉与吉格斯》时的笑声,吉格斯本该去歌剧院,却为了吃咸牛肉和卷心菜而溜进丁蒂·摩尔家,这让他们哈哈大笑。他们能不能看出来,写这故事的人,虽然画着豪华轿车、给玛吉去喧闹舞会穿的华丽服装上色,却是在嘲弄想要攀进上流社会的人?

也难怪,脑子里想着这些的菲尔,看着乔治用望远镜望向平原另一头的远山,会忽然开口说:"那边是什么,吉格斯?"

乔治一动不动,往外看着。然后他慢慢放下望远镜,转过身。"吉格斯?"他说,"什么吉格斯?"

黑压压的积雨云从山头往南延伸。她非常惧怕雷电,有时候闪电劈在附近,电话线会刺喇喇地响,空气中会忽然充满臭氧的气味。乔治讲过的故事仿佛还在耳边:山毛榉站的一个铁道员在火车进站时,被闪电劈死了;有六头牛挤靠在铁丝篱笆上,闪电击中一英里外的铁丝,瞬间杀死了这六头牛。这天下午,整个乡下一片沉寂,只等秋天的第一场暴风雨来临。刘易斯太太还没有从她的小屋过来,一边抱怨一边开始烧肉。萝拉还在楼上读《真浪漫》杂志。她先前跟露丝说过,有个故事她要留到这样一个下午来读,那个故事叫《我为什么把孩子卖了》。

站在粉色房间里,肩上披着毛衣,露丝迷迷糊糊地考虑着她今晚要穿什么"戏服"。

"你总是这么漂亮,"乔治曾说,"我为你感到骄傲。"

她担心乔治,担心彼得,他们还没回来。她不知道,如果电话线又刺喇喇地响起来,她能不能忍受。待在窗边安全吗?那棵生了病的棉白杨,叶子在风中颤抖。

那是什么?飞尘?

马路上尘土飞扬!来的是一辆汽车,一辆破旧的小卡车。它减速,犹豫,然后溜进院子,停住了。

她小心翼翼站起身。这几个月里她学会了谨慎地走路,从椅子走到桌子,从桌子走到椅子,从椅子走到墙边,手一路扶着,仿佛能从别的东西上获得力量。一口气穿过一间房是不可能做到的——她可能会步履蹒跚,可能会跌倒。她一路小心地摸到客厅,看着外面那辆陌生的小卡车。驾驶员那一侧用不怎么专业的手法印着两个字——"皮革",经年累月,字迹已经斑驳。卡车的后厢里堆着厚厚的皮革,用绳子绑得牢牢的。

她眨了眨眼,震惊于开门下车那个人的正式打扮:他穿着黑色的职业西装,戴着黑色的宽毡帽,留着大胡子,让人想起先知的模样。他的胸前挂着一块金表,在昏暗的空气里没有泛出什么光泽。他穿过篱笆间的小门,往台阶上走,她看到他身后的车里还有另一个人影。是他儿子吗?

他还没敲门,她就把门打开了。

他摘下帽子，微微鞠躬："下午好，女士。"

他的声音真温柔，她想。温馨的问候，温柔的声音。"下午好。"她喃喃道。

"不知道您这儿有没有旧牛皮呢？"他问。

这句话是个反问，因为屠宰栏就在他们的视野里，不到一百码远。"噢，我不知道。"她说着，从他身边走过，来到门廊上，扶着椅子站着，看着那些牛皮。眼中钉。"我们是有的，"她说，"但他们会烧了的。"

远处雷声隆隆。

"烧了？"那个男人看看手里的黑毡帽，然后看着露丝。

"是的，据我所知他们会烧掉牛皮。"

"为什么不拿来换三十美元呢，女士？"

"三十美元？"

"我感觉我不能出更高的价了。"

"噢，不是这个问题。"她说着，抓紧了椅背。

"那是什么问题呢，女士？"

她无法向那个男人解释，如果不是价格的问题，那到底是什么问题。不过，三十美元真是一个奇怪的数目。三十美元对伯班克家来说毫无意义。三十美元对曾经的她和约翰尼·戈登来说是一笔巨款，但是开给伯班克家的三十美元支票会跟其他没兑现的支票扎在一起，放到乔治房间里的文件架上去，她见过的，有邮购商的退款，有小额退税，还有谁为一副旧马鞍付的几美元，加起来可能有一百美元，有的支票是很久之前开的了。那些支票，会不会跟牛皮一样,像举办仪式一样定期被烧掉呢?她想到这一点,微微笑了一下。

"您说什么,女士?"

"没什么。我说话了吗?"她抓紧了椅子。她去"购物"的时候,乔治会给她十美元或二十美元,仅此而已。因为可以记账,她买东西都记在账上,留着现金去药店和那座爬满藤蔓的房子。"不,这价钱听上去很合理。"她感觉对方沉默的时间有点长,于是又开口了,"把支票开给我丈夫吧。"

"开给您丈夫是吗?"

她感到泪水涌向双眼,然后用微笑来掩饰。

他说:"您说什么,女士?"

"我说话了吗?"她问。不,她想。烧牛皮的是菲尔。支票应该开给菲尔。他可以烧支票,取代烧牛皮。"支票开给菲尔。"她说。

"开给菲尔是吗,女士?"

"呃,是的,开给菲尔就行。"怎么,她心里想,他觉得奇怪吗?"别,"她忽然又说,"别开支票。"如果支票不会兑现,或者会被烧掉,又何必开支票呢?为什么不能是现金?她应该把现金拿在自己手里!"你可不可以给我现金?"

"当然可以,女士。"她小心地看着他掏出钱包,那长长的钱包像一只黑色的长袜,顶部有明亮的金属框,一个金属小球划过另一个,钱包就合上了。他打开钱包,伸手进去,晃动了里面的银元。当年她和约翰尼第一次来到这乡间——多年前,噢,很多很多年以前——这里的人还爱用银元。有一次，一个病人付了约翰尼两个银元，约翰尼站在那儿乐呵，把银元在口袋里碰得叮当响。"没什么声音比银子听起来更像钱了。"他说，"声音美妙悦耳的银子，声音美妙的银子，我美丽的夫人。"她看着眼前的男人掏出了几张纸币，它们不知经过了多少人的手，已经变得破旧。他递过纸币，她接了过来。"谢谢。"

"谢谢您。"他说着，又正式地微鞠一躬，然后转身向同伴的身影做了一个手势。然后他往台阶下走去，没有回头。她看着他离开，突然有了一种跟上去的奇怪冲动，想要喊出声，想要把钱还给他，但是她的喉咙很干，她的舌头无力。而且真的，握在手里的纸币给了她宝贵的安全感。于是，她紧抓着椅背，看着卡车驶离大屋，慢慢转弯，颠簸着穿过木桥，往屠宰栏驶去。一群喜鹊冲上了天，然后像肮脏的灰尘般下坠，一只接一只，落在了距离更安全的一段篱笆上。

她小心地转过身，最后一次扶住椅背稳了一下，然后往屋里走去。进屋后，她开始兀自笑出声来。这感觉多么奇怪！

多么奇怪，多么奇怪。

自从嫁进了伯班克家，她开始变得狡猾。

她开始变得不诚实。

她开始变成一个酗酒者，一个普通的酒鬼。她已经好几个星期没有完全清醒过了。乔治之所以一直沉默，只是因为他善良。但是过不了几个星期，他就会跟她离婚。现在就等最后一根稻草，等他发现她为了三十美元而做小偷。

她忘了从卧室门口到床边的距离很长，既没有椅子可抓，也没有桌子可扶。她跌跌撞撞走向床边，走了一半就摔倒在地，一只拖鞋掉了。那是一只华丽的鞋子，华丽得让她一直没能适应，是特地为她订的货，是她出门"购物"的借口。它是范德比尔特夫人的鞋子，那个仅仅对约翰尼而言的范德比尔特夫人，仅仅在他脑海里。他一直相信她是范德比尔特夫人，所以她就是。她不能成为没有人相信她是的人物，完全不能。别人相信她是谁，她就是谁。

她没有管鞋子，而是摸到了床上，那张伯班克家的大床。她躺在那儿，把拳头伸到了嘴边。

乔治发现她睡着了，三十美元的钞票散落在她身边，像落叶一样。

第十四章

　　堆在一起的木棍是小型动物的避难所。在木棍堆里，地鼠不用再怕獾把它们整口吃掉。棉尾兔不用再怕土狼，后者只能拿爪子和牙齿撕扯木棍。在人们取走木棍去建干草堆的围栏之前，它们就在那里安全地生活着，熟悉里面的每一处凹坑和缝隙，还敢用它们小小的声音凶巴巴地侮辱那些大型动物。它们跟比自己更小的动物共享这堡垒，比如鼹鼠和田鼠，跟更小的动物一起参加战争，抵抗想要入侵、来吃它们幼崽的蛇。蛇皮在木材上滑过时会嘶嘶作响。棉尾兔后脚上长长的脚指甲可以把一条蛇剖开。

　　把地鼠、棉尾兔和田鼠从木棍堆里轰出来，是牧场小伙子们热爱的一项活动。他们喜欢掀起一根又一根木棍，把那些养得太过自信的小动物的藏身之所暴露出来，吓得它们魂飞魄散；喜欢看着小动物缩成一团瑟瑟发抖，眼睛里充满恐惧，希望通过趴着不动再次躲过一劫。小伙子们常常会把小动物先赶到另一个藏身之所，估计它们渐渐又觉得安全、恢复信心了以后，再开始动手把新的藏身之所也揭开。凭着这样冷酷的耐心，最终让那些小动物暴露在难以言喻的危险之中。有些小伙子会终于疲倦，停止玩弄。有些小伙子的注意力可能会被一声鸟叫带走，比如某只白头翁假装翅膀受伤，扑腾着刚刚好让你够不着，但又能吸引你的目光，不让你注意到它的蛋或幼崽。有些小伙子会第一次感到良心不安。有些小伙子会感到厌倦，失望于这项本以为令人兴奋的活动，就去折磨那些小动物，或者用棍子打它们——而即使这样做了，有时也仍然奇怪地感到不满足。就是这样，人们发现了，对快乐的追求是多么空洞。

人们常说菲尔从未失去一种男孩的气息：从他的眼睛里，从他弓形足的脚步中，你都能看出这一点。他已经四十岁了，但是脸上没什么皱纹，只有眼睛周围有一点点，那是他常常看向远方的证据。只有他的手是看得出年纪的，而这仅仅是因为出于令人困惑的傲气，他从来不戴手套。是的，他依然喜欢玩小孩的游戏。在柳荫里无所事事的时候，他可能会掏出折叠刀，展开大刀片，再展开小刀片，捏在拇指和食指之间，甩出去。刀在空中转一圈、两三圈，插进土里，角度是完美的四十五度。他是玩这个古老的掷刀游戏的专家。如果你输了，就要趴在地上，用牙齿把插在地上的刀叼起来。等于让你吃土。菲尔和乔治玩过许多次，乔治叼过许多次刀子。

菲尔曾经让一个牛贩子的儿子大吃一惊。那个小孩自称玩弹珠的专家，也确实用羚羊皮袋带了一袋弹珠，有玛瑙的，有燧石的，还有用黏土烘烤上釉做的、差一些的弹珠。这个小胖子，菲尔想,这个贪婪的小孩,把宝贵的皮袋在双手之间换来换去,皮袋深处的弹珠相撞,嘟嘟响个不停。乔治和那个新认识的牛贩子正坐在后者那辆豪车的踏板上交谈。菲尔蹲在地上,看着远方,那个小胖子逛过来,开口跟他说话了。

"你想看看我的弹珠吗?"他问菲尔,真是胆大包天。

"当然。"菲尔说着,愉悦地微笑。

那小孩像个守财奴一样,左看看,右看看,然后才把袋子打开,把宝贵的弹珠倒出来。"有两百粒。"小孩低声说。

"哇,真不是盖的。"菲尔说着,耳朵同时在听乔治跟牛贩子讨价还价。

那小孩把弹珠捞起来,又放手让它们纷纷落下,互相碰撞。"你小时候玩过弹珠吗?"小孩问。

"噢,玩过一点点。"

"你猜怎么着?"小孩问。

"怎么着?"

"我是我们学校今年玩弹珠的冠军。"小孩用眼神向菲尔挑衅。

"哇,真不是盖的。"菲尔说。

乔治和牛贩子还在絮絮叨叨。一时是谈不拢的,菲尔知道,这样他就可以安心把注意力转到其他事物上了。太阳无情地晒在野地中央,那里远远地站着一群公牛,低着头,打量着那辆豪车。这些牛是他们给牛贩子看的货。

"我是连续两年的冠军。"那小孩真的胖,菲尔都能感觉到他身上散发出的热气;他得多运动运动,才能把膘甩掉。这是个城里的小孩，菲尔知道，但他穿着靴子、戴着斯泰森毡帽，跟他老爹一样。有意思，菲尔想，玩弹珠的冠军穿成这样。

"我想你肯定可自豪了。"菲尔冷淡地说。

是的，日头很热。看来乔治和牛贩子还要再扯上一阵。牛贩子拿出了一叠纸，在那儿计算。"想玩一局弹珠吗，先生？"

狗胆包天，菲尔想。"呀，孩子，我没有弹珠啊。"

"我可以把我的弹珠大概借给你。"

"哎，你怎么能'大概借'人东西呢？我跟你说，要不我从你这儿买几颗？"

那胖小子眯起了眼：你能看出那颗小胖脑瓜子在溜溜地转，算计着。就像他父亲在那叠纸上刷刷地算着，脑瓜子也在溜溜地转。有几颗弹珠是黏土做的：他可以卖这几颗，然后再赢回来，轻松地从菲尔身上赚一笔。

果然，那小孩捡出几颗黏土弹珠。

"你想卖多少钱呢，孩子？"

他老爹没少教育他。"值两毛五。"

其实一毛钱都不值，菲尔知道。"好嘛，孩子。"他掏出身上带的小钱包，里面有几个银元，深处还有几个面值二十美元的鹰纹金币。

"你先掷，先生。"小孩催道。

"呀，"菲尔说，"我可不能让客人后掷啊。你先掷，孩子。"

这小孩确实挺厉害。他赢走了四颗菲尔刚买下的弹珠，然后轮到菲尔了。菲尔捡起一根小棍，在男孩刚在地上画的那个圈圈里又画了一圈。"轮到我了是吧?"

"轮到你了,先生。"小孩说着,舔了舔上唇的汗。

"掷弹珠的时候是应该这么拿吗?"菲尔问。

"差不多。"小孩说。

"噢。"菲尔说。然后菲尔单膝跪地,就像以前一样,哇,真像回到小时候了,至少他感受到了小时候的阳光。老日头晒在背上,指节压着粗粝的土壤,呼出一口气,然后啪的一下把弹珠掷进圆圈里。"走着!"他砸出了十颗低劣弹珠。"要不我拿这十颗弹珠换你一颗燧石的,然后接着玩燧石弹珠?"

小孩眼睛瞪得大大的,一脸震惊,点了点头。

哎哟哟,菲尔把小孩的弹珠全都赢了过来,然后全部摆在面前,再捞起来装回小孩的皮袋里。"把你的弹珠拿回去吧,"他说,"你老爹可能教了你要把脑子放灵光一点,但他没教你怎么作长远之计。"现在那小孩不再拿着皮袋晃荡了,他把皮袋紧紧抱在怀里,像是抱着自己的生命。菲尔喜欢给人上上课。他站起来,走到车边,乔治和牛贩子还在唠叨。"我感觉你不想买这些牛。"菲尔拉长声调,盯着牛贩子说,"我感觉你就是在浪费我和我老弟的时间。"

菲尔依然会做风筝,放风筝。直到不久以前,他还会在星期天和乔治玩玩棒球;他曾是一流的一垒手。他还会转陀螺。他像是永远不老,从未失去男孩的气息。其他人到了这个年纪却会寻思自己到底经历了什么,为什么风湿骨痛,为什么腰疼加剧,世界上曾经的美好到底被遗失去了哪里?

怀着男孩般的心情,菲尔把彼得的注意力带到了一只棉尾兔身上。那只棉尾兔急匆匆钻进了他们给干草堆做围栏的木棍堆下面。这堆木棍是几年前被帮工用马车拖来这里的,当时还散发着新砍的松木的清香。木棍慢慢变旧,也还没来得及被拉去大宅做木柴。这只兔子可能在这堆木棍下面无忧无虑地生活好几年了。它跳来跳去,仿佛自己才是这里的主人。菲尔是在和彼得停下来吃午饭时,瞟到这只兔子的。阳光耀眼,天气很热,所以他们躲到了木堆的阴影里,背靠着那堆木头,双腿舒展。菲尔从身边摘了一棵风干的猫尾草,把草叶的一端放在嘴里叼着,吮吸着,心里则在想,彼得的脸和手仿佛在发光,真奇怪。他咳了一声,把草叶从嘴里拿了出来。"你晒黑了不少。"他说着,沉默了一会儿,然后又开口道,"话说布朗科·亨利呀,他到你这个年纪,才第一次套牛,第一次骑马。嘿,看那只兔子。"

这兔子像驯化过一样,非常大胆。菲尔微笑着摘下帽子,瞄准,朝兔子掷了过去。帽子像雄鹰一样飞冲而去,帽子的影子就像一只鹰的影子,然后往下坠。兔子被影子吓住了,然后奋力向那堆木棍跳去。菲尔站起身,慢悠悠地走到阳光下,捡起帽子,拍了拍灰尘。然后,他皱着眉头,弯下腰摇了摇那堆木棍的顶部。这嘎嘎响的声音,还有太阳的热量,还有这个下午的气味,让他微笑着,陷入深思。"嘿,皮特,"他叫道,"我们来看一看棉尾兔彼得[①]要过多久才会逃向空地。"这是帮工常玩的游戏,他

[①] 美国儿童文学作家桑顿·伯吉斯作品里的角色。

们会打赌,要移走多少条木棍才能让小动物逃出来。

彼得在木棍堆的一侧,菲尔在另一侧,他们一根接一根地把木棍挪到旁边;挪走十根以后,那兔子还缩在底下的什么地方,等待着。菲尔似乎看到了它一次,多半是真的看到了,因为他很少看走眼。你可以赌上你的宝贝性命来坚信这一点。

"兔崽子胆儿真大呀,不是吗。"菲尔压低声音说。要让彼得开口简直像拔牙一样难。你得朝这孩子抛几个直接的问题。彼得开口的时候,他产生了一种奇异的获得回报的感觉。

"我猜它不胆大不行。"彼得说。

"我以为它早该逃出来了。"菲尔说。

他们又移开了两条木棍;第二根被移走时,打破了木棍堆岌岌可危的平衡,它像巨大的稻草人般轰然倒塌,变成了新的形状。然后,伴随着一阵雷声,下面有东西乱窜了出来。

这是什么东西?是那兔子,拖着一条断掉的后腿出现了。它重重摔落在地,用剩下的那条好腿用力蹬着地,真是不容易。菲尔看着彼得把那东西拎起来,抱在胳膊弯里。"被木棍砸到了。"菲尔说。

"看来是。"彼得说。

"哎,了结它的痛苦吧。"菲尔下了命令,"我猜最快的方法是把它的头砸扁。好笑吧?它要是没这么大胆,就不至于受这个伤。"

"这似乎展示了事物的规律。"彼得说。

这么说这孩子是个哲学家之类的了?菲尔微笑起来。"似乎展示了未来是不可预知的。"菲尔说。

他看着彼得把手轻轻放在兔子头上，安抚着，然后一瞬间，他拧断了它的脖子，手法如此纯熟，菲尔不禁钦佩起来——他从来没见过这样的手段。现在，因为脊髓被切断，那只兔子的后腿不再受紧张的大脑控制，肌肉放松了下来，在那孩子的手里一动不动。兔子也变得眼神呆滞，了无生气。一点血都没有！但是菲尔自己流血了，应该是在什么尖东西上划伤了。

彼得看着那血渗出来。"伤得有点深。"他说。

"管他呢。"菲尔轻松地说，然后掏出蓝色的印花手帕，擦拭了伤口。雷声在深谷里隆隆回响，黑云掩住了太阳。菲尔往食指上吐了一点口水，然后把食指立起来。口水让食指感受到了最细微的风。"雨下不到这儿来。"他宣布说，"风往南边刮了。"但是他觉得郁闷不乐。兔子的游戏没有成功。他没能找到心里想要的那种旧日感觉。他们走回木棍堆的另一边去吃完剩下的午餐时，他又说起了布朗科·亨利。"不，"他说，"布朗科·亨利刚来这里的时候，对骑马套牛的事一点都不懂。知道的比你还少，亲爱的老皮特。你这些天骑马是骑得真不错！但天啊，他可是都学会了。噢，他还教了我许多。他教会我，如果你胆儿够，就没什么屁事是你做不到的。要有胆子和耐心。急躁是一样代价很高的东西，皮特。他还教会我怎么用眼睛。看看那边，远处。你看到什么了？"菲尔耸耸肩，"你看到的只是小山的一侧。但是布朗科，他往那边看，你猜他会看到什么？"

"一只狗，"彼得说，"一只狗在跑。"

菲尔瞪着眼，舌头舔着嘴唇。"我去，"他说，"你刚刚看出来的？"

"我第一次来的时候就看出来了。"彼得说。

"哎，回到刚刚说的。我觉得人最需要的就是逆境。"

彼得用一只手抱拢了两个膝盖。"我父亲说，是障碍。然后你必须除掉这些障碍。"

"算是另一种解读方式吧。哎，皮特，你有这些障碍，说真的，彼得俺的娃。"他忽然用上了爱尔兰土话。他有时会这样。爱尔兰人让他觉得有趣，因为他们有胆识，因为他们我行我素。

"障碍？"彼得的眼神很温和。

"比如你姆妈。"

"我母亲？"

"她断不了那调味汁呀。"菲尔屏住了呼吸。他话太多了吗？说得太早了吗？他会不会还没有为计划做好铺垫，就疏远了这孩子？他继续露出亲切包容的微笑，心里却纳闷自己为什么要说这样的话。他是不是出于某种自己都没全明白的动机，说了这样的话？他奶奶的！

"断不了调味汁？"彼得问，菲尔觉得他只是假装不懂，假装不理解这个表达。

"喝酒呀，皮特，灌黄汤。"听到黄汤这个词，那男孩脸上拧成一团。这个词对他来说太刺激了吗？但是，娘的，这正是他需要看到的痛苦表情。看到这表情时，他衡量了一下，判断了一下，觉得自己并没有说过头，况且现在说什么也不算过头了。"我想你知道的，这整个夏天她都半醉半醒的。"

"是的。我知道。她以前不喝酒的。"

"噢,是嘛?"他又用上了爱尔兰口音,好让谈话显得轻松一点。不过真的轻松吗?

"从来不喝的。"

"那你大大呢,皮特?"

"我父亲?"

"父亲。大大。我猜他酗酒挺严重的?黄汤灌不停,皮特?"菲尔的心猛跳了一下。他说过头了?这男孩是不是身子都有点僵硬了?菲尔舔了舔自己的上唇。

"一直喝到最后,"彼得说,"到他上吊。"

菲尔伸手想抚摸男孩,但又收回了手,然后放低了声音。"你这可怜的孩子。"他说,而彼得露出了一丝极淡的微笑。"你的一切都会好起来的。"

"谢谢,菲尔。"彼得喃喃道。

积雨云像菲尔预测的那样飘走了。他们骑马沿着小道回去,穿过角落里丛生的三齿蒿时,发现了一个被遗弃的艾草松鸡窝,里面只剩几个蛋壳了。艾草松鸡的窝是很难发现的。你得把眼睛睁得大大的才行。菲尔总是能做到。

而老天爷啊,隔着大老远,他就留意到挂在屠宰栏篱笆上的牛皮不见了。菲尔的记忆像照片一样准确;他眼前的每一个细节都蚀刻在幽深的记忆里,而对一般人来说,记忆深处只有无意义的细丝在飘浮,只有光明光灭,只有不规则的形状横空滑过。

菲尔看到牛皮不见了,勃然大怒。他踩着马镫站了起来。

"我去!"他说着,用马刺踢了一下栗色马,让马踏着飞快的对侧步冲进了院子。

"菲尔……菲尔,怎么了?"彼得问,"有什么状况吗,菲尔?"

"状况?有他妈什么状况?"菲尔说,"他妈所有的牛皮都不见了。她这回可真是蹬鼻子上脸了啊。"

"菲尔,你觉得是她……卖掉了?"

"他妈的可不是嘛,"菲尔说,"要不就是被她送人了。"

"她为什么要那样做呢,菲尔?为什么?她知道我们需要那些牛皮。"

"因为她喝醉了。酒精上脑。烂醉如泥。怎么,孩子,我以为你应该已经从你大大的书里读到了,你姆妈就是那什么酗酒者人格。在你那堆书里,这一条应该就在头几个条目下面啊①。"

"菲尔……你不会跟她说什么吧?"

"说什么?"菲尔咆哮道,"我什么也不会说。关我屁事,但乔治肯定得和她说一通。那傻子是时候看清一些事实了。"

他们骑进了又长又暗的谷仓,空气中满是灰尘、马粪和干草的气息。陈年的气味。惨白的光通过高得要命的窗户,像刀一样切下来。

"菲尔?"

菲尔的舌头因为愤怒而有些打结。"嗯?"

然后,男孩把手轻轻放在了他的手臂上——轻轻地。"菲

---

① 酗酒者人格(alcoholic personality)以字母 A 开头,因此在以字母排序的条目列表里会排在靠前的位置。

尔——我那儿有牛皮可以用来编完绳子。"

"你有?你怎么会有牛皮呢?"

男孩的手仍然放在那儿。"我割了一些,菲尔。我想要学会……像你一样编牛皮。可不可以接受我的呢?"他们面对面,男孩的手还放在那儿。"对我,你一直很好,菲尔。"

"接受我的"。"你一直很好"。在这一刻,闻着这里陈年的气息,菲尔嗓子里又出现了那种他曾经体验过一次的感觉,上帝知道,他从未想过会再次体验这种感觉,也永远不想再次体验,因为失去这种感觉会让你心碎。

噢,当然。男孩这么说,当然可能只是一个低级手段,想把他漂亮的母亲捞出苦海而已。但是,他想要像他一样编牛皮!如果不是为了能像他一样编牛皮,这男孩还有什么理由自己收集牛皮呢?他想要模仿他!不然,他为什么要把牛皮一条条割下来呢?这男孩想要成为他,想要跟他融为一体,就像菲尔当年曾经希望跟另一个人合为一体,而斯人已逝,当时,二十岁的菲尔,在野马围栏的栏杆顶部,眼看着他被踩死。天啊,菲尔几乎已经忘记了,被手触摸是什么感觉。他的心计算着彼得的手在他胳膊上放了多少秒,感受着彼得手掌的压力,那么欢欣。这让他知道了他的心在追寻的答案。

拜托,难道不是命运(因为人必须相信些什么),难道不是命运,让男孩在那个秘密的地方看到了他的裸体?知道那个地方的明明只有乔治和他——还有布朗科·亨利。也是因为命运,他看到了这个男孩也像赤身露体一般,骄傲而无须保护地走过敞开的帐篷前,走过那仿佛永恒的路程,任人嘲讽,任人鄙视——一个贱民。但是菲尔知道,上帝知道他知道,做一个贱民是什么感觉,而他唾弃这世界,如果世界先唾弃他。

他的声音有些沙哑。"你真他娘的善良,皮特。"然后他用长长的手臂抱住了男孩的双肩。之前,他有过一次这么做的冲动,但克制住了,因为他一直以古老的忠诚发誓,永远不再有这样的举动。"我可以告诉你一件事。从现在开始你会一帆风顺。你知道吗,我今晚就要把这条绳子编完。皮特,你要不要看着我把它编完?"于是,那个晚上,在男孩的注视下,菲尔不顾手上的新伤,编完了绳子。

彼得也情动于中。以一种远比他异教徒式的请愿更令人震惊的方式,他可怜的母亲让他对自己的计划失去了控制。他站在那儿,感受着那只紧抓着自己肩膀的手,似乎听到一个声音在低语,说他是一个特别的人物,就像他自己一直相信的那样。

菲尔总是要第一个出现在餐桌旁,这关乎荣耀。

"哎,先生们,"其他人缓缓走进后门时,他会假装正式地说,"又度过了一个晚上。早安呀!"

有时他会用德语说"早上好",来纪念曾经在这片土地上干活的德国人。他对各种语言很感兴趣。他喜欢丰盛的早餐,对那些胃口不好的人没有耐心。"再来几个鸡蛋。"他会这样敦促某个病得只能喝一杯咖啡的小伙子。"来来。"然后朝其他帮工眨眼。燕麦加奶油，煎饼，煎蛋，玫瑰色的火腿片，奶油厚厚的咖啡。早餐从来没变过，也永远不会变。没有哪个年轻人会违抗菲尔的命令，其他人则乐滋滋地旁观。菲尔确实喜欢寻人开心，也喜欢让大家开心。早餐时间他会戏弄他们，包括乔治。

乔治向来起得晚，很久以前就这样，等其他人都上桌吃起来了，他才会出现。他的沉默似乎会传染，就像菲尔早上的活力似乎会传染。有时菲尔觉得乔治令人恼火，就会去招惹他。

"昨晚没睡好是吗，乔治？"他会问，同时向其他人眨着眼，"缠在睡梦之神的胳膊弯里了？"

自从结婚以后，乔治总要晚五分钟才来吃早餐，而那些吃得快的人已经清理好盘子，推回椅子，开始卷香烟了。

最近，乔治迟到超过五分钟的时候，菲尔会瞪着天真的大眼睛说："遇到麻烦了吗，乔治？你太太滚到你的睡衣上了吗？"

菲尔想起周围人震惊的沉默就会笑出声来，对那些人——那些四处流浪、居无定所的人——来说，女人只有两种，好女人和坏女人。坏女人像动物一样不值得尊重，而作为动物，她们会被利用、会被讨论。

啊，但好女人呀！好女人是纯洁的，没有性的，像上帝一样神圣。好女人是姐妹，是母亲，是青梅竹马的童年伙伴，看你一眼就会让你的心融化。这些好女人的照片就收在那些男人的旅行箱里，是他们的偶像，是他们的圣碑。

他们不时看到那个女人在院子里跌跌撞撞，最近还看到她拖着几乎跟她身体一样大的垃圾，一只小手把挡在眼前的头发拨开——她是一个好女人，很难把她跟床啊睡衣啊联想到一起。

乔治在一片沉默中脸唰地红了，只听见刀叉和瓷盘轻轻相撞的声音。帮工都盯着自己的盘子，直到菲尔伸出长长的手臂去拿桌子另一端的热蛋糕，那一刻才算是过去了。菲尔伸手时，蓝色格子衬衣的袖子会从手腕处往后缩，露出一大截小臂，肤色白皙得可怕，像是住在石头底下、从未晒过太阳的人的皮肤。而他的手则是红的，皲裂严重。那双手饱经尘世风霜、受过无数次擦伤刮伤。

人总会指望一些平常的、可预期的事情，比如旭日东升，鸣雁南飞，冰雪消融，南坡长出青青的浅草，迷人的微风吹乱克美莲。朝阳，飞雁，冰雪，青草，风中起伏的克美莲，都指向可预知的未来，以及可预知的世界。

但是今天菲尔迟到了。没有向厨师问好，没有"早安呀"，没有用任何一种他喜欢的语言说"早上好"。

刘易斯太太慢慢拖着不舒服的脚、踏着沉重的步伐，端上了第一轮煎饼。

乔治和彼得都还没有出现。帮工之间有了一种奇怪的氛围，他们想要掩饰这种紧张的气氛，于是再次说起他们刚刚在宿舍里说过一次的笑话：某人抓了条水蛇，这玩意儿在这季节已经很罕见，因为到处都起霜了。而那人——此时还没人知道究竟是谁——把那条蛇放进了一个睡得正香的帮工的被窝。那个帮工醒过来，感觉有什么东西，伸手去摸，却发现一条蛇正舒适地盘在他的颈窝里。他现在生着闷气,认为这是欺负小孩的恶作剧,而到目前为止,他唯一的成就就是长成了大人,所以他最怕失去成年人的尊严。等他发现是谁干的,他会有自己的计划的,这事儿可没完。

"我敢打赌,那条蛇是自己睡到那里的。"另一个男人咯咯笑着说,"不过,也就是一条蛇才会那样。换作我肯定不愿意跟你睡一块儿。"

"谁他妈问你了。"那个帮工咆哮道。

乔治走了进来,说了声早安。

彼得安静地走进来,坐下了。他拿起一块煎饼。这时,吃得最快的人已经用完早饭,收起椅子,开始剔牙了。

那个剔牙的人,也许是为自己第一个吃完有点骄傲,想拿菲尔迟到的事开开玩笑,正要张口,又马上把嘴闭上了,因为他看到了菲尔的脸。菲尔在盥洗室里洗完脸后,显然没拿毛巾好好擦干——还是说,那是满脸的汗?——他的头发好像也只是随便用手顺了一下。他拖出椅子,坐了下来。

就是坐着而已。刘易斯太太拖着步子走进来,把一杯热气腾腾的咖啡放到他面前。他伸出一只手,拿起杯子,又放下了,继续看着他的手。他在桌边环顾了一圈,脸上挂着奇怪的温和表情,然后把椅子一推,站起身来,走出了房间。接下来都没人看到他,直到半小时后,他坐在了打铁屋的门口。太阳刚刚从长满三齿蒿的山后面升起,阳光洒满了他的脸。地上的新霜开始消退。

接下来,人们看到菲尔像一个老人一样,迈着缓慢而体面的步伐走回了大宅。他走进卧室，关上了门。他在里面没有发出任何声音，乔治敲门时也没有应答。乔治叹了一口气，然后做了一件前所未有的事——未经允许就打开了哥哥的房间的门。"我载你去横顿。"乔治说。

"好吧。"菲尔说。

他已经穿上了那套不太合身的进城专用的正装，还穿上了从军品店买的鞋子。他已经好久没去怀特·波特的理发店了，浓密的头发顶得帽子老高，滑稽得有点像小丑。他摇摇晃晃地穿过客厅，走出了前门。露丝在他靠近时离开了客厅，走进厨房用颤抖的手给自己倒了一杯咖啡，这当然只是为了找个理由逃离。她不明白为什么大宅里安静得让人想打哈欠，不知道发生了什么。

她最后一眼看到菲尔，是见他穿过空地走向车库，在那里，老里奥正把一圈圈废气排进这个冷清的早晨。菲尔站在一旁，等乔治把车倒出来。远处是大山，一切都在山的阴影里。她抿了一口咖啡；两天前不省人事地醉倒在床让她惊恐万分，从那天到现在，她一滴酒也没喝过，下定决心要在乔治找她谈话的时候保持清醒，他肯定会找她谈的。可为什么直到现在还没找她呢？为什么？一个不理性的想法折磨着她：不管这个早上发生了什么，反正是她的错。这种内疚感让她窒息，让她恶心。

老太太和老先生一致同意，别无选择，只能坐最近的一班火车去横顿,乔治发电报说会在那里等他们。

"不,她会做得很好,"老太太说,"只要小费给够,他们都会做得很好。"她说的是酒店的某个女服务生,会过来给天竺葵浇水——有了天竺葵,他们的酒店房间才能像家一样。"几点了?"

老先生穿着那件类似阿尔伯特亲王式样的长外衣,从马甲口袋里掏出怀表。"正好五点三十七分。"他说。

"我讨厌这种小小的表。"她说着,皱眉看着自己那块珠宝腕表小小的表盘。"一直讨厌。看又看不清,时间又不准。我们可以在火车上吃点东西。"忽然,老太太用手掩住了脸,老先生马上走到她身边,仿佛预见了她的动作。

"好啦好啦。"他轻声道。

"对不起,我没事了。"她坚持说。几分钟后,他们走出房间,关上门,老先生试了试门把手,确认锁上了。他们已经叫人把行李运到酒店大堂了。现在时间还太早,大堂旁边的餐厅里只有几个短住的客人,不熟悉大酒店的节奏,正在吊灯下吃着晚餐。

"没事,我完全没事的。"他们跟着司机走进旋转门的时候,她对老先生说,"我已经为这样的事情做好了准备。"

菲尔的幸运之处在于,他穿了进城用的正装,因为他需要这身衣服的时候恰巧是星期天的晚上。不过当然,考虑到情况特殊,格林先生的百货商店会非常乐意在星期天的晚上为他开门。

天气不错，秋老虎到了，一切懒洋洋的。乡下都是懒洋洋的，空气中弥漫着慵懒的气息，还有远处山火的烟气。冬天里是要喂牛的，但这桩苦活儿现在还没开始，所以星期一大家也很空闲。每家做过伯班克家生意的商店都来了一个代表，没跟伯班克家做过生意的商店也派来了代表——他们的眼睛是看向未来的。银行派来了一群人，那是当然。其他牧场主则是带着妻儿来的，一些女人穿着皮草——都来自本地的动物，海狸、石貂、红狐等等——是她们的丈夫下套捕杀，在首府的皮草店加工后，作为圣诞惊喜礼物送给她们的。因为葬礼是两点开始（乡下的规矩），他们计划先在糖碗咖啡屋或横顿大酒店好好吃一顿午饭，然后彼此打打招呼，因为很多人只有在这样的特定场合才会见到面。

当然，乔治要担负起那个艰巨的任务：从贝克殡仪馆提供的棺材里挑一副。那里的窗户对着后巷，照不进多少光；窗户故意弄得很脏，以免外头闲晃的人窥见给亡者的装备，这些用平庸的木料镶着假银做成的木箱。店里也有昂贵的红木棺材，能买得起的恐怕只有伯班克家和另外两三家。"不，不用开灯，"乔治喃喃道，"我看得很清楚。"

"振作一点，乔治。"贝克说。

"没事，"乔治说，"我就要这一副。"

"这一副很精美，乔治，"贝克说，"配得上一位好人物。我知道你想选对的。"

教堂里充满煤烟和棕色旧木头的气味。那些不是圣公会教徒——菲尔以前管他们叫圣沟会教徒——的人在窃窃私语,说没有悼词真是太可惜了。他们说,关于菲尔有太多可讲的了:他的才智,他的友善,他平易近人,他从不偏袒。天啊,他们记得他弹的班卓琴,他清亮的口哨,他的孩子气,他那双强壮有力、伤痕累累、皲裂斑驳的手做出来的东西——雕花的椅子,锻铁的部件。在牧场里,刘易斯太太对着一只织补用的球形衬架流下泪来,那是菲尔以前送给她的惊喜礼物。

老夫妇离开墓地就直接去了火车站,不然他们就得在横顿过夜了。他们也知道,自己没有什么话可以跟任何人说。

"不要这副样子,"老太太对老先生命令道,"这跟你没有关系,一点关系也没有。一个人是怎样就是怎样,做他必须做的事,走向命运决定的结局。"

"我可不可以提醒一下你同样的道理呢?"老先生轻声道。

"啊,这么多花儿。"老太太说。这么多花儿,晚点可以送去横顿医院,让每间房子都充满生机,甚至包括慈善病房。

"我看到,"老先生说,"你亲了露丝。"

"所以现在我们叫她露丝了对吧。你看到了?噢,当然。我心里可怀着希望呢。"

"你当然可以怀着希望。就是那时候,我注意到你的戒指不见了。"

"我的戒指?噢,对。"

"我一直都喜欢你的手。你知道,你从来不需要戒指的衬托。"

"那她就更不需要了,我觉得。但有时候,这些东西能让人开心。算一个符号?不过谢谢你,太谢谢你了。当时我看着她从汽车上下来,把手伸给乔治,又忽然看着他。太好了,他们俩。所以我走到她身边,说:'给你……'"

他们坐着回盐湖城的绿皮快速火车,独占了一间大号休息室,老太太可以私底下啜泣一会儿了。等她停止了哭泣,老先生站起身,正好遇上火车转弯,所以稳了一下身子,然后走去打开行李袋,拿出两副印着姓氏首字母的扑克牌,然后按了一下召唤乘务员的按钮。乘务员微笑着过来,替他们架了一张桌子。伯班克夫妇坐在窗边,玩起了"俄罗斯银行",而不管火车跑得多快,圆圆的月亮总是轻松地跟在他们旁边,像用绳牵着的一只黄色气球。

"我想,"老太太说,"我一直知道会有奇怪的事情发生。"

"……我不理解。但你说过你早就准备好了。记得你总是很有耐心,总是很善良。"

她在椅子上忽然向前一倾,裸露的双手捏住桌子,好像这样才能停止颤抖。"善良!"她的声音都变调了。"我还有什么优点,以上帝的名义?"

"没有了,真的。"

她微笑了一下,然后轻声说:"你知道吗?我们要跟他们一起过圣诞节。是她特地邀请的。我以前总是觉得自己太老了。"

"我发誓,你从来都不显老。"

"真的?但话说回来,我一直有你。一直有你,就像她有他。她才三十七岁。"

"有时候真跟不上你的思路。"

"我有那么——真的?"她抬起下巴,直勾勾看着他的眼睛。

菲尔的医生也不能理解。菲尔入院的时候,他采集了血样,进行了培养。血样的培养物——试管里一点苍白的胶状物——已经送到州立医院去了,那里的医生更懂这些。菲尔的最后一次抽搐,天可怜见,持续得不是很长,但真的很可怕。唉,一两天内他就能知道问题出在哪里了。不过他想,正如他跟一个护士说的,把培养物送去检验,简直就像马被偷了再锁上谷仓门。

试管里的培养物会告诉他一个结论,而某人已经知道了这个结论。

葬礼期间,彼得就在牧场耐心地等候,度过了有趣的一天。有一只狗,一只混血的牧羊犬,从谷仓里就一直跟着他,还自己跟自己玩游戏,想咬自己在露出地面的地窖窗户上映出的影子。这是那群狗里第一只喜爱他的。他的第一个朋友。他进了大宅,它就在前门边嗷嗷呼唤着他。然后，他静静地翻了一会儿乔治的那堆《星期六晚邮报》。他在里面发现了乔治的小小梦想，一本有点旧的皮尔斯阿罗汽车小册子。他脸上几乎要迸发出灿烂的笑容，因为他忽然对乔治产生了一种温暖的亲近感。谁能忍住不欣赏这些雄伟的机器呢？挡泥板横扫一切，大头灯照亮前程。这是唯我独尊的坐骑，而他知道，只有美国机车汽车公司的产品（尤其深受潘兴将军喜爱）能跟皮尔斯匹敌。

太阳绕到了屋后，大宅的影子掩住了马路，往对面的山上爬去。彼得随手翻阅客厅书柜里的书，凝神看着（因为光线不够了），发现这些书涉及的范围很广。这里有大公夫人写的《俄罗斯朝廷回忆录》，旁边是一本《美国西部之草》，然后是《埃德蒙·霍伊尔的纸牌游戏》现代版，还有关于梦的书、关于事实的书。这里有一本《公祷书》。他觉得这本书的内容今天应该会在横顿用到，便抽了出来。书翻开来就是第六日的《诗篇》。但今天是九月四日，于是他往回翻了翻。因为外面的影子已经爬上了山面，他读起了《晚祷诗篇》。第二十节应景得有些诡异，于是接下来他又完整地读了一遍《葬仪词》，同样应景，但比他想象的要短得多，比他九个月之前读的《婚仪词》长不了多少。字不多，他想，对于"庆祝遗忘"这个目的来说。他慢慢读着，因为那个脸色苍白的牧师大概就是这样的语速。每一个句号和逗号，他都做了停顿，但根据大座钟的计时，一共只花了十五分钟。不过，棺材要抬进抬出，而那棺材肯定很重。这样一来，整个仪式大概会花上半个小时。

在横顿那间整洁安静的房间里,他曾经有五六次,透过窗户观察送葬队伍行进到一英里外的小山上,看见阳光在那里的瓶瓶罐罐上闪耀,里面的花朵在腐败。灵车移动得非常慢,一路要花半个小时,但在冬天他们会快一点点。不过今天挺暖和的。然后得在坟墓前诵读那些"指定的"话语,大概要花十五分钟(按照那个老牧师的速度)。接着,整支队伍就会伴着空荡荡的灵车回去。那辆灵车会是一辆蓝色的别克,当年的新款。他在《横顿记录报》上读到过:贝克,那个殡葬师,之前和家人一起开着旧灵车去芝加哥送了一回葬,然后取了新车开回来,一路就地野餐,经历了许多小小的冒险,被报纸编辑用幽默的笔法写了出来。

然后人们会在哪儿喝喝咖啡,吃吃三明治,互相问候,互相道别,所以一切结束时,应该过了五点,天也差不多黑了。

但《公祷书》里的祷辞是多么迷人,多么威严,多么流畅呀。如果这些话能在他父亲的葬礼上读一读,他父亲会多么喜爱呀。可他父亲没有这样的机会,因为父亲扮演了自己的上帝,了结了自己。但是,啊,假如有机会,他们会用哪些话来歌颂他父亲呢!

晚餐时间过了很久,母亲和乔治还没有回来。那个姑娘从厨房走进来,尊敬地问彼得:"您需要我把他们的餐具留着吗?"

"请留着吧。"然后他走上楼,仔细洗净双手,打湿头发,好好梳了梳。没过多久,那群狗不出意外地吠了起来。他仔细梳好了头发,站起来,打开窗户往外看。一开始,他们被藏在了山面的阴影里。他听到母亲轻柔的声音。然后他们慢慢地走到了月光下。她在月光下多美呀,乔治那么优雅地站着,抱着她、吻着她。这月下一幕,岂不最适合作为母亲人生的真正开始吗?这月下一幕,岂不正是父亲自我了断的所求吗?他牺牲了自己,躺在山毛榉那座小山的地下,在几朵纸花之下,忠于他自己的梦想之书,不就是为了这一幕?

那群狗躲在阴影里,轻声呜咽着,然后很奇怪地,就待在那儿一动不动。彼得深受打动,轻声念起了几小时前让他无比感动的《诗篇》诗句。

> 救我灵魂脱离刀剑,
> 救我所爱脱离犬类。

他不知道这个家里《公祷书》是不是经常被使用,想知道他可不可以把那一节诗剪下来,贴进剪贴簿,那会比玫瑰花瓣更适合作为最后一页——那几瓣玫瑰依然鲜红,但已经没有了花香。因为她现在已经获救,多亏了父亲的牺牲,也多亏了他自己的牺牲。而他的牺牲之所以变得可能,全靠他从父亲的大部头黑皮书里获取的知识。恶犬已死。

在八月的一个下午,在那些黑皮书里,他读到了关于炭疽的知识——他们管那叫黑腿病。那是一种可以由动物传染给人的疾病,病菌很容易通过人的伤口侵入血液系统,如果这个人接触病畜的皮的话——比如,用带伤的手拿病牛皮编绳子。